虚構推理短編集

岩永琴子の出現

城平 京

講談社
タイガ

イラスト――片瀬茶柴
デザイン――坂野公一（welle design）

目次

登場人物＆事件紹介

岩永《いわなが》　琴子《ことこ》――西洋人形めいた美しい女性。だが、幼い外見のため中学生くらいに見えることも。十一歳のころに神隠しにあい、あやかし達に右眼と左足を奪われ一眼一足となることで、あやかし達の争いやもめ事の仲裁・解決、あらゆる相談を受ける『知恵の神』、人とあやかしの間をつなぐ巫女となった。十五歳の時に九郎と出会い一目惚れし、強引に恋人関係となる。

桜川《さくらがわ》　九郎《くろう》――琴子と同じ大学に通う大学院生。自らの命と引き換えに未来を予言する「件《くだん》」と、食すと不死となる「人魚」の肉を、祖母によって食べさせられたため、未来を決定できる力と、死なない身体を持つ。あやかし達から見ると、九郎こそが怪異を超えた怪異であり恐れられている。恋人である琴子を冷たく扱っているように見えるが、彼なりに気遣っているのかもしれない。

桜川《さくらがわ》　六花《りっか》——九郎の従姉で、彼と同じ能力を持つ女性。とある目的のために、九郎たちとは敵対関係にある。

【鋼人七瀬】事件―鉄骨片手に街を徘徊するグラビアアイドルの都市伝説。琴子と九郎は、真実を求めるよりも過酷な「虚構の推理」を構築することで、都市伝説を虚構へと戻そうとする。

虚構推理短編集

岩永琴子の出現

第一話　ヌシの大蛇は聞いていた

「今夜、隣の県の山奥で、一帯のヌシである大蛇と会うことになっているんですが」

岩永琴子《いわながことこ》は恋人の桜川九郎《さくらがわくろう》にそう話の水を向けた。九郎はさほど奇異なことを耳にしたという反応もなく、手にしている本をめくりながら尋《たず》ね返《かえ》してくる。

「山で大蛇と?」

「はい、山の麓《ふもと》は住民が減るばかりになっている市で、交通は不便でもないんですが、夜ともなるとまるで人気《ひとけ》もなさそうで」

鉄道は一時間に二本くらいは走っているし、山の麓までは最寄《もよ》り駅から徒歩で向かえなくもない。ただし周辺は民家か畑か果樹園くらいしかないらしく、ひとりでは何かと寂《さび》しい道行きになりそうなのである。

「ヌシとは大物みたいだが、また妖怪《ようかい》間のトラブルの仲裁か?」

「そんな大げさな問題じゃあないんですが、会って話した方がよさそうなもので」

岩永琴子は別に妖怪でも化け物でもない。しかしゆえあって幼《おさな》い時、妖怪、怪異、あやかし、幽霊、魔とも呼ばれるもの達の争いやもめ事の仲裁や解決、その他あらゆる相談を受ける、いわばそれらの『知恵の神』となったのであった。人とあやかしの間にあってそれをつなぐ巫女《みこ》と称する時もある。

その際、神となる証《あかし》として彼女はあやかし達に右眼《みぎめ》と左足を奪われ、一眼一足の身をしていた。普段は義眼と義足をつけているのでよほど近くで見られなければそうとは気づかれず、義足の性能も高いので何の不自由もなく動き回れる。いつも赤色のステッキを手に行動しているが、別になくても困りはしない。

十月二十五日、月曜日。岩永は九郎と、在籍しているH大学の学生用食堂の一番隅《すみ》のテーブルについていた。食堂内の時計は午後四時過ぎを指している。岩永はまだ学部生であるが九郎は院生だ。講義で一緒にはならないが、時間の空いた時にキャンパス内で会うくらいはできる。この日も岩永は九郎を捕まえ、講義で提出するレポートの手伝いをしてもらいながら、今夜の予定について切り出したのである。

食事時ではないからだろう、数多くあるテーブルに人はまばらにしかおらず、岩永達の周囲の席も空いていた。だから妖異《ようい》なことを気にせず話せるのだが。

九郎はレポート用紙にペンを動かす岩永へ、あらためてあきれたといった態度で言った。

「岩永、大蛇に会いに行くのは構わないが、お前はあやかし達の知恵の神ではあるけど、これといって目立つ能力がないよな」

「失礼な。あやかし達と言葉を通じ、幽霊であってもその身に触れられるという特異な力を持ってますよ」

あらゆる怪異と話し、壁も透けて通る霊体にも触れられるというのはそうそうある力ではない。自慢するものではないが、軽んじられる筋合いもない。

「でもそれだけだろう。こう怪力とか空を飛ぶとか御札《おふだ》を駆使して超常現象を起こすとか、最低限怪異の暴力から身を守る物理的、呪術的《じゅじゅつてき》な力はない。映画や漫画で妖怪や化け物と渡り合う人物は、もっと武《ぶ》や異能に秀《ひい》で、力をもって魔を制したりしてないか？妖怪変化《ようかいへんげ》の中には素直にお前に従わなかったり、過激な行動に出るものも過去にいただろう」

確かに岩永は化け物達と意思疎通ができる能力はあるが、それ以外は普通の人間とあまり違いがない。暴力的に襲われたり抵抗されたりの際には無力とも言えるだろう。ただし岩永に協力的なあやかし達も多く、その力を利用すれば対処する手には困らない。またそうなる前に事をおさめるのが岩永のやり方だ。

それにフィクションの中でだって『妖怪ハンター』と呼ばれる稗田礼二郎《ひえだれいじろう》は特別な力を持たない考古学者であるが、その知識と行動力で神話級の怪事や天変地異を収束させたりしているではないか。

岩永は手を止め、年上の恋人の発想を咎《とが》める顔を作ってみせた。

「力ずく、というのは野蛮でいけません。昔の偉い人もこう言っています。『話せばわかる』と」

「それ言った人、直後に撃ち殺されていないか？」

痛いところを衝《つ》かれた。

「また他の偉い人は、『非暴力・不服従』を尊ぶと言っています」

「その人も撃ち殺されている憶《おぼ》えがあるぞ？」

「それでも暴力はいい結果を生みません。別の偉い人は『私には夢がある』とも言っています。秩序を重んじ、和を求めるならやはり非暴力が」

「その人も最後、撃ち殺されていないか？」

偉人の名言で丸め込もうとしたがかえって不利になった。それもみんな揃《そろ》って銃弾に倒れているのはいかがなものか。

だが災《わざわ》いを転じて利を得るのも弁論である。

「それほど私が心配なら、九郎先輩が私に足らない部分を埋めてくれればいいんですよ。あなたはあらゆる怪異が恐れる力を持った人でしょう」

この桜川九郎は二十四歳で、野原で草をはむ山羊《やぎ》のようなぼんやりとした雰囲気の青年であるが、彼もまた幼少期に事情があって、不死の体に加え別の怪異の能力も備える、ある意味人であって人でない身であったりする。岩永が知るかぎり、九郎を恐れない怪異はまずおらず、怪異以上の怪異と言っていいのがこの男なのだ。

「九郎先輩が彼氏として私とともにいれば、妖怪達の抵抗など恐るるに足りません。さあ、先輩のなりなりてなりあまれるところで私のなりなりあわざるところをぜひ埋めて」

「だから僕がお前の彼氏であるという前提を問題にしたいわけでな」

「つまり私の配偶者になりたいと」

「法的な問題にしたいわけでもないから」

では何の問題が、と突き詰めようとしたが、時計の針が思ったより進んでいる。無駄話をしていると、レポートを仕上げてヌシに会いに行くのが遅くなってしまう。

「ともかく今夜、大蛇の化け物と会うので一緒に来て下さい。聞くところによるとその大きさは龍のごとくで、人食いとの噂《うわさ》もあるほどだとか」

実態はどうか知らないが、大きいのは事実だろう。少なくとも岩永の、百五十センチに届かない背丈《せたけ》、四十キロに満たない体重よりは勝っていよう。岩永の年齢は十九歳であるけれど、外見は中学生に間違われかねないほど幼いまま。ヌシの前ではいっそう小さい存在に映りそうだ。

対して九郎は、岩永の誘いをあっさり断った。

「今夜はダメだ。昼に作った豚汁をゆっくり食べたいから、ひとりで行ってくれ」

うわばみと言い、おろちとも言う。いわゆる大きな蛇のことであるが、現実的には大型のニシキヘビ類を指すものだろう。そのニシキヘビでも体長は十メートルくらいが最大で、胴の太さも人間の腕ほどだとか。またそんな古めかしい言葉で蛇を示すことは日常でまずなく、出会うこともなさそうだ。

むしろうわばみやおろちは、昔話や伝承において人間をひと呑《の》みにできるほど巨大で、山のヌシや水の神ともあがめられる化け物を指す場合が多い。川に見慣れない橋がかかっているな、と思って渡ってみればそれは大蛇の胴体だったといった話や、山の中で歩き疲れ、ちょうど倒れている木があったので腰掛けたらそれが突然動きだし、実は大蛇だった、といった話が全国で見られる。

日本神話に現れるヤマタノオロチは巨大な蛇の神として有名であろうし、ノヅチやイクチといった蛇の化け物を聞いた人もいるかもしれない。その姿を見ただけで高熱を発し、死に至《いた》るとまで言われるのが化け物としてのうわばみであり、おろちである。

そんな巨大な蛇の化け物が、夜の山の奥、土と緑と枯れ葉の香りがする中、岩永琴子の目の前で鎌首《かまくび》を上げ、眼《め》を光らせている。

その胴体の幅は樹齢数百年の巨木ほどもあるだろうか。乗用車一台がそっくり胴体に乗り、走ることもできそうだ。この大蛇が口を開ければ、岩永どころか競走馬でさえ一瞬で呑み込めるに違いない。頭から尾までの全長はあまりに長く、木々の間を縫い、尾の先は夜の闇《やみ》に消えている。

「おひいさま、当方の悩み事のため、遠路はるばるかような場所までご足労いただき、ありがとうございます」

頭を高い所に置きながらも大蛇は低姿勢でうやうやしくそう言った。

「いえ、それが私の役目なので、礼を言われることでは」

岩永は少々機嫌が悪いのを大蛇に気遣《きづか》われたか、と少し反省する。

機嫌が悪い理由はもちろん、麓から手ぶらで歩き登っても二十分はかかる山中に、隣の県からやってこなければならなかったことではないので、大蛇に責《せめ》はない。

ここまで登ってくるのにも山の妖怪達が輿《こし》を用意して乗せてくれ、いくつも火の玉を浮かべて先を照らしながら運んでもくれたので大して疲れてはいない。標高が上がったのと午後十時を過ぎた時間の夜気《やき》も手伝って気温の低下はあるものの、薄手のコートを身につけ、ベレー帽をかぶっているので気にはならなかった。

岩永を見下ろすこの大蛇こそが、Z県M市の西側一帯の山を何百年と住処《すみか》とするヌシである。一帯で代表的な山の名を築奈《ちくな》というので、築奈のヌシ、と多く呼ばれるという。長く生きているためその身は大きく、力は強く、知能も高く、従う怪異も多い。月の光もか細い山奥であるが、周りでは化け狐《ぎつね》達が集まってそれぞれ狐火《きつねび》をともして辺りを照らしているので暗くもなければ寂しさもない。樹木の精霊と言われる木魂《こだま》達も提灯《ちょうちん》を手に、岩永の視界をなるべく明るくしようと木の上に立っている。

他にもヌシとの付き合いがあるらしき種々雑多な化け物達が見受けられ、興味本位か遠巻きにちらちらとこちらをうかがっている。

つまり岩永は、妖怪、あやかし、怪異、魔、と呼ばれるもの達が集《つど》う山奥に人としてひとり立ち、巨大な怪蛇と相対している格好である。秋も深まって肌寒く、通常ならのんきにしていられる状況ではないだろうが、岩永にとってはある意味これが日常だ。

「そもそもヌシ様はこの辺りでは人間からも水神として祀《まつ》られたことがある方。ご用とあればこちらが足を運ぶのは筋でしょう」

岩永はかぶっていたベレー帽を脱いでひとつ頭を下げた。

あやかし達は大抵の場合知能が低く、それゆえに岩永のような知恵を貸してくれる者を必要とするのだが、この大蛇は人の言葉をよく使い、その振る舞いからして例外に属するだろう。どちらかと言えば一帯のあやかし達に知恵を貸す側だ。そのため、岩永も丁寧な言葉遣いで応じている。

しかしヌシは申し訳なさそうに答えた。

「人間に水神として祀られたのもずいぶんと昔の話。この沼にあった祠《ほこら》もすっかり朽《く》ち、雨乞《あまご》いに捧《ささ》げ物《もの》を運ぶ者もなく、今は当方の存在を知っていても実在は信じていないといったもの。また当方はいくらか神通力や異能を持ち、そこらの妖怪変化よりは優れたるものの、神などとはおこがましいかぎり。雨乞いなどされても気象を操るまでの力は持たぬわけで、廃《すた》れるのも当然でしょう」

ただし雨を降らせる力を持っていたとしても、神様に雨を降らせてくれるよう願う儀式は廃れただろう。廃れた神は時に化け物として退治される。なら忘れられたり信じられなくなる方が双方にとってトラブルは少ない。

そして岩永達がいる場所の左側には、ヌシが話に出した暗い水面を冷たく広げる沼があった。楕円《だえん》ではあるが、直径は五十メートルもあるだろうか。大きいと言って差し支えない規模だ。夜ともあって対岸は見えないが、狐火の明かりが濁《にご》った水と、ごく最近人の手が入って倒れているらしい周りの茂みを照らしている。

岩永が前もって調べたところによると、この沼はかつて水神が棲《す》むと言われ、それゆえ麓の村では日照りが続いた時など、列を成して祠に捧げ物を運び、雨乞いの儀式を行った時代もあったという。大蛇は龍とともに水の神とされることが多く、こういった沼に棲んでいるとされ、よく祀られていたりもする。

かつてヌシが沼に訪れ、身を洗ったりその水を飲んだりしているところを村人に目撃され、水神と認識されたのだろう。山奥にある大きな沼であるため、そういった化け物が潜んでいそう、という話は最近でも伝わっているらしく、日本の怪物伝説のひとつとして、『簗奈の沼の大蛇』と妖怪や怪物の噂をまとめた本に取り上げられてもいた。

その本の著者や編集者は、よくある大蛇伝説と適当に伝承をまとめただけで、まさか実在するとは欠片《かけら》も思わなかったろう。実際問題、近隣の市町村でも信じている人はまずいないだろうから、それが自然である。化け物の目撃場所として話題になり、訪れる人が増えた、という話もない。田舎《いなか》であり、山中であり、登りを二十分も歩かねばならないとなれば面白半分くらいでは訪れにくい場所だ。

実在する怪異の大蛇は目を閉じ、嘆息した。

「人の世の移り変わりも早く、わからぬことも多くなりました。それゆえお噂にも名高いおひいさまのお知恵を拝借したいと使いを出した次第で」

十日ばかり前、岩永のもとにこのヌシから相談事がある、と木魂が一体、訪れた。相談内容はそれで把握し、必要な調べ物をし、今夜対面して具体的な対応となったのである。

体の大きさだけを比べれば、ヌシに対して岩永は吹けば飛ぶくらい。よく頼られたものである。

二匹の化け狐が椅子《いす》代わりにと丸太をひとつ運んできて岩永のそばに置く。岩永はベレー帽をかぶり直してそれに腰を下ろし、ステッキも立て掛けた。

「山中ゆえ大したおもてなしもできませんが、何かご要望があれば最善を尽くしますが」

ヌシはやはり岩永を気遣っている。よほど彼女の機嫌が危うく感じられるらしい。

岩永は背負ってきたリュックを膝《ひざ》に置いて開けながら、ヌシに事情を説明する。

「大丈夫です。機嫌が悪いのは本当にヌシ様のせいじゃあなく、個人的なことなので」

「個人的、ですか」

「はい、私には桜川九郎という彼氏がいるのですが、今夜ここに一緒に来るのを、手作りした豚汁をゆっくり食べたいからと断りまして」

「ああ、その方のお噂もかねがね」

「ひとり暮らしの男子が昼間からそんなものをくたくた作るというのもさることながら、それを食べるのを彼女の誘いより優先させるというのはいかなる所業か」

「おひいさまはおひとりでも大丈夫と信頼されているのでしょう」

「その直前に信頼してなさそうなことを言っています。会う相手が人を食べかねない大蛇とまで説明してもいます」

「まさか、当方が恐れ多くもおひいさまを食べるなど。もとより、人は布や金物をいくつも身につけ、食べにくいばかりで」

「一応食べたことはあるんですね」

「長く生きておりますゆえ何度かは。人食いのおろちと麓でも噂され、雨乞いの捧げ物には生け贄《こえ》を、などと叫ばれたこともありますが、人間はうまいものではありませんし、特に昨今では面倒事になりかねませんのでまず避けます」

山に入った人が行方不明になれば、捜索で山狩りなどが行われたりされかねない。山を住処とするヌシや他のあやかし達にとっては迷惑でしかないだろう。

「それはさておきかわいい彼女を、遠い田舎の山奥に、夜中ひとりで行かせますか？」

九郎にもそう詰め寄ったのだが、『夜中山奥へ大蛇に会いに行く彼女のどこがかわいいんだ？』と不思議そうに返された。

「夜分となって申し訳ない。何しろ近頃、日中は人が多いこともあり、直接会ってお話しするとなればどうしても日が落ちてからしかなく」

結局ヌシを余計に恐縮させてしまった。ひとりで行かせると言っても、周りには彼女を神と慕《した》う怪異達が何種類も従っていたりするので、語弊《ごへい》があるかもしれない。

「まあ、九郎先輩もさすがに悪いと思ったのか、温めた豚汁を保温性の高い水筒に入れ、おにぎりも手ずから握って夜食にと持たせてくれましたが」

岩永はリュックから取り出したステンレス製の水筒とおにぎりをつめたタッパーを傍《かたわ》らに並べ、豚汁を移すためのお椀《わん》と箸《はし》を出す。それらも九郎が一緒に揃えて渡してくれた。

ヌシはそれらを見て頭をひねるようにする。

「そうして汁物を持ってこられるなら、九郎殿もここに一緒に来て食べられたのでは？」

「食べられましたね。不覚にも行きの電車の中で気づきました」

だから岩永はいっそう不機嫌なのである。九郎は確かに恋人であり、付き合いも長いのだけれど、どうしてこう優しさが足らないのか。

水筒の口を開け、お椀に中身を移す。熱は十分に保《たも》たれ、味噌《みそ》の香りが湯気とともに広がった。タッパーも開けておにぎりも箸で取れる形にし、岩永はヌシをあらためて見上げる。

「本題に入りましょう。お悩みの件は、この沼で発見された他殺死体のことでしたね」

岩永は右手に箸を取り、不気味に静まっている沼へ目を遣った。

ヌシは高い場所で頭を縦に動かす。それだけで風が起こり、豚汁の立てる湯気が散った。

「はい。なぜあの女はこの沼にわざわざ死体を捨てに来たのか。納得のいく理由を説明していただきたいのです。それが気になって気になって何とも落ち着かないのです」

ヌシの悩みは、人間の殺人事件が関わるものであった。

約一ヵ月前、九月二十六日の日曜日、午後二時過ぎ。この築奈の山中にある沼に男の死体が浮かんでいるのを、キノコ狩りに登ってきた地元のグループが発見した。携帯電話が幸い通じたのでそれですぐに通報され、事件はたちまち市内を騒がせた。

発見当初は山に登った男があやまって沼に落ち、水死したかと思われたが、あらためて見直せば男はスーツにネクタイを身につけ、とても山登りに来たとは思えない格好だった。さらに沼から引き上げられた死体の胸には鋭利な刃物で刺された跡がはっきりとあり、殺人とすぐに断定された。その後の調べで男は何者かに山中に運ばれ、沼に遺棄されたものとの判断が下される。

岩永は豚汁の椀を口に運びながら、まず常識を語ってみた。

「普通に考えれば山奥に死体を捨てるなんて、死体を隠す、またはなるべく発見を遅らせるためなんですが」

登山者がいたとしても足を踏み入れそうにない奥に埋めれば、死体はいつまでも発見されず警察が動く事件にならない。たとえ死体が発見されても、その時期が遅くなれば顔形や特徴がわからなくなって身許《みもと》も判明しづらくなり、犯人にとって都合がいい。岩永のそばで濁る沼も、水深が四メートルは十分にあるといい、底にたまる泥も厚く、死体に重しでもつけて沈めれば発見は相当遅れそうである。

沼の近くには山道があって、季節によっては山菜やキノコを採りに登ってくる人間が通るというが、麓から二十分はかかる高さでは地元の人間でも頻繁《ひんぱん》にやってくる場所ではないという。

結果としては死体は沼に捨てられてから数日で発見されており、所持品に携帯電話や身分証こそなかったものの、身許もすぐに判明している。死体は吉原紘男《よしはらひろお》、三十五歳、D県の大手建設会社で部長をしている男だった。

さらに容疑者もすぐに絞り込まれ、十月の九日には犯人として谷尾葵《たにおあおい》という三十歳の女性が逮捕され、殺害動機も明らかになっている。自供が得られ、まだ不明な点はあっても証拠固めの捜査が主になっており、事件としてはほぼ解決していると言っていい。本来ならば誰かが頭を悩ます事件ではなかった。

ヌシは蛇らしく先端が二つに割れた細く赤い舌を動かし、岩永に反論する。

「否《いな》、この場合は死体を隠すためではありません。当方はたまたま、その女が死体を沼に捨てるところを目撃したのです。夜も更けてから山中に入ってくる人間の気配に偶然気づき、近くにいたこともあり、何用であろう、と少し上の木陰《こかげ》から様子をうかがっていたのです」

夜の闇であってもヌシの目は昼と変わらず辺りを見通せるのだろう。岩永が妖怪達にここへ運ばれてきた時も、ヌシは周囲に明かりを置かず、その両目を光らせていたくらいだ。死体を捨てに来た犯人も、近くでこんな蛇の化け物に目撃されているとは思ってもみなかったろう。

「死体を捨てに来たのは、犯人として捕まった女性だったんですね?」

「はい、死体が発見され、警察やら何やらと山が一時騒がしくなりまして、さてあの件はどうなったか、と人里に出入りする狐どもに新聞などを持ってこさせたところ、当方の見た女が犯人として逮捕されたという記事を目にしました」

要するに警察は正しい人間を捕まえたわけである。

ヌシは続けた。

「当方が時折水飲み場とするこの沼に死体を捨てるなど業腹《ごうはら》ではありますが、獣の死骸《しがい》が浮くこともありますし、人がゴミを捨てていくこともあります。それゆえ定期的に山のあやかしどもに掃除させておりますから、それはいいのですが、やはり納得がいかないのです。まず死体の発見を遅らせるなら、沼に捨てるにも重しをつけ、深く沈めようとするもの。しかし女は何の重しもつけず、無造作に死体を沼へ落としたのです」

だから死体は沼に浮かび、早々に発見された。

「何より女は死体を沼に落としながら、はっきりこう呟《つぶや》きました」

ヌシは女の言葉を口にする。

「『うまく見つけてくれるといいのだけれど』と」

女にとっては小さな呟きで、そばに人がいたとしてもちゃんと聞き取れたかどうか。数十メートルは離れた場所で身を潜め、注意を向けていたのが異能を持つヌシの大蛇でなければ誰も耳にせず、問題にもならなかった言葉だ。

「女は死体をこんな所に運び、捨てながら、それが見つかるのを望むようなことを呟いているのです。死体を見つけて欲しければ、山に捨てるにしてももっと麓近くの山道上にすればいいはず。ここまで運んだとしても、山道に放置した方が発見の可能性は高くなります。山道も場所によっては沼を広く見下ろせる地点があるようですが、沼のそばを歩くだけでは死角になる水面もあり、発見されにくくなるのは確実です。この季節、キノコ狩りなどで山を登る者があると知っていたとしても、やはり腑《ふ》に落ちません」

ヌシの思考は筋が通っていた。岩永は豚汁を食べながら沼を、辺りを、怪火《かいか》が照らす限りでうかがう。沼の水面は山道より低いので、のぞき込まないと見えない部分はあった。

豚汁には厚めに切られたにんじんやごぼう、大根が入っており、よく味が染《し》みている。昼に作ってしばらく寝かせていたからだろう。とはいえ、巨大な蛇に見下ろされながらなぜひとりで食べることになっているのだ、と岩永は腹立たしい。

そうではあるが、自分がここに来た用件を疎《おろそ》かにはできない。

「一見すると犯人は不合理な行動を取っていますね」

得たりとヌシは肯《うなず》く。

「はい。まったくもって不可解です。ここまで人の足で上がってくるのは楽ではありません。死体を運んでいるのならなおいっそう。犯人は人間の女にしては大柄《おおがら》でしたが、それでもなぜわざわざこの沼に死体を捨てに来たか」

「時間も夜ですから、よほどの理由がなければここまで運んではこないでしょうね。犯人の女性の自供によると、工事現場などで廃材や土砂を運ぶのに使われる一輪車、猫車《ねこぐるま》とも呼ばれるものに死体を載せて運んだそうですが、昼間の平地ならまだしも、夜の山道はかなり大変でしょう」

「ええ、女はそんな道具に灯火も載せて登ってきていましたな」

犯人の自供がヌシによって正しいとまた裏づけられる。

岩永はおにぎりを箸でつまんで上げた。

「ヌシ様の疑問はもっともですが、警察もそれを不審に思って犯人に尋ねています。なぜわざわざこの沼に死体を運んだのか、と。死体に重しをつけた形跡がなく、沼に沈めて隠す意図が見られないなら当然の追及です」

警察もそれほど迂闊《うかつ》ではない。容疑者から自供が得られ、一定の証拠があったとしても事実関係に何か不審があれば確認を行うものだ。後々になってそれが重要な意味を持ち、裁判で検察側の不利に働くおそれもある。

だから岩永はその警察の問いに犯人が答えたままをヌシに提示した。

「犯人、谷尾葵はこう答えたそうです。『あの沼には巨大な蛇が棲み、人を食べると聞いたことがあったので、死体を捨てればその大蛇が食べてくれると思った』と」

ヌシは舌をちろりと振る。

この自供は新聞にも取り上げられ、その非常識な死体遺棄の動機が世間を少しだけ騒がせたりしたのである。伝説の怪物に死体を処理してもらおうとは、と。

「この沼に水神の大蛇が棲むという話は地元に残っていますし、テレビで取り上げられたこともあるそうです。殺人を犯し、慌てた犯人は死体をなんとしても処理せねばとそんな異常な発想に至ったというわけです。ひょっとしたら犯人の谷尾葵は小さい頃にでも、ヌシ様の姿の一部でもどこかで見たのかもしれませんね。人食いの伝承も聞いていたんでしょう。そして藁《わら》にもすがる思いで死体を沼へ運んだ」

この告白を聞いた警察は、なるほどと膝を打たなかったようだ。そんな伝説の大蛇を信じるわけもないだろう。ただ谷尾葵が本気でそう言っているようでもあり、精神鑑定は進めているらしい。裁判ともなればまず必要とされる手続きだ。

これらの経緯は一時話題になったが、今では関連記事もほとんど目にしない。毎日いろいろな事件が起こる。多少異常なところがある事件でも、犯人が捕まって自供もしていれば事実上解決しているのだから、新たに記事にするほどの情報もない。

「なんてことはありません。犯人はやはり死体を隠そうとしたんですよ。ただ埋めたり沈めたりじゃあなく、ヌシ様にきれいに食べてもらおうと考えただけで」

ヌシは低い声で問うてくる。

「では女が死体を捨てる時にした呟きはどうなります?」

「谷尾葵の呟きは『こんな所に捨てたけれど誰かがうまく死体を見つけてくれれば』とい

う意味ではありません。他でもないヌシ様が『うまく見つけてくれれば』という意味でされたんです。ヌシ様が見つけてくれれば、うまく食べて死体を消してくれるかもしれないんですから」

これでヌシの証言とも辻褄《つじつま》が合う。岩永が知恵をしぼらずとも問題解決である。

しかしヌシは厳しく言った。

「否。当方もその自供は新聞で目にしました。しかしそれでは筋が通りません。当方が見つけても死体を食べるとは限らないのです。女が期待するのは当方が食べ、処理してしまうこと。ならば女は死体を捨てる時、『うまく食べてくれればいいのだけれど』と呟くはず。見つけてもらうのを一番に願う呟きをもらすわけがありますまい」

やはりヌシは納得してくれなかった。理屈に合わない大きさの、人語を操る不合理な蛇であるが、思考は論理的である。またその身に似合わずこまかいと言うか、神経質である。だから人間の女の何気ない呟きが引っ掛かって苛立つのだろう。

大蛇はまたこまかく理屈を紡《つむ》ぐ。

「このことでまた疑問が生じます。ではなぜ女は警察でそのような嘘《うそ》の自供をしたのか」

「死体を沼に捨てた本当の理由を隠すためでしょうね」

その相槌《あいづち》にヌシは体の鱗《うろこ》をうごめかした。

「しかり。納得いく理由を説明願いたい」

岩永に警察の捜査情報を直接知る伝手《つて》はない。以前、たまたま知り合いが捜査に関わっていて情報を得られたケースもあったが、いつもそう都合良くはいかない。街にいるあやかしや幽霊に情報を集めさせ、警察にもない事実を手にできた例もあるが、限界はある。彼女がこの事件について得られたのは、新聞やテレビ、雑誌で表に出たことくらいだ。

その上で、ヌシが問題にしているのは犯人の心理的なことなのである。物的証拠を揃えた答えを出しづらいものだ。真実を明らかにするのは土台無理がある。とはいえヌシが納得する犯人の行動理由を示せねば、岩永は知恵の神とは名乗れない。

さて夜は長くなりそうだ、と岩永はお椀を傾けて汁を飲んだ。九郎が夜食を持たせてくれたのは正解であったが、一緒に来てくれなかったのは不正解である。お椀を置き、駅にひとつだけあった自動販売機で買っておいたペットボトルのお茶をリュックから取り出し、ふたをひねった。

「ちょっと事件を整理しましょうか。ヌシ様はそれなりに知識がおありのようですが、齟《そ》齬《ご》があるといけませんので」

事件の発端は、五年前にさかのぼる。

五年前、D県で谷尾葵の恋人である町《まち》井《い》義和《よしかず》と葵の知らない女性が、その女性の住むマンションで心中と思われる状況で死んでいるのが発見された。町井は谷尾葵と交際する一方で、別の女性とも付き合っていたのである。

心中をどちらから持ちかけたかはわからずに捜査は終わっているが、町井は勤務していた大手建設会社で経理を担当し、数字を不正に操作してかなりの額の金を横領していたのが事件後に発覚している。近々経理から別部署に変わるという状況にあり、監査が近づいていたのもあって、横領を隠せないと観念した町井が女を誘って死んだ、というのがありそうな話だった。

当時、葵はD県でひとり暮らしをし、医療事務の仕事をしていたが、この事件を受けてZ県M市の実家に戻り、二年ほど家族以外に会わず引きこもるように暮らしていたという。恋人に他の女性がいただけでも大きな痛手だが、その女性と心中し、会社で不正もしていたとなれば深く傷つき、外部と接触を断ちたくもなるだろう。

彼女の実家は築奈山のすぐ麓にある一軒家で、両親が役所勤めをするかたわら畑仕事などをしていた。家のすぐ裏が築奈山で、周りに民家も少なく、誰にも気づかれず山に入るのが可能な立地である。

その後、葵は同市でまた医療事務の仕事につき、近所付き合いもきちんと始めて穏《おだ》やかに暮らしていた。一年前に両親が相次いで病死し、以来その家でひとり暮らしをしていた。両親が畑仕事をしていたこともあって、作業に使っていた一輪車が家にあった。

そうして今年の九月二十四日の金曜日の夜七時半頃、吉原紘男がその家を訪れ、葵に告白する。

紘男は町井と同じ社に勤める町井よりひとつ年上の男で、葵も顔と名前は知っていた。そして五年前の町井の事件は紘男の計画によるもので、経理の不正をしていたのは紘男であり、その罪を町井にかぶせるため、心中を偽装して女性と一緒に殺した、という。町井が葵とその女性の二人と付き合っていたのは事実であったが、葵との結婚を考えてもう一方とは別れようとしており、それを機に紘男の不正を社に告発しようとしていたという。

それまで町井は紘男の不正を知っていたが先輩であり、二人の女性と付き合っているとの弱味も握られ、強く出られなかったが、ここで何もかも清算しようとしたそうだ。

紘男の計画はうまくいき、横領の罪からも逃れ、仕事の上で有利になる家の女性と結婚し、子どもも儲《もう》け、仕事でも出世コースに乗って万事うまくいっていた。

しかし今年になって勤めている会社で立場が悪くなり、さらに妻子を事故で失うという不幸に見舞われた。その上健康診断で内臓のあちこちに不審な影が見つかり、再検査でも何かわからず、再々検査の段階になった。不幸の連続だった。

紘男はこの負の連鎖に『これは五年前のことの報《むく》いだ』と思うようになり、その罪を懺《ざん》悔《げ》するべく、葵のもとを訪ねたという。今の段階で悔《く》いれば、過去からの運命的な報復を逃れ、自身の命だけは助かるかもと考えたらしい。

「犯人、谷尾葵の話によるとそういったことだそうです。実際、被害者の吉原紘男は最近、会社の同僚に青白い顔で『五年前のことを謝らないと』と言っているのを聞かれていますし、町井さんの親族にも連絡を取っています。町井さんの三つ下の弟に、吉原紘男から電話で、五年前の件に関して近いうちに会えないか、と打診があったそうです。その時は忙しくて具体的な話ができず、吉原紘男は先に葵さんと会うことにしたのでしょう」

岩永は雑誌や新聞の記事で拾った情報をヌシに語った。警察発表ではもう少し簡略化されていたが、おおむね間違いはないと思われる。

紘男の告白を聞いた葵は呆然《ぼうぜん》とするも、気がついた時には包丁を手にし、紘男を刺し殺していたという。葵はその後、紘男の持っていた携帯電話や財布などを抜き取り、一輪車に死体を積み、山中にある沼へ向かった。午後十時を過ぎていたそうだ。夜ではあったが何度か登った経験があり、電灯も複数持っていたので大丈夫と考えたらしい。

紘男は男であるが葵と体格的にそれほど差はなく、さらに最近の不幸の連続ですっかりやつれ、体重も落ちていたので、ひとりで運ぶのは思ったより大変でなかった、とも葵は言っているということだ。

葵の自供によると、こうして九月二十四日の深夜、吉原紘男の死体は山奥の沼に捨てられた。翌日の二十五日の土曜の午前中は雨があったせいか誰も山に入らなかったようで死体は発見されず、晴れた翌日の二十六日になって死体が発見された。

葵の計画は夜のうちに死体は大蛇の化け物に食べられ、事件は表面化せず、他県の会社員が行方不明になったくらいで捜査もされず終わりになる、というものだった。携帯電話やその他の持ち物を死体から取ったのは、大蛇が食べる時に嫌がりそうと感じたからだという。服は身につけたままでも食べてもらえると思ったらしい。

だが死体は食べられず、事件は表沙汰《おもてざた》になった。ここはある意味ねじれがあるかもしれない。大蛇がいないから死体は食べられなかったのではなく、大蛇はいたが食べる気がなかったので事件が発覚しているのだから。

被害者の身許は発見の翌日には判明した。携帯電話や身分証はなかったが、ポケットに社章が入っており、そのデザインは有名ではなかったものの調べればすぐにどこの社のものかは割り出せ、勤めていた建設会社へすぐ問い合わせがなされた。死体は沼の濁った水に浸《つ》かっていたが腐敗はさほど進んでおらず、関係者によって吉原紘男に間違いないと確認される。

そして被害者が最近、『五年前』を気に病む発言をしていたという同僚の証言から過去の横領と心中事件が浮かび上がり、それに接点のある人物が死体の発見された現場の麓に住んでいることまでじきにつながった。

紘男は電車を使って最寄り駅まで来て、そこから徒歩で葵の家へ向かっていた。田舎とあって、夕刻も過ぎてから見慣れない男が駅に降りたのを覚えている駅員や住民が何人かいた。周囲に気づかれず山中へ死体を運べそうな条件の家は地域で限られており、過去の事件がわからない段階でも、谷尾葵は早々に有力容疑者として警察に目をつけられたろう。

警察にかつての恋人の事件とのつながりを訊《き》かれ、最初は黙っていた葵だったが、やがて詳細を自供したという。

五年前の町井義和の事件についてはどこまでが真実かは不明であるものの、紘男の行動や紘男が自宅に残していたメモから、彼が大きく関与していたのは間違いないと見られた。またそうでもなければ、紘男が葵の所をわざわざ訪ねる理由もなく、紘男から事前に葵へ連絡を入れている記録もある。二十四日に訪れて良いかの連絡だったという。

凶器と被害者の携帯電話、財布や身分証といった所持品は未発見であるが、葵の証言によると身分証はこまぎれにして自宅の庭で焼き、凶器や被害者の他の所持品は、死体を沼に捨てた後、同じくそれぞれ沼に投げ入れたという。

「このところ警察のやつばらが沼をしきりにさらっておるらしいですが、どうやらそれら凶器といったものを探しているようですな」

ヌシは岩永の説明で、いまだ日中、山が騒がしい理由を知ったようだ。

「こんな場所となると人員を登らせるのだけで大変でしょうし、底の泥も厚くて、捜索は難航しているでしょうね。警察としては凶器くらい押さえておきたいでしょうが」

犯人の葵が、死体を大蛇に食べてもらおうとした、と無茶なことを言っているだけに、証言の信憑性《しんぴょうせい》に関わる物的証拠は手にしたいだろう。

「それでヌシ様、犯人の谷尾葵は死体以外にも沼に何か投げ入れていましたか?」

「そのような素振りがあったようにも思いますが」

ヌシの証言はやや心許《こころもと》ない。死体を落とす時に一緒に放っていたり、何気ない動作で捨てていれば判然としないというのもありそうだ。

岩永は一口飲んだペットボトルのふたを締めて脇《わき》に置き、空になったお椀へ水筒の中に半分ほど残っている豚汁を注ぐ。まだ温かい。

「手に入る情報は限られているので、あれこれ想像で補完しないといけないところはありますが、犯人が死体を沼に落とした理由は、やはり単純なものでしょう」

ヌシは岩永が箸を取ってまた豚汁を食べようとしながら話し出したのに不審げに訊く。

「単純、ですか」

「はい。こういう場合、大抵は真犯人をかばうためです」

死体の処置は不十分で、逃げも隠れもせず、あっさり警察に捕まり、自供し、けれどそこに嘘やごまかしが混ざっているとなれば、まずそれを疑うべきだろう。

「どうやら警察もその可能性を捨て切れていないようです。真犯人、もしくは共犯者がいるのではないかと。夜中、山奥の沼へ男の死体を女性一人で捨てに行くというのはいかにも不自然で、そんな重労働を代わりに行った人物がいたのでは、と誰もが疑うでしょう」

岩永は豚肉を噛《か》みしめながら淀《よど》みなく語る。

「凶器がいまだ発見されていないのもその心証を補強します。死体と一緒に沼に捨てたなら、だいたい同じ辺りから発見されそうなもの。警察もそうして探しているでしょう。なのにまだ警察は沼をさらっている。なら凶器は谷尾家にあった包丁ではなく、真犯人の個人的な持ち物で、それが凶器とわかると真犯人とつながってしまう刃物なのかもしれません。例えば誰かの形見や限定販売されたもの等です。だから本当の凶器は沼に捨てられていない」

ヌシはその可能性をまったく考えていなかったのか、ひとつ大きく唸《うな》った。

「そうは言っても捕まった女がひとりで死体を沼に運んできましたし、その際も他の人間の気配はありませんでした。凶器を捨てなかったかどうかは自信がありませんが、別に犯人がいるとは考えがたい」

そこまで言って、岩永の指摘に大きな矛盾があると直感したのか声を高める。

「いや、おひいさま。そもそもおかしいではありませんか。女が共犯者や真犯人を隠したいなら、ますますこの沼まで死体を捨てに来る必然性がない。それどころか女がひとりでここまで死体を捨てに来るわけがないから別に犯人がいる、という連想を生んでしまっている。逆効果でしょう。真犯人をかばうならこんな所まで死体を移動させずとも、素直に自首するだけで済みます」

ヌシがそれに気づくのは岩永も織り込み済みである。

「いえ、谷尾葵にはここに死体を捨てに来る必然性と利点があったんです。たとえ共犯者の存在が疑われても、ここに捨てることで逆にそのかばいたい人物が真犯人・共犯候補から外れるとなればどうでしょう」

狐火が煌々《こうこう》と浮かんでいる。岩永はその照り返しを受けながら、ヌシを見上げて微笑《ほほえ》んでみせた。

「谷尾葵は前もって被害者から自宅に訪れるとの連絡を受けています。用件は告げられなくとも、嫌な過去につながる相手です。何かあるとは感じられたでしょう。そんな相手とひとりで会うと思います？　誰かに声をかけそうじゃありませんか？」

「それはそうですが」

「なら被害者と会う際、家に他の誰かが一緒にいても何ら不思議はありません。そしてその一緒にいた誰かが衝動的に被害者を殺してしまった。その人物には将来があるが、谷尾葵は田舎に引きこもり、両親も失って生《い》き甲斐《がい》もなく過ごしていた。だから彼女は真犯人をかばうべく行動することにした」

辻褄が合っているため、ヌシの反論はない。どこか引っ掛かるが、どことはっきりつかめずに逡巡《しゅんじゅん》しているとも感じられるが。

「車で谷尾家に来ていた真犯人を彼女は先に帰すと、死体を山奥の沼に運び、落とすことにします。その理由は三つ。ひとつは死体についているかもしれない真犯人の痕跡《こんせき》をできるかぎり消すため。真犯人が被害者と接触した際、どこに髪の毛や皮膚の欠片、指紋をつけたか知れません。そのまま死体が警察の手に渡れば、真犯人と関連するどんな痕跡が見つかるかわからないんです。だから汚れた水に長時間浸かり、体に付着した痕跡が台無しになるであろう山奥の沼に死体を落とすことにした」

現在の科学捜査なら、数日泥水に浸かっていた死体からでも証拠を採取する特別な方法があるかもしれないが、犯人とされる人物が捕まり、罪を認めていれば、そんな手間もコストもかかる証拠の分析を敢《あ》えてするとは思えない。痕跡を潰《つぶ》す方法として沼に浸けるのは無意味ではないだろう。

岩永はお椀をかき回していた箸を上げ、ヌシに重ねる。

「ふたつ目は真犯人にアリバイを作るためです。警察も女性がひとり山奥に死体を捨てに行くのは不自然だ、と考えます。しかし谷尾葵は早々に真犯人を家に帰しています。山中に死体が捨てられたであろう時間帯、真犯人は別の所にいた、というアリバイが作られるんです」

「アリバイ？」

「犯行時、その人物がその場にいなかった証明ですね。ヌシ様が指摘した『共犯者の存在を疑わせる沼の死体』という状況が逆の意味を持つんです。死体が沼に運ばれたから共犯者がいると考えられました。なら死体を沼に運べない者は共犯者ではない、となりませんか？　つまり運んでいない真犯人は捜査の範囲外に弾《はじ》かれます。加えて警察が谷尾葵ひとりで死体を沼へ運んだと見るなら共犯者の存在を疑うこともない。真犯人をかばうのに十分な工作です」

ヌシは唖然《あぜん》としたのか、顎《あご》を落とすように鋭利な牙《きば》の光る口を開けた。

しばらくヌシは何かおかしくはないか、という風に唸っていたが、ようやく肝心の点に思い至ったのか反論を声にする。

「では女が沼に死体を落とす際、なぜ『うまく見つけてくれるといいのだけれど』と呟いたのです？　おひいさまの話では死体がいつ見つかっても良いのでは？　真犯人のアリバイと言っても、厳密に死亡時刻が割り出されなければ成り立たないものでもなさそうです。被害者が女の家を訪ねた日時はある程度絞り込めるでしょう。そこから犯行時刻も狭くなり、死体を捨てられる時間帯も限られます」

「や、こまかいですね」

「申し訳ない、性分です。女に犯人として捕まる覚悟もできていたでしょうが、死体がすぐに発見されなくとも何ら困らなかったはず。少なくともそれを祈るようにする理由はありますまい。なら私が聞いた呟きとは辻褄が合いません」

無論、岩永は返す刀を準備している。

「だからヌシ様、三つ目の理由があるんです。谷尾葵は真犯人がいた痕跡をできるかぎり消そうとしました。家の中は時間をかければ夜中でもくまなく掃除し、消すことができそうです。けれど家の外はどうです？　どこにどんな痕跡を知らずばらまいているかわかりません。真犯人の乗ってきた車のタイヤ痕《こん》がどこに残っているか、真犯人も意識せず触れた場所がどこかにあるかもしれない」

岩永は傍らの沼に、豚汁の入ったお椀を掲げてみせた。

「そこで谷尾葵はそれらをできるかぎり消すため、ヌシ様の沼に死体を捨てたんです」

その論理をとっさに理解できなかったのか、ヌシは沈黙の後、結局不審げに問うた。

「どういうことです？」

「どうもこうも、雨を降らせるためですよ。ヌシ様は水神として知られ、雨乞いを受けたこともあるのでしょう？　大雨が降れば、タイヤ痕も指紋もうっかり落とした物も、すっかり洗い流されると思いませんか？」

自明の理といった岩永に、大蛇のヌシはまたもぱっくりと口を開けた。ここで再び犯人が怪異の、超自然の力を当てにした行動を取っていると岩永が主張しようとは予想外だったのだろう。

谷尾葵は大蛇の伝承を知っていた。なら雨乞いの伝承も知っていたかもしれない。

声は取り乱した調子ながら、ヌシは威厳《いげん》に関わるとばかり身を正す。

「お待ちを。当方が水神と言われたのは昔の話、それも実績はあってないようなもの。第一、沼に汚れた死体を落とすなど当方を怒らせるばかりで、雨乞いの祭事とはまるで逆でありましょう。あれはとても雨乞いの捧げ物としての形式をとっておりません」

岩永は知恵の神だ。その手の神事についての知識は当事者より豊富である。

「雨乞いのやり方は大きく二種類に分かれます。ひとつは水神を崇《あが》め、機嫌を取り、雨を降らせて欲しいという人間の願いを聞き届けてもらう方法。正攻法ですね。それとは反対に、水神を怒らせ、暴《あば》れさせることによって雨を降らせるという方法もあるんです」

「ああっ、そういえばそんな話も聞いたことが！」

当の水神とされている大蛇が驚いた反応をするのも奇妙ではある。

「各地の水神伝承には怒らせる例も多くみられます。水神が棲む滝壺《たきつぼ》や池に蛇の嫌いな食べ物や金物を投げ入れる、汚す行為によって急に雨が降り出したという言い伝えや、雨乞いの儀式として池や堀に動物の死体を投げ入れるというものなどです」

雨がなければ作物は育たず困るが、雨が降りすぎても困る。雨には恵みと災いの両面があり、そのため願いを聞き入れての降雨と、怒りの降雨という二つの雨乞いが成り立つと言っていい。

「かつてこの沼では水神の機嫌を取ってもあまり雨が降らなかったので、谷尾葵は怒らせることでなら大雨が降るかもしれないと考えた。天気予報を見れば降水確率はわかります。けれどどれくらいの雨が降るか、厳密にはわかりません。痕跡を洗い流すなら、なるべく大雨の方が都合がいい。だから願掛けの意味合いもあり、沼に死体を落とすことにした」

岩永はそう述べ、お椀に口をつけて豚汁を飲む。

「狙《ねら》い通り、ヌシ様は怒られたようですね」

つい先ほど業腹だと言っていたヌシは、沈痛げに息をもらした。

「奇《く》しくも翌日は雨が降っていましたな。偶然とはいえ、なんということか」

水神が偶然と言うなら偶然だろう。奇しくも雨が降ったから岩永はこの論を組み立てたのだが。

「ヌシ様が聞いた呟きもこれで説明できます。谷尾葵は死体をヌシ様に見つけてもらい、怒り狂ってもらいたかった。だから死体をヌシ様が『うまく見つけてくれるといいのだけれど』とついもらした。見つけてもらえねば怒ることもないでしょうし」

反論を落ち着いて考えられる前に、岩永は畳みかける。

「後は簡単です。谷尾葵は警察に捕まった後、沼に死体を捨てた嘘の理由を語ればいいだけ。大蛇の実在を前提とした話をしたのは彼女が本当に実在を信じているからかもしれませんし、正気を疑われることを述べて裁判で責任能力について争い、刑を軽くしようと計算しているからかもしれません」

ヌシは高く上げていると血の巡りが悪くなって考えもまとまらないと思ってか、やや頭を下げて唸っていた。

岩永は仕上げに、真犯人になりそうな人物も示しておく。

「真犯人は町井さんの弟さんなんていいかもしれませんね。その人も被害者から連絡を受け、急な要望に戸惑っていたようです。それで兄のかつての恋人にも被害者が連絡を取っていると何かで知り、自分も谷尾葵に連絡してみた。そこで当日、自分も谷尾家に行って一緒に話を聞くことにし、兄の死の真相を知って衝動的に相手を殺した」

恋人の弟であり、殺す気持ちもわかるので、谷尾葵がかばうこともありえるだろう。

岩永はタッパーにおにぎりがあとひとつしか残っていないのを目にし、まだ長引くと困るな、とヌシをうかがった。

「さて、これでどうでしょう?」

ヌシはしばしの沈黙の後、いま一度頭を高く上げ、首を横に振る。

「否。その説明では不十分です。その場合で一番に願うのは大雨が降ること。なら『うまく大雨が降るといいのだけれど』と呟くのが適切です。百歩譲っても、『大蛇が怒るといいのだけれど』と呟くでしょう」

幾分苦しげな調子をしている。これでいいのでは、という感情もあるが、その引っ掛かりを無視しきれなかった、という様子だ。

岩永はペットボトルのお茶を飲んで肯いてみせた。

「もっともです。また警察も事件当夜、他に居合わせた人物はいなかったか、居合わせそうな人物の行動はどうだったかを調べているでしょう。余所《よそ》から車ででも訪れた人がいれば、誰か目撃していそうなもの。そんな共犯者や真犯人はいないとすべきでしょう」

あっさりと自説を否定したせいか、ヌシは戸惑ったように瞬きする。岩永は最後のおにぎりに箸を突き刺し、持ち上げた。

「だから犯人は谷尾葵ひとりで、警察に自供した内容はほとんど真実なんです。違うのは死体をこの沼に捨てた理由だけじゃあないですか」

沼はかわらず冷たい水に満ちている。狐火を、月光を、木魂達の持つ提灯の火を水面に映している。

「おひいさま、ではその本当の理由は何なのです？」

身を乗り出したヌシの大きな双眼に向かい、岩永は断言した。

「谷尾葵の探し物を警察に見つけてもらうためです」

沼の周辺の草や地面に人の手が入った跡が多く見られるのは、死体を引き上げる時についたものもあるだろうが、特に顕著な痕跡は、警察が今日も沼にやってきてその中をさらい、捜索する際についたものだろう。

「現在、警察はこの沼に凶器や被害者の所持品が捨てられたとして捜索を続けています。谷尾葵はそれを狙ってわざわざここまで死体を運んだんです」

岩永は箸に突き刺したおにぎりにかぶりつきながら、またも啞然としているヌシへ重ねる。

「彼女は過去この沼に何かを捨て、吉原紘男殺害後、それを回収しなくてはならないと考えた。ところが山奥の、この広い沼に沈めたものを彼女ひとりで見つけ出すのはとてもできません。だから警察の力を借りることにした。凶器や被害者の所持品を沼に捨てたと自供すれば、警察は高い確率で沼を捜索するでしょう。その時、彼女の探し物も一緒に見つかるのを期待したんです」

「ではあの女の呟きは」

ヌシもどうやら岩永の示すところを察したらしい。岩永は肯く。

「谷尾葵が見つけて欲しかったのは吉原紘男の死体ではなく、かつて彼女が沼に沈めたもの。かなり前に沼に投げ入れたため、見つかるかどうかは確実ではない。だからそれを警察が『うまく見つけてくれるといいのだけれど』とつい祈りを込めて呟かずにはいられなかったんです」

ヌシは無意識にだろう、跳ねるように沼の方を向いた。

見えている死体にこだわるから呟きが矛盾を起こすと思えるのだ。なら犯人は見えている死体以外のものを見つけて欲しいとすればいい。そして警察はそれ以外のものを探して沼をさらっている。

やがてヌシはまだ信じがたいと主張したげに岩永へ向き直って見下ろしてきた。

「り、理屈はわかります。しかしそれなら死体をわざわざここまで運んで捨てずとも、凶器や所持品だけを捨てに登ってくれれば良いのでは？　その方が楽ではありませんか。いえ、それどころか凶器などを捨てる必要もない。警察で『沼にそれらを捨てた』と言うだけで、沼はさらわれるでしょう」

「ところがそれだとおかしなことになります。谷尾葵が目的を果たすには、警察が事件を知り、彼女を犯人と考えて逮捕し、沼に凶器等を捨てた、という彼女の自供を聞かねばなりません。ではまずどうやって警察に事件を知ってもらいます？」

ニコリと尋ねた岩永を、ヌシは警戒してか目を細め、慎重な口調で返す。

「まず死体が発見されねば警察は動きますまいな」

「ではどうやって死体を発見してもらいます？　いきなり自首しますか？　ダメですよ。

谷尾葵としては殺人を犯した段階で罪を逃れられるとは考えなかったでしょう。しかし彼女は凶器等を沼に捨てたと警察に言わねばなりません。その行為は犯行の証拠を隠そうとするものです。そして犯行を隠そうとする犯人は自首せず、まず死体を隠そうとしませんか？　少なくとも死体を自分と関わりのない状況に置こうとしませんか？」

ヌシは黙り込んだ。おにぎりをすっかり食べた岩永は、豚汁も片付けるべくお椀に口をつけて傾け、それから巨大な影を彼女に落とし、夜をより暗くする蛇の化け物に言って聞かせる。

「谷尾葵は死体を発見してもらい、自分が犯人と気づいてもらわねばならない。けれど同時に、彼女が死体を適切に処理しようとしたと警察に考えてもらわねばならないんです。それには沼に運んで落とすのが一番でした。死体を沼に運んだついでに凶器等を一緒に捨てた、というのは自然です。さらに沼に棲む大蛇に死体を食べてもらおうとした、という説明で『死体を隠そうとした』という意図を警察に伝えられます。またその証言が正気を疑うものなので、他の彼女の自供が正しいかを確認するため、警察にはいっそう沼から凶器等を見つける必要性が生まれ、捜索がより熱心に行われます」

岩永は空にしたお椀で沼を示す。

「わざわざこの沼に死体を捨てるのにはこれだけ利点があるんです。当然彼女はその日曜に誰かがキノコ狩りに山へ登り、沼のそばを通ると聞き知っていました。近所付き合いをしていれば、そんな動向も耳にするでしょう。絶対ではありませんが、沼に死体を捨てれば近いうちに発見されるだろうと踏めます」

風が回り、ざわざわと木々が鳴る。沼の水面に波が立つ。岩永の前には巨大な蛇体が壁となって冷えた空気は流れてこない。その蛇の化け物はじっと口を閉じ、反論を探しているよう。

「では、ではあの女は何を探させているのです？　かつて何を沼に沈めたとお考えなのです？」

裂けるような口を開いてヌシは解《かい》を求めた。岩永は軽く答える。

「それは当然、彼女のかつての恋人、町井義和さんに関わるものでしょう。彼女を裏切り、他の女性と心中した恋人をそれは憎んだでしょうね。その事件の後、田舎に帰って二年も引きこもっていたというのですからかなりのショックだったでしょう。しかしその恋人は、知人の罠《わな》にかかり濡《ぬ》れ衣《ぎぬ》まで着せられて殺されたと知ったんです」

ここで彼女の恋人に対する感情は大きく変わっただろう。

「他の女性と付き合っていたのは事実であっても、彼女と結婚する意志があり、罪も犯していなかった。谷尾葵としては恋人を許し、彼に関わる物事を憎んだのを悔いたと思われます」

「なるほど、わかりました。その恋人との思い出の品をかつて沼に捨てたのですか。自分を裏切った男を思い出す品など乱暴に捨てたくもなりますな。そしてそれを取り戻そうとしたと。いやしかし、そのような物品を回収させるくらいでわざわざここまで死体を運ぶなど大げさではありませんか？」

ヌシは幾分強気な調子で指摘する。岩永は恬然《てんぜん》とそれを認めた。

「もっともです。第一彼女は恋人の事件後、ひとり暮らしていたD県からここに戻っています。そういう恋人に関わる品は、引っ越しの時にすっかり処分するものです。多少写真やプレゼント類が残っていても燃やすかゴミに出すかで十分でしょう」

岩永は水筒をしっかり閉め、タッパーも閉じ、お椀と箸を袋にまとめてリュックに詰め直す。そんな岩永にヌシは苛立《いらだ》ったように迫った。

「ならば、何を沼に捨てたというのです？」

「そうですね。恋人との間にできた赤ん坊とか」

岩永はあっさり笑って言ってみせる。ヌシはその答えに体を固める。ここにおいてそれほど意外ではないと岩永には思えるが、ヌシの想像の外《そと》ではあったのだろう。

岩永はペットボトルのお茶を飲みながら補足説明を続ける。

「恋人の町井義和の死後、田舎に戻った谷尾葵はやがて自分が死んだ恋人の子どもを授かっているのに気づいた。自分を裏切った男の子どもです。子どもに罪はないとはいえ、どうするか悩んだでしょうね。彼女は田舎に戻ってから二年ほど周りとの付き合いを断っています。少々お腹《なか》が大きくなっていても気づかれなかったでしょう」

子どもがお腹にあっても自覚するのには時間がかかる。恋人の事件の時はまるで兆候もなかったのが、二ヵ月後にわかるというのもありえる話だ。

「さすがに無事子どもが生まれていれば育てたでしょうが、彼女はその子を自宅で未熟なまま流産し、嬰児《えいじ》の遺体が彼女の手元に残りました」

現代、病院に行かず、または様々な事情で行くことができず、赤ん坊を産み捨てる、流産、死産した嬰児を公衆トイレなどに放置するという出来事をニュースで目にする時がある。川や海でその亡骸《なきがら》が発見されたという例もある。

「それは処理に困るものでしょうね。彼女としてはその子に愛情が湧《わ》くはずもなく、むしろ忌《い》まわしく感じ、嫌な記憶ばかり思い出させるものでしょう。かといって外聞もありますし、ゴミと捨てることもできません。不意に産み落とした小さな遺体をどう処理するか。誰に相談すればいいかも難しい。だから谷尾葵は山奥の沼に沈めることにした」

夜は深くなるばかり。山中には岩永以外に人の気配もなければ人の作った灯すらない。強《し》いて言うなら山で亡くなった者の幽霊達が何体か興味深そうにのぞいているくらい。他には怪異のもの達がいるだけ。そのもの達も滅多《めった》なことでは人には関わらない。

「この沼は誰にも気づかれず、小さな遺体を葬るには最適な場所かもしれません。山に埋めるという方法もありますが、地面を深く掘るのは大変ですし、浅ければ獣に掘り返され、誰かに見つかるかもしれません。なら袋にでも詰め、重しをつけて沼へ沈めれば罪悪感も比較的少なく、手間もかからないでしょう」

ヌシは沼を凝視している。自身の知らない間にそんなことが、とでも思っているのか。ヌシとはいえ、住処とする一帯は広い。気づかないこともあるだろう。

「そして先月、谷尾葵は恋人の死の真相を知り、彼との子どもを粗略に処分したのを悔いた。恋人を憎む理由がなくなれば、その子を忌まわしく思う理由もなくなります。逆に自身の行いを罪深く思ったでしょう。ならせめて遺体を引き上げ、ちゃんと弔《とむら》わねばと考えた。だから警察に沼を捜索してもらう計画を実行したんです」

岩永は少しだけお茶の残るペットボトルの蓋《ふた》を閉じ、それもリュックに詰めてステッキを手にした。

「警察も嬰児の遺体を沼で見つければ慎重に扱うでしょう。谷尾葵に心当たりを尋ねるかもしれません。そうなれば彼女は真実を語り、遺体を弔ってもらえばいい。たとえ彼女に尋ねなくとも、警察は遺体をきちんと弔うのではないでしょうか」

椅子代わりの丸太から立ち上がり、岩永は沼へと近づいた。沼に変化はない。山奥にあれば獣や鳥の水飲み場として使われるだろうし、他の生物も水中に棲息《せいそく》しよう。食物連鎖の中では死体は当然存在するものであり、それがひとつふたつ投げ入れられたくらいで、沼が急に不気味さを増すものでもない。

「ではいずれ沼の底から、あの女の赤子が発見されると？」

ヌシが沼から岩永へ視線を移した。岩永は肩をすくめてみせる。

「されないでしょうね。ヌシ様はさっき言っていました。沼はゴミや獣の死骸で汚れることがあるので定期的に掃除させていると。彼女の赤ん坊が沼に沈められたのはおそらく四年以上前。ならとうに山のあやかし達が取り去ってどこかにやっていそうです。そのあやかし達が人の赤ん坊の遺体を見つけたからといってヌシ様に報告しているとも思えませんし、それを覚えているとも思えませんが」

ヌシは、あっと声をもらした。この仮説の決定的な証拠はもはやない。

「それでもこれがヌシ様の証言と矛盾せず、最もありそうな話では」

岩永はくるりとステッキを振って沼を指し、どこ吹く風で重ねてみせる。

「谷尾葵はかつてこの沼に小さな屍《しかばね》を捨てた。誰にも見つからないよう、夜中にひとり山を登ったのでしょう。だから再び男の屍を夜中に捨てに来るのを思いついた。屍を沼に捨てることによって、より大切な屍を取り戻そうとしたわけです」

ヌシはしばらく沈黙していたが、やがて身じろぎで地面を鳴らし、深く吐息した。

「人間はなんと恐ろしいことを考え、行う生き物か」

「まったくまったく」

「いや、おひいさまも大概ですが」

岩永がせっかく同意してみせたのに、ヌシは身を震わせ、かしこまってそう返す。昔話くらいにしか出てきそうにない櫓《やぐら》のごとき大蛇にそんな扱いをされるとは心外であった。時間を見れば、市内の公共交通機関は運行を停止している時刻だったが、あやかしの中には空を飛べるものもいるので、それを呼んで送ってもらえばいいだろう。どうやら東の空が紅《あか》くなり、鶏《にわとり》の鳴く声が聞こえる前にベッドに入れそうだった。


「その結論で、ヌシの大蛇は納得してくれたのか？」

翌日の午前十時過ぎ。岩永は定期検診を受けるため、H大学付属病院を訪れていた。九郎も時間が空いているというので、豚汁を入れておいた水筒や食器類の回収もかねてと付き添いで来てくれている。

妖怪変化が集う夜の山奥には一緒に来てくれず、壁の色も白くまぶしい、コンビニエンスストアもすぐそばにある大学病院には付き添いに来るというのはどういう了見だ、と言いたくもあったが、来てくれるだけましと思ってそこは黙っていた。ただ妖怪変化は、真新しい施設や街中にも案外いるものではあるが。

診察まで間があったので施設内にあるベンチに座り、ステッキを片手に岩永が昨晩のあらましを語ったところ、九郎はそう少々疑わしげに尋ねてきた。いつもながら恋人を信用しない男である。

「そりゃあヌシ様の疑問をきちんと解消してましたからね」

いきなり結論を述べてもあっさりし過ぎて難癖《なんくせ》をつけられそうだったので、少々もってまわった論陣を張ったのだ。いかにもこまかい点まで考えてあるようで、ヌシの気質とも合っていたはずである。

平然と答えた岩永に、九郎はさらに眉《まゆ》を寄せて問うてきた。

「それで岩永、お前は自分の仮説をどれくらい信じてるんだ？」

「あんまりは。実際のところ、谷尾葵は警察でまったく嘘をつかず、沼に棲むという大蛇に本当に死体を食べてもらおうと思っていたんでしょう」

岩永はこれも平然と答えた。九郎がやっぱりか、といった顔をしている。

「ヌシ様に会う前、一応話のわかる浮遊霊に拘置所にいる谷尾葵の様子を見にやらせたんですが、『大蛇は死体を見つけてくれなかったんだろうか』ってぶつぶつもらしてたそうですし」

本人に直接尋ねて答えを聞ければ一番だったのだが、岩永が拘置所内の彼女に近づくことはできず、浮遊霊に尋ねさせてもまともな回答を得られそうもない。その浮遊霊の話では、谷尾葵は霊の存在にもまったく気づかなかったというからどうしようもない。

「とはいえ私の説明は辻褄が合ってますし、合理性もあります。でも犯人が合理的に行動するとは限りません。ヌシ様は自分が聞いた呟きと谷尾葵の自供に、『食べてくれる』のを願うならそれを真っ先に呟くはずだ、と矛盾を指摘しましたが、たまたま彼女が『まずは見つけてくれないと元も子もない』と思ってそれをつい呟いた、というのもありえない話じゃあないでしょう」

人間は合理的に行動しないこともあるから細部を気にするのはやめましょうよ、と言ってもあのヌシに通じなかったろう。けれど夜の山奥に女性がひとりで成人男性の死体を捨てに行くという段階で正気を疑うものなのである。その心理が常道を離れていた方が辻褄が合っていそうなものなのだが。

「極端なことを言えば、ヌシ様が彼女の呟きをまるで聞き違えていた、なんて可能性もあります。だとすれば全ての前提が崩れますよ」

「ヌシとも呼ばれる大妖怪が、聞き間違いとは絶対に認めないか」

九郎は岩永が渡した水筒等《など》の入った袋を手にしながら、苦労を慮《おもんぱか》るように言った。

「はい。だから私が知恵をしぼったわけです」

ヌシも満足し、岩永の知恵の神としての評価も高まったろう。

九郎は何から注意したものか、と悩む間を取った後、こう口を開いた。

「ひとつ間違えば適当な嘘を並べるな、って怒ったヌシに食い殺されかねないやり方だけどな」

「そんな下手《へた》は打ちませんって」

別に岩永はヌシに嘘はついていない。最もありそうな話と付けているし、谷尾葵の自供内容も最初に伝えている。岩永の仮説を全否定する証拠も出てはこないだろう。ヌシが怒る点はない。

だが九郎は幾分厳しい声を向けた。

「お前はもう少し身の危険に神経を回せ。お前には荒事に向いた力がないんだから」

「だからそれは先輩も一緒に来てくれればいいだけと」

「いつも一緒にいられるとは限らないだろう。危険の自覚がないのが一番怖くてだな、今回も少しは懲《こ》りるかと思えば」

九郎はそこまで言って徒労でも感じたように肩を落とす。

岩永には九郎が意図するところがよくわからない。岩永も最低限の自己防衛は考えているし、そちらにも頭を使っている。昨日もそういった話をしていたが、それほど九郎は彼女の能力を過小評価しているのだろうか。認識をあらためて欲しいところだ。

さておき大蛇からの相談は片付いた。いつまでも気にしてはいられない。

「そうそう、また遠方の妖怪から相談がありまして。海坊主《うみぼうず》なんですが、明日の夜に日本海側のとある断崖《だんがい》に行かないといけなくて」

岩永が言うのに、九郎はため息をついた。

「わかった。今度はけんちん汁を持たせてやるから」

追い払うように手を振る。ひとりで行かせる気しか感じられない。まったくもってこの男の情動はどうなっているのか。

「なぜ汁物を用意して事足りると思う。一緒に来いっ」

ステッキで足を叩《たた》いてやるが、痛みを感じない九郎には効果があるとは見えない。

そこであやかしが下から岩永のスカートを引き、診察時間が近づいたことを報《しら》せる。

岩永の日常は、かくてせわしなかった。

第二話　うなぎ屋の幸運日

「本格的なうなぎ屋に、ひとりで入ったことがあるか？」

梶尾隆也《かじおたかや》は、目の前でうな重を食べている友人にそう尋《たず》ねた。友人、十条寺良太郎《じゅうじょうじりょうたろう》は箸《はし》を止め、眼鏡《めがね》の向こうの目をわずかに梶尾の方へ動かして尋ね返してくる。

「本格的というと、こういう店か？」

「こういう店だ」

梶尾も自分のうな重に箸をつけながら肯《うなず》いた。

十一月も終わりが近い二十六日の金曜日、午後二時をいくらか過ぎた頃。二人は一番近い駅から徒歩七、八分、シャッターの目立つ商店街の奥にあるうなぎ屋に入って、やや遅い昼食として特上のうな重を食べていた。

十条寺は塗りのお重に隙間《すきま》なく詰められた香ばしいうなぎの身を箸で割り、タレをふくんだ白い飯とともに取りながら短く答える。

「ひとりではないな」

「どうしてだ?」

「うなぎはうまいが、値段を気にせず是が非でも食べたいものでもない。このうな重ひとつで一週間は昼、満足いく定食を外で食べられるくらいの値段がするんだ。ひとりで食事を済ませるなら、そういう店に行くよ」

「そうだな。お互いそれなりに稼ぎはあるが、ひとりでうな重を食べようか、と軽く足を向けられるほどじゃない」

梶尾も十条寺も三十代も半《なか》ばを過ぎた独《ひと》り身《み》で、食事で贅沢《ぜいたく》をできなくもないが、この店の特上のうな重は昼間から気安く食べられる価格ではなかった。

店はうなぎ専門で古色が濃く、昼時の品書きは並、上、特上のうな重しかない。夜になれば酒《さけ》の肴《さかな》の意味合いもあってか、白焼きやうざく、うまきといった一品料理も出しているが、種類は限られていた。店内は五つばかりのカウンター席と、四人ないしは二人がけのテーブル席がいくつか。どう詰めても二十人が入れるかどうかといった広さだ。そのテーブルも柱も壁も年季が入り、うなぎと炭《すみ》の香りが染《し》みていそう。店員もせいぜい二人か三人で回しているだろう。店内は清潔にされてはいるが、全体が煤《すす》けているとけなす者もいそうだ。だからこそ通好みの、本物のうなぎを出す店といった情緒もある。

実際、使用しているうなぎは産地にこだわり、季節によって入荷場所を変えているというし、タレもメーカーに頼まず、自家製のものを使っているという。地域では知る人ぞ知

ると いった名店だそうだ。

「それにこういう店にひとりで気軽に入るには、やっぱりそれなりの年齢というか、経験がいるだろう」

十条寺の続けた言葉に梶尾も同意する。

「ああ、二十代だとよほどのうなぎ好きでもないとひとりでは入れないな。入りやすい店でもない。三十代でもまだきついか。十代なら入ろうという発想も持てない」

通りから店内はほとんど見えず、照明も暗めで、中で食べる側《がわ》としては落ち着くが、店に入ろうとする側には抵抗が出る。人通りの少ない商店街の奥という立地ではなおさらだ。人に連れてきてもらうか人を連れていくか、数人で何かの祝いか記念で、といった訪れ方になりやすいだろう。

梶尾は現在、独立して事務所を構える一級建築士であるが、かつて勤めていた建築会社の上司に連れられてこの店の暖簾《のれん》をくぐったのが最初だ。そういうきっかけがなければ、この店に一生入らなかったかもしれない。その後、常連とまではいかなくとも年に数度、特別な時に誰かとともに訪れていた。

つまり本格的なうなぎ屋にひとりで入るのは三十半ばを過ぎたくらいでもそうそうないということだ。

そこで梶尾に本題に入る。

「なら、あれはなんなんだろう？」

そちらを示す動作ひとつしなかったが、あれという言葉だけで店の一番奥のテーブルを指しているとわかったろう。十条寺も意図は伝わっていると唸《うな》るようにして、箸を止めた。

「なんなんだろうな」

二人のいい大人が一人で入るのを躊躇《ちゅうちょ》する本格的な老舗《しにせ》のうなぎ屋。その一番奥のテーブルに、少女といった年齢に見える小柄な客がひとり、当然のように座って特上のうな重を食べていた。

ふわりとした髪質に、陶磁器を想起させる肌。正しく箸を取る指は小さく、細く、端正で、動いているのが不思議なほど。着崩すことなく凛《りん》と身につけている抑制の効いた色合いの衣服は、生地《きじ》の風合いからしておそらく高級品であろう。容姿やその身長からすれば、まるでショーケースにある西洋人形めいた娘なのだ。

その小さな娘がさらに小さな口にうな重を運び、食べている。幼《おさな》い顔立ちなのに所作がいちいち美しく、それもどこか人形めいていた。うな重を食べず、ただ座っているだけならば、人形と通じるかもしれない。

時間帯もあって、店内に客は梶尾達とその娘の三人だけだった。梶尾達の席から娘までは距離があるので、普通に話すくらいなら会話の内容は聞こえはしないだろうが、二人とも先ほどから声は小さめにしている。

娘は、梶尾達が席について注文を終えてしばらくしてから来店した。その時点で梶尾はこの店に不似合いな娘の存在に驚いたし、十条寺も意表を衝《つ》かれたのか、目を大きく開いていた。

娘の背丈《せたけ》は百五十センチにも満たないだろうか。クリーム色のベレー帽をかぶり、右手に瀟洒《しょうしゃ》な赤色のステッキをつき、薄桃色のコートを身につけ、左手に小さなバッグを持ち、どこかこの世の者ではない雰囲気さえまとって店に入ってきた。応対に出た店員が面食らった挙動で、

「お連れ様は?」

と尋ねたのに、

「いえ、ひとりです」

と穏《おだ》やかな声で答え、奥のテーブルに案内されて座るとベレー帽を取り、コートを脱いで特上のうな重を迷いなく注文し、バッグからカバーのかかった本を取り出して読み始めた。一連の動きには少しの淀《よど》みも、物怖《ものお》じの欠片《かけら》もなく、あくまで自然に、自身の行動にいっさいの問題はないといった佇《たたず》まいで、うな重が運ばれてくるのを待っていた。

一度、娘は梶尾達の方に目を向け、意外そうな、ちょっと首をかしげる動きをしたが、梶尾と目が合うと、優雅に、どこかいたわりのある微笑《ほほえ》みを浮かべて本を閉じ、座り直し

て宙を見つめるような姿勢に変わったりしたが、それは梶尾と十条寺が口に出さずとも彼女を気にしているのを鷹揚《おうよう》に制したかのようでもあり、逆に二人の視線など歯牙《しが》にもかけていないようでもあった。

梶尾はそれからその娘を意識の外に追いやろうとはしていた。十条寺も敢えて彼女を無視する風に運ばれてきたうな重を食べていたが、ずっと気になっていたらしい。梶尾がそれとなく水を向けるだけで、話を合わせてきたのだから。

特上のうな重には肝吸いと香の物がついている。梶尾は肝吸いで口内を洗い、なるべく奥の娘に注意を向けていない態度で話を続けた。

「あの娘、歳《とし》はいくつくらいと思う?」

「まず十代に見えるな。高校生、いや中学生の方がありえるか」

「だが平日の昼だ。まだどこも学校の時間だろう」

「たまたま休みということもある」

言いつつも、十条寺は不審げに付け足す。

「しかし彼女、高校生どころかもっと年齢が上に感じなくもない」

梶尾も言われる前からそう思えていた。

「そうだな。どういうわけか妙に世慣れて、達観している雰囲気もある。その上俺達と同じに内臓がある人間という雰囲気もないよな」

「内臓なしではうなぎは食べられないな」

十条寺の意見は道理であるも、梶尾は感覚的に承服しかねた。

「そうは言っても、精巧な自動人形という方がまだ腑《ふ》に落ちる娘じゃないか？」

「文字を書いたり煙草《たばこ》を吸ったり楽器を演奏する自動人形はあるが、よりによってうな重を食べるものはないだろう」

「日本のからくり人形にならありそうだろ」

「彼女は人形としても西洋のもので、オートマタと呼ばれる型だ。うな重とは合わない」

「そういう問題じゃない」

梶尾としては推論を真面目《まじめ》に進めたいので、やや咎《とが》める調子で箸を上げた。十条寺は眼鏡にひとつ触れ、娘へわずかに横目を向けて言う。

「身形《みなり》や箸使いからすると、かなり育ちはいい。金銭的に苦労したことはないだろう。特上のうな重を迷わず注文していたし、どこか深窓の御令嬢か」

「深窓の御令嬢がひとりでうなぎ屋に入るか？」

「無類のうなぎ好きかもしれない」

梶尾の指摘に十条寺は返してきたが、それも無理があるのではないか。

「なら馴染《なじ》みの店があるだろう。そうでなくてもお付きの者が出前を取るとかしそうだ。少なくともひとりで入ってくるか？」

「店員も彼女を見てまごついていたし、常連でもないな」

「誰と一緒に来ていても、一度見たら忘れそうにない娘だからな」

考えれば考えるほど、このうなぎ屋にいる娘の存在が不自然になってくる。

梶尾は何とか現実的な解釈をしようとした。

「逆に深窓の御令嬢で浮世離れしているから、こういう店でも抵抗なくひとりで入れるというのはあるか？」

「浮世離れした深窓の令嬢という割には、物珍しげに辺りを見回すでもなく、こういう店にも慣れているようだ」

十条寺は反論を述べつつ、ため息をついた。

「そもそも深窓の令嬢が、いくらうなぎ好きであっても、ただ昼を食べるのにふらりとひとり、さびれた商店街の奥まで足を延ばすというのがありそうもない」

「店自体はネットでも紹介されているし、評価も良く書かれているが」

「深窓の令嬢がわざわざネットでうなぎ屋を探し、その評価を見てやって来るのか？」

奥でうな重を静かに口へ運んでいる娘が、ネットでうなぎ屋を検索している姿を頭に描こうとしたが、梶尾はどうにも形にできなかった。

「まるでリアリティがないな」

「全国のうなぎ屋を食べ歩いて評価している物好きな御令嬢ならやって来るかもしれない

が」

「どんな令嬢だ。それもリアリティがない」

ベレー帽をかぶり、凝《こ》った彫刻が施《ほどこ》されたステッキを持った、幼くも年功のありそうな娘というもの自体、現実感を欠くものではあるのだが。

「やはり謎《なぞ》だ」

ぱりっと焼かれたうなぎをタレの染みた白米とともに口に入れ、梶尾は無念に呟《つぶや》いた。

十条寺が目を細める。

「やけに悩むな。そんなに気になるか？」

「謎はない方がいい。うまく飯を食べるにも、夜ぐっすり眠るにも」

梶尾は日常の些事《さじ》をいちいち詮索《せんさく》する性格ではないが、娘の存在は些事とするには異質であり、放っておくと長く心に引っ掛かりそうなのだ。今日ばかりはそういうのを抱《かか》えたくなかった。

そこで十条寺がひとつ方向を変えることを言い出す。

「あの娘がここにいる理由はいったん置こう。お前の方はどうして今日、急に俺を誘って昼にうなぎを食べようと思ったんだ？　それも珍しいことだ」

自分達の来店理由や動機を再確認し、何か手掛かりにしようというらしい。

これには梶尾も簡単に答えられた。

「妻の雪枝《ゆきえ》が亡くなって半年経《た》った。その前から引き受けていた仕事もどうにか片付いたし、そろそろ仕切り直そうと考えてな。その景気づけにうなぎを食べようと思い立ったわけだ」

妻の雪枝も生前はこの店の味は気に入っており、機会としてより良いと言えた。

「だが何度か来たことがあるとはいえ、こういう店にひとりで入るには抵抗があるし、ひとりで高いものを黙々と食べるのも寂《さび》しい。俺と同じで個人で仕事をしているお前なら、うなぎをおごると言えば出てくるだろうと誘ったんだ」

十条寺はフリーのプログラマーをしており、時間の自由はかなり利く。梶尾も個人で仕事をしているので、誘いやすいのだ。

「俺も誰かのおごりでもなければ、まずこういう店でうなぎは食べないな」

十条寺は同感だと肯き、口許《くちもと》だけに笑みを作る。

「それにしても少し安心した。奥さんが亡くなったのがかなり応《こた》えた様子だったからな。ひと月ほど前に会った時もずいぶん疲れた顔で、見るからにやつれていたが」

「ああ、雪枝が逝《い》って以来、どうにも体が重いし、夜も眠れない日が続いてな。病院もいくつか通ったが悪い所はまるで見つからない。結局全《すべ》て心因性の体調不良だったわけだ。なんとも心というのは自由にならないものだ」

体重も二割以上減っていた。これほどまでに調子を崩すとは我ながら思ってもいなかった。

「だがやっと持ち直した気分になれて、ここ数日はよく眠れているし、食欲も戻って来た。そういう時にうなぎを食べるのは合ってるだろう」

「ああ。うなぎは奈良《なら》時代でも体にいいとされていたからな」

「そうなのか」

「万葉集にも夏バテに効くと詠《うた》われてるぞ。今は冬だが」

高校時代からのこの友人は、相変わらずどうでもいいことを知っている。銀色の眼鏡をかけ、怜悧《れいり》で冷たい印象が強く、物言いもきっぱりしているためか、人付き合いでよくトラブルを起こす。現在組織に属さず仕事をしているのも、それが原因だという。しかしこうして梶尾が急に昼に誘ってもきちんと出て来てくれるし、それとなく相手を気遣《きづか》える良い友人だった。

そんな話をしている間も、奥にいる小さな娘は滞《とどこお》りなくうな重を食べ進めている。梶尾達より早いペースで食べているかもしれない。けれど娘の箸使いにせわしなさやはしたなさはない。そんな所にも育ちの良さがうかがえる。

焼いたうなぎを冷めにくいよう白飯にのせ、あるいは挟むうな重であっても、話してばかりで食べるのが遅いと、無論味が落ちる。梶尾は十条寺とともにしばらく黙って箸を動かしていたが、不意に十条寺がしゃべり出した。

「考え方を変えよう」

黙って食べながら、答えを探っていたらしい。梶尾は食べながら先を促《うなが》す。

「どういうことだ?」

「あの娘がこの店に来た理由を限られた情報から推測するのは難しい。あるいは彼女の口から本当の理由を聞かされても、それが連想や推測が可能なものかも怪しい」

「かもしれないな」

夢の中に妖精《ようせい》が現れ、今日はうなぎ屋にひとりで入ってうな重を食べるといいことがあると言われた、といった理由を告げられても、飛躍があり過ぎて釈然としないだろう。推測できるわけがない。

「なら逆に考えてみよう。なぜ俺達は、こんな奇異な現象に遭遇したか」

「逆?」

「昔から滅多《めった》にないこと、不思議な事象に出くわした時、それは吉兆または凶兆と解釈された。これは俺達にとって何かの兆《きざ》しじゃないか?」

十条寺は冷静な口調でそう返した。確かにそういう話は非科学的であるが、どこか本能的に理解できるものでもある。

「昔から言うな。黒猫に前を横切られたら悪いことがある」

「茶柱が立つといいことがある」

「霊柩車《れいきゆうしや》に出会うと縁起が悪いって話も聞く」

「地域によっては出会うと縁起がいいとも言われる」

「そうなのか」

「他《ほか》にも蝶《ちよう》の群舞の出現は社会的な変革の兆し、という言い伝えがあるし、朝の蜘蛛《くも》は縁起がいいが、夜の蜘蛛は不吉という話もある。不可思議な例を言えば、聖者の像が血の涙を流す、神社のご神体が突然ひび割れる、といった現象も異変の兆しとして世を騒がせたことがある」

どうやって蝶の大群が現れたか、どうやって聖像が涙を流したかは不明であっても、何を報《しら》せようとしてそういう現象が起こったかがわかれば、ひとまず腑には落ちそうだ。

「じゃあ、本格的なうなぎ屋でひとりでうな重を食べる娘を見たらどうなんだ?」

現実感のない娘ではあるが、物理的に存在し得ない人間ではないだろうし、しかるべきホテルのラウンジやティールームにいれば、目を引くとしても不自然とまでも言えない。

このうなぎ屋にひとりでいるからこそ彼女は奇異で不可思議なのだ。

彼女の可憐《かれん》さからするなら、幸運のしるし、吉兆と思いたいところだが。

十条寺は眼鏡に触れて動かす。

「やはりうなぎ屋であること、そこに現れたのが人かどうかも不明な目を引く華のある者であることが、何らかの意味や象徴となっているだろう」

そしてじっと梶尾を試すごとき瞳《ひとみ》で続けた。

「うなぎはあるものの使いとされているが、知っているか？」

「いや」

梶尾はそのうなぎを食べながら友人が知識を披露するに任せる。

「うなぎは神仏、特に虚空蔵菩薩《こくうぞうぼさつ》の使いとされる。そして虚空蔵菩薩は福徳と知恵を司《つかさど》るといわれ、左手に福徳を意味する如意宝珠《にょいほうじゅ》を持ち、右手に知恵を意味する宝剣を持つ」

「ほう。知恵か」

福徳と言われても意味が取りにくいが、そちらはわかりやすい。

十条寺はそこでまた新たな知識を出す。

「他にうなぎと言えば、関東と関西で割《さ》き方が違うのは知っているか？」

「ああ。関東は背中から割いて、関西は腹から開くんだったな。はらわたを取り出すなら腹から割いた方が合理的だが、関東は武士が多く、切腹を思わせるのが嫌だって避けられたらしいが」

これは有名だろうと梶尾は述べたが、十条寺はさらに先を語る。

「俗説ではそうだが、実際は東西で調理の仕方が違うからとも言われる。関東は蒲焼《かばや》きにする際、串《くし》に刺して蒸《む》してから焼くが、関西では串に刺してそのまま焼く。腹から割いて串に刺すと、蒸した時に身の厚さの加減で串から外れやすくなるそうだ。だから関東では背中から割く。しかし関西は蒸さないので、合理的に腹から割く」

十条寺はお重の中からひとつうなぎを箸で取ってみせた。

「だから東西でうなぎの食感も違ってくる。関東の方が身が柔らかいとも言えば、関西の方が焦《こ》げがあってぱりっとした風味があるとも言う」

それから口に入れ、いつもと変わりない冷たい顔で語る。

「この店のうなぎの食感からすると、関西の調理法をしているようだ。つまり切腹を暗示する腹開きをしている」

「そう言われればそうだな」

梶尾はこの友人がどんな論を展開しようとしているのか、楽しみな気分でうな重を食べ進めながら耳を傾ける。

十条寺は再びうなぎの身を箸にとってさらに他の知識を提示した。

「またうなぎはその粘液をまとった体のつかみづらさから、巧妙に逃げる、といった比喩《ひゆ》に使われる場合もある」

万葉集の頃から食べられていた硬骨魚だけに、いろいろないわくがあるものである。梶尾は感心しながら促す。

「それらを総合すればどうなる?」

十条寺はちらりと、人形のごとき娘に目をやった。

「あの浮世離れした娘は虚空蔵菩薩を、うなぎは罪を巧妙に逃れようとする罪人を表す。よってこれは虚空蔵菩薩がその知恵の宝剣で罪から逃げる者をとらえ、切腹に追い込むのを暗示する」

「うまくつながるものだな」

「ああ。あの娘の出現は、知恵を持つ者によって罪が暴《あば》かれ、裁かれる、という天啓なのかもしれない」

そして十条寺は梶尾に対し、おもむろに告げた。

「お前、奥さんの雪枝さんを殺したな？」


謎の娘は相変わらずうな重を食べている。あの体でこの店の特上の分量はかなり多いと思えるが、少しも苦にする気配がない。途中、梶尾達の方を向いた時が数度あったとも見受けられたが、考え過ぎかもしれない。

「思ったんだが、虚空蔵菩薩が自身の使いであるうなぎを食べるのは辻褄《つじつま》が合わないんじゃないか？」

梶尾は眉《まゆ》を寄せて疑問を呈《てい》してみたが、十条寺は予期していたごとく切って捨てる。

「菩薩ともなれば、自分の使いをどう扱おうと自由ではないか」

それだと菩薩様の信仰に影響がありそうだが、ここで追及する点はそこではないだろう。

梶尾はつい愉快になりながら尋ねた。

「さて、どうして俺が雪枝を殺したと考える？　雪枝は半年前の夜、路上強盗に襲われ、バッグを奪われて突き飛ばされ、路上に転んだ。その際、頭を強く打って、不運にも亡くなったんだ」

「遺体が発見された状況からそう判断されただけだ。強盗に襲われる瞬間は誰にも目撃されていない。お前が地面に雪枝さんの頭を叩《たた》きつけて殺した後、強盗に襲われた風に偽装していても同じ状況になる」

友人を殺人犯と告発するからにはきちんと考えてあるだろう。梶尾はその確認のため、うな重を食べながら、喜々として疑問点を挙げてみる。

「死者こそ他には出ていないが、雪枝が襲われる前から同様の手口の犯行が発生していた。雪枝の死後も数件起こっている。だから路上強盗の犯行の線で捜査されているんだ」

「実際に連続していた路上強盗の手口を真似《まね》て雪枝さんを殺したなら、おかしなところはない。あるいは一連の路上強盗自体、雪枝さんの事件の真の動機を隠すためだけに、お前自身が行っていたでもいい。その強盗犯は捕まっていないんだ。雪枝さん以外に死者が出ていないのなら、カモフラージュの犯行としてリスクの高いものでもない」

十条寺は箸こそ置かなかったがうな重はそのままに、レンズ越しの爬虫類《はちゅうるい》じみた瞳で梶尾を凝視し、絵解《えと》きを行っていく。

「雪枝さんはお前と別れたがっていた。束縛や執着心が激しいお前がうるさくなっていたそうだな。そういう独占欲の強いお前だ、別れて雪枝さんが他の男と結ばれるかもしれないのは認められないだろう。むしろずっと自分だけのものにするため、殺してしまおうとするのは十分ありえる」

別れ話については梶尾当人が十条寺に相談でもないが、しゃべっていた。その執着心をどれくらいのものとこの友人が見積もっていたのかは想像するしかないが、長い付き合いであり、雪枝が梶尾の初恋の相手とも知っているのだから、それほど間違った値《あたい》ではないだろう。

「証拠は？」

月並みな台詞《せりふ》で興を削《そ》いでしまったか、と梶尾はちょっと後悔したが、ここはそう訊《き》くしかないか、と肝吸いを口にする。

梶尾は日本の警察を基本的に優秀だと考えていた。素人が推論を行って手に入れられるくらいの証拠があれば、とっくに手に入れているだろう。

「物的なものはない。それでも俺にとっては雪枝さんの死後、お前が心労で不眠になり、身を細らせた、というのが何よりの証拠だ」

十条寺はにわかには意味の取れない論拠を自信ありげに出してくる。

「それはまた、どういうことだ?」

その自信のほどに、梶尾はつい感服してしまった。

十条寺は幾分神経質そうに片方の眉だけ動かし、咳払《せきばら》いをして構え直してからそれを突きつけてくる。

「お前は雪枝さんが殺されたからって塞《ふさ》ぎ込《こ》み、その喪失に耐えながら鬱々《うつうつ》と日常を送る男じゃない。奥さんを殺した強盗を何がなんでも見つけようと火のごとく行動し、報復に邁進《まいしん》するはずだ。お前のものである雪枝さんを、お前以外の者がどうにかするなんてことを許すわけないからな。塞ぎ込んでいる間などない」

奥のテーブルでは謎の娘が箸を置き、お茶を飲んでいた。どうやらうな重をすっかり体におさめたらしい。梶尾も残り少なくなっているうな重を食べながら、十条寺の推論を興味深く聞いていた。

「百歩譲って奥さんが亡くなったことで彼女が他の男のものにならなくなったから、これはこれで良かったと強盗を許し、何もしなかったとしよう。それならお前は状況に満足しているることになる。表立って喜びはしないものの、以前とそう変わりなく過ごしていたはずだ。周りの目をさして気にしないお前だ、ごく自然にそうしていたろう。よって心労が募《つの》り、そんな身の細る心理状態になるはずがない」

もっともな指摘であり、友人の観察は正しいと梶尾は小さく肯いていた。

十条寺は冷ややかに畳みかける。

「だがお前はいかにも愛妻を亡くした普通の夫らしく、日々うなだれ、見るからに事件が心身に応えている様子をしていた。特別な行動を起こそうともしなかった。ありえない。そんなものは芝居に決まっている。つまり周りや警察から妻の死に満足し、殺人の動機があると少しでも見られるのを恐れ、そうする必要があったんだ。犯人でないなら疑われても困りはしない。お前は犯人だからこそ、疑われない、愛妻を亡くしたそれらしい夫を必要以上に演じなければならなかったんだ」

十条寺はまだ半分ほど残り、冷めかかっているうな重に箸を伸ばし、梶尾を見たままきっぱりと告げる。

「物的証拠はなくとも、これを警察に話せば捜査圏外にあったお前にも厳しい調べが行われ、有効な物証が出る可能性はある。例えばお前が一連の路上強盗を行っていた証拠なんかが」

梶尾はひと通り聞き終え、少し考え、ようやく得心がいった。

「なるほど、これでわかった」

「何がだ？」

予期した応答でなかったせいか、十条寺が不機嫌そうになる。梶尾は奥のテーブルをそれとなく示し、嬉《うれ》しさについ弾んだ声を出す。

「あの娘はお前が仕込んで店に来させたんだな。俺が雪枝を殺したという話を意外な方向から切り出して俺を動揺させ、心理的に追い詰めるために」

迂遠《うえん》な方法であるが、独創性のある策だ。これであの得体の知れない娘の存在に悩まずに済む。

その娘はお茶を飲み終え、財布でも出そうとしているのかバッグを開き、コートも広げている。

十条寺は渋《しぶ》い顔になって首を横に振った。

「いや、あの娘は全く無関係の客だ。俺の方こそどういう素性《すじょう》か知りたい。だいたいお前に昼を誘われたのは一時間ほど前だ。その短時間であんな異質で華のある娘を手配できる甲斐性《かいしょう》はない」

「なんだ、それだとあの娘は謎のままじゃないか」

長年の友人から殺人犯と名指しされるより、残念きわまりなかった。これでは余計な心の引っ掛かりが続いてしまう。

娘についての的外れに梶尾が気落ちしていると、十条寺は忌々《いまいま》しげに眼鏡を外し、目許《めもと》を押さえた。

「俺があの娘を目にして虚空蔵菩薩、罪を逃れる犯人、切腹を連想したのは事実だ。だからあの娘という現象は、前々からの俺の疑惑が正しい、俺にお前を告発しろという天啓と見えたんだが」

それからテーブルに手をついて頭を下げた。

「とんだ勘違いだった。すまん、お前は犯人ではない。俺が間違っていた」

「急になんだ？　昨日今日の思いつきをしゃべったわけでもないだろう。俺の性分についての分析はおおむね正しいと感じたぞ」

率直な意見で、梶尾にすると頭を下げられると却《かえ》って申し訳ない。そもそもお前が犯人だと言った直後、別段反論も反証も挙げていないのに主張を撤回するのは不可解だ。

十条寺は頭を上げ、うな重をあらためて食べ始める。

「分析が正しいからだ。お前が犯人なら、こうしていきなり俺に告発されて、何の動揺もなく、それこそ愉快そうに飯を食べているはずがない。すぐ様手を止め、その状況をどう乗り切るか頭を巡らせるのに集中し、俺に向かい合ったろう。あの娘のことなど気に掛けてもいられない。そうすれば俺はこの仮説をより確信できた。なのにお前は、余裕でただ面白がっていた。あの娘のことを考えていた。ありえない」

梶尾は説明され、自分の態度は警察に疑われて執拗《しつよう》な捜査をされてもいっこうに困らない人間のものだったか、と今さらながら驚いた。

「実を言えば、お前のやつれ方は真に迫っていて、芝居かどうか判断がつかなかった。こうして告発すればそんな偽装も剝《は》がれると踏んでいたんだが」

十条寺は自責の調子だった。

真に迫っていて当然である。梶尾は芝居をしていないのだから。雪枝の死後から何をやるにもきちんと食べ、きちんと眠らねば始まらないと努力し、無理にでも食べ物を胃に流し、睡眠薬さえ使ったが、最近までまるで改善の気配もなかったのだ。

「雪枝さんが亡くなってお前は本当に弱っていたのだな。ならやはりお前は犯人ではない。お前が雪枝さんを本当に殺していたなら、そんなに悔《く》やまない。誰と知れない相手に殺されたからこそ、そこまで応えているのだろう」

十条寺は失態である、と乱暴にうな重をかきこむ。

存外卑下するものではないと梶尾は慰めた。

「どうだろうな。俺自身、雪枝が逝って、ここまで体をおかしくするとは信じられなかった。人の心はなんともままならないぞ」

空にしたお重を十条寺は置き、宣言する。

「それでもお前が犯人なら、そこまでにはならない。だからここの払いは全て俺が出そう。せめてもの詫《わ》びだ」

「気にするな。ところでその疑惑、これまでどうして警察に話さなかった？　話していればとうに俺は調べられ、結果もはっきり出ていたろうが」

「友人を警察に売る真似ができるか。せめて自首する機会を与えなければ、俺が納得いかない」

「なるほど。なら誘った時の通り、ここの払いは俺がするべきだな」

十条寺は良い友人だ。梶尾は朗《ほが》らかに笑って言った。

そうした時、奥のテーブルで娘が立つ。ベレー帽をかぶるとステッキを床に小さく鳴らしながら歩き出し、店員に声をかけ、支払いを済ませる。梶尾と十条寺はつい口を閉じて娘の動きを目で追っていた。

娘は出口に進み、戸に手をかけたところでちょうど思い出したという風になぜか梶尾の方を向き、にこりと笑った。梶尾がぎょっとして身を引く間に娘は戸を開け、暖簾をくぐって姿を消す。

梶尾達より後に来店し、同じ特上のうな重を注文して、梶尾達より先に店を出た。おそらく米の一粒も残さず食べ、お茶もすっかり干していったろう。なのに娘は変わらず、人間らしい重さのない自動人形のごとき空気で去っていった。

梶尾と十条寺はしばし娘のいない店内で魂でも抜かれた面持ちで座っていた。過去の事件の犯人がどうという話題はどうでもよくなり、どちらともなく顔を見合わせ、ほとんど同時に言っていた。

「あれはいったい、何だったんだろう？」

人知の及ぶところに答えがあるとは、到底思えなくなっていた。

謎の娘が店から出ていって十分ほど後に、梶尾と十条寺も店を出、駅前で別れた。

梶尾は駅前で友人を見送ると、ひとつ肩を叩く。時間はまだ午後三時にはなっておらず、下校して来る学生の姿もなく、人はまばらに見えるだけ。からりと晴れた冬空の下、どうしようかと考える。仕事は昨日で片付き、予定ではもう少しゆっくりしていても支障はない。とはいえやり残したこともこれといって浮かばない。

肌寒くはあるが、缶コーヒーでも片手にぶらぶらと快《こころよ》く歩ける観光地や遊歩道でも近場になかったか、ないなら早めに行動してもいいか、と梶尾が携帯電話で周辺情報を調べようとしたら、背後から声をかけられた。

「少しいいですか、梶尾隆也さん」

梶尾が慌てて振り向くと、果たしてクリーム色のベレー帽をかぶったあの娘がいた。赤色のステッキを握り、先ほどうなぎ屋にひとりでやってきた、西洋の自動人形のごとき、小柄で可憐で奇異な、この世のものと思えない娘。間近で見ればいっそう肌も睫毛《まつげ》の造作も人形めいている。

梶尾は唖然《あぜん》とそんな娘を見下ろしていたが、よくよく注視すれば彼女の瞳は生きた人間のものであり、体温も感じられる。

梶尾はそこにほっとしながらも、不審になって尋ねた。

「どうしてこちらの名前を？」

うなぎ屋で、十条寺も自分も互いの名を出した記憶はない。ましてや姓と名の両方を出していたわけがない。万が一出していても、双方の席の距離からすれば聞き取れたはずがないのだ。なのに娘は彼の名を正しく呼んできた。

娘は梶尾の疑問には応じず、柔らかく微笑む。

「礼儀として私《わたし》も名乗りましょう。岩永琴子《いわながことこ》といいます。あなたへちょっとした頼まれ事をしたもので、少しお時間をいただけますか？」

娘にちゃんとした、普通の響きの名前があるのに梶尾はいっそう落ち着けた。話の通じる相手ではあるようだ。

「構わないが、何を？」

岩永は無心な調子で言う。

「これから警察に自首しに向かわれるのですか？」

核心を衝く指摘に、梶尾は一瞬息が止まった。岩永は笑みを浮かべて続ける。

「奥さんを計画的に殺したのを後悔され、自首されようとしているのでしょう？」

なぜそれを知っているのか。

その通り、梶尾は妻の雪枝を計画的に殺害した。十条寺の推理はほとんど、ほぼ全てと言っていいほどに正しかったのだ。

梶尾は自分から離れようとする雪枝を誰にも渡さないため、殺害すると決めた。動機を隠す目的で、前もって数件の路上強盗を行い、その連続犯がうっかり弾《はず》みで雪枝を殺してしまった、という状況を偽装した。

二人の間に別れ話が出ていたとはいえ、警察は梶尾の執着心がそれほど強いとは読み取れず、また先行させていた路上強盗犯の布石が効いたからか、形式的な調べを受けただけで捜査圏外に置かれた。計画通りだった。

しかし一点だけ誤算があった。梶尾は雪枝を殺し、これで彼女を誰かに奪われる心配もなく、安らかに、満足にその後を暮らせると思っていた。十条寺の分析通り、梶尾は変わらず日常を過ごせると疑ってもいなかった。ところがそうはならなかったのだ。

雪枝を殺し、葬儀を終えた辺りから、体の重さを感じ出した。夜も横になっているだけで息苦しくなり、せいぜい浅い眠りしか取れなくなった。どこか器官を悪くしたかと病院で精密検査を受けたが異常はなく、三ヵ月以上過ぎても変わらぬ状態に、心因性の体調不良に思い至った。

妻を殺せば満足すると考えていたが、それは過信だったのだ。妻を失ったこと、愛する者を殺したことは、きっと意識していたより遥かに自分を苛《さいな》んだのだ。本心では雪枝が他の誰かのものになっても、生きていて欲しいと望んでいたに違いない。自覚はできなかったが、この体のきしみは明瞭《めいりょう》にそれを示しているだろう。

そして梶尾は行いを悔やみ、罪を償うのに自首しようと思った。そのため後々面倒事にならないよう、引き受けていた仕事はきちんと終わらせ、最低限の身辺整理もしておくことにした。一ヵ月ばかりかけてそれらを片付け、きれいに自首できる目途《めど》が立つと心持ち体が軽くなり、夜も眠れ出すようになった。やはり心の問題だったのだ。

刑務所に入れば当分うな重など食べられないだろうし、古い友人とも会いづらくなるだろうから、今日の夕刻にでも自首する段取りで十条寺をうなぎ屋に誘ったのである。

その席で十条寺から雪枝殺しを告発されるとは予想外だったが、とうに自首を決めて身辺整理まで済ませていれば、警察など恐るるに足りない。何を言われても動揺するわけがなかった。十条寺はそういう視点から真実にいたったのか、とうな重を食べながら素直に話を楽しめた。皮肉にもそれが十条寺の推理を否定するものになったのだから、世の中はわからない。

十条寺も梶尾の自首する心理まで読めていれば、頭を下げる必要もなかっただろう。梶尾も妻を殺して心を病むかもしれないと疑っていれば、正解に届いていたかもしれない。あの場で友人の正しさを認め、自白してやってもよかったのだが、後で梶尾の自首を知って驚く十条寺を想像すると面白かったのでそのままにしたのだ。あの場は笑って別れたくもあった。

だが、なぜこの岩永という娘はそれら梶尾のここ半年の真実を知っているとしか考えられない問い掛けをできたのか。たとえうなぎ屋で梶尾達の会話を詳細に聞き取れていたとしても、この真実にたどり着けるはずがない。梶尾の姓名さえ知れはしない。

そこで梶尾ははたと頭を叩く。

「そうか、これで解けるのか」

真相やこれからの行動を見抜かれていたのには驚いたものの、今さら痛痒《つうよう》はない。自首するのだから結果は同じだ。それよりこれで、一番の謎が説明されるのだ。

「きみは探偵か個人の調査員といった者なんだな。妻の親類にでも頼まれてこちらの身辺を調べ、部屋に盗聴器でも仕掛けて事情を知ったんだ。きみのような娘がそういった仕事をするとはあまりに常識外だが、見た目ほど幼くはないのだろう。これでさっきうなぎ屋にきみが来た理由も察せられる」

梶尾はそれがことのほか嬉しい。

「こちらを追い詰めるための下準備、様子見といったところだな。本格的なうなぎ屋にきみのような娘がひとりで来れば嫌でも目につく。その娘に外で不意に声を掛けられ、罪を問われればこちらも狼狽《ろうばい》し、きみが有利になる。天啓とはあながち間違いじゃなかったな。きみはまさに、知恵の宝剣を持った虚空蔵菩薩だったんだ」

揚々《ようよう》と梶尾は述べ、岩永は恐れ入るかと思ったが、彼女はそれをあっさり否定してみせた。

「あいにくと私は菩薩様とは無関係です。梶尾さんのいる店に入ったのは偶然で、それまで見たこともありません」

梶尾は再度困惑に落ちる。岩永は続けた。

「ところがあそこでうな重を食べていたら、奥さんに頼まれたもので」

「妻に？」

梶尾はわけがわからなかった。生前、雪枝はこの娘に頼み事をしていたのか。いや、あそこで頼まれたと言った。

岩永は薄く笑って説明する。

「梶尾さん、奥さんが亡くなってからずっと体が重く、夜もろくに眠れなくなっていますよね。当然です。あなたには、あなたが殺した奥さんの霊がこれ以上ないほどしっかり取《と》り憑《つ》いているのですから」

霊。その漢字が頭に並ぶも、梶尾は理解しかねた。ただし冬の寒風がいきなり吹いたせいか、体温がいきなり数度下がった感覚に襲われた。

「聞いたことはありませんか。金縛りや霊障といったものを。それがあなたに起こっているのですよ。現在の体の異常は罪悪感による心因性の症状じゃありません。あなたの体には外的に強力な負荷がかけられているんです」

岩永は薄桃色のコートを揺らし、商店街のある方向を指した。

「あのうなぎ屋に入ったら、復讐《ふくしゅう》心たっぷりの霊に憑かれた人がいたので少し驚きました。するとその奥さんの霊が私の所に身を伸ばし、あれこれ事情を話してくれたのです。あなたに殺され、四六時中憑いている奥さんなら殺人の手口から最近のあなたの動向まで残らず知っています。そして奥さんは、自首しても離れてやる気はないそうですよ」

岩永は脅すでも諭《さと》すでもなく、真理を語る哲学者のようにそう告げる。

推理も調査もなく、ただ偶然訪れた店で霊に真実を教えられた。そんな突拍子もない話があっていいのか。絶句している梶尾に、岩永は変わらぬ調子で言う。

「というわけで、梶尾さん。自首して社会的に罪を償っても体は軽くなりませんし、夜もずっと寝苦しいままですよ。これからもそうして暮らしてください」

そこで梶尾はやっと苦笑を浮かべられた。岩永の説明に矛盾を発見できたからだ。

「霊とか金縛りとかいい加減なことを言わないでくれ。じき自首できるとなった数日前から体は軽くなったし、眠れるようにもなった。これは罪の意識が薄らいだからだよ」

すると岩永はころころと笑ってみせる。

「それは単なる気のせいです。罪を償えばこの症状が消える、と思い込んでいたから、自首が近づくと症状が和《やわ》らいだ気になっただけです。心とは不思議なものですね。だからその状態は長続きしません。今にもほら、体が重くなっているでしょう」

梶尾は本当に突然、肩と腰と太ももに重量を感じた。うな重を楽に食べられた胃がいきなり縮み上がって痛みを覚えた。脂汗が額ににじみだす。つい数日前まで悩まされていた状態が前触れなく戻って来たのだ。

錯覚か、首に女の腕が巻き付いているのが一瞬見えた。忘れることのない妻の雪枝の細腕が。

「あなたは霊の声が聞こえない気質らしいので、奥さんから伝えてくれるよう頼まれました。あなたは罪の意識から体調を崩すまともな人間ではない、あなたは独占欲が高じて奥さんを殺し、それを反省する心も持たない、ただの人でなしだと。奥さんは、あなたが自分を罪悪感の持てるまともな人間だと思うようになるのが腹立たしいそうです。あなたの罪の意識もまた、体の苦しさの原因として自分を誤魔化すためにでっち上げた嘘《うそ》の存在、完全な気のせいなんですよ」

顔面が蒼白《そうはく》になっているのを感じる梶尾に、岩永は場違いなほど優しげに言う。

「これから自首されても、このまま外で暮らされても構いませんよ。刑務所暮らしは不自由ですが、衣食住は保証されます。外での暮らしは自由ですし、うなぎも食べられますが、その重く眠れない身で働き、生計を立てねばなりません。どちらが楽でしょうね」

酷薄な内容を述べているのに、岩永という娘の肌は透き通るほど滑《なめ》らかで、その髪は柔らかそうで、可憐さは少しも損《そこ》なわれない。それが梶尾は恐ろしかった。

岩永は一礼し、踵《きびす》を返《かえ》そうとしたが、梶尾は慌てて引き止める。

「ま、待ってくれ。きみは幽霊が見え、声が聞けるんだな？　なら取り憑いた妻を祓ったりできるだろう？　頼む、やってくれないか。代価は払う」

霊を信じたわけでもない。信じるわけにもいかない。けれど梶尾はこの体を苛む重さから逃れるのに他に頼るものが見いだせなかった。

岩永はステッキを梶尾の鼻先に突きつける。

「私は化け物やあやかし、幽霊や魔といったものの知恵の神です。幽霊である奥さんの頼みを聞けても、人の頼みを聞くいわれはありません。またあなたに奥さんの霊が憑いているのが世の理《ことわり》に反しているなら取り除くのもやぶさかではありませんが、それは因果応《いんがおう》報《ほう》。非常に筋が通っていますので、何かする必然もありません」

岩永はそしてうまい冗談を閃《ひらめ》いたといった風に付け足す。

「いずれ奥さんもあなたに憑いているのに飽きるでしょう。それまで長生きすればいいだけです。第一殺すほどに愛する奥さんと一緒にいられる現状は本望じゃあないですか」

梶尾は言い返す気力さえ湧《わ》かなかった。岩永は小柄で、片手で頭をつかみ、ガードレールにぶつけてやれそうなほどだ。にもかかわらず半歩と近づくのも怯《ひる》む。この娘はまさしく人知で測れないものだった。

けれど梶尾はせめてもと手を伸ばして声を上げる。

「最後に、最後にひとつだけ教えてくれ。さっききみはなぜひとりであのうなぎ屋にやってきた？　それがずっと引っ掛かってるんだ」

その答えくらいは知りたかった。悩みを解消したかった。

岩永は変な質問をするのだなあ、といった非常にいぶかしげな表情をしたが、意外にも親切な態度でその理由を明かす。

「なぜって、今夜、恋人の部屋に泊まるので、精《せい》をつけておこうとふと思い立ちまして。そこで目にしたうなぎ屋に入っただけです」

「精？　恋人の部屋に泊まる？」

言葉をなぞるしかできない梶尾に、岩永は鼻息も荒く肯いた。

「うなぎは子宝や安産の象徴とされますし、男性器に似たその形から夫婦和合の象徴ともされます。いかにも精がつきそうです。今夜は張り切ります」

滋養強壮にと食べられるうなぎなのだから、効果はあるかもしれない。理由として適切である。

しかしこの娘がそんな卑俗で生々しい真実を言うのか。深窓の令嬢か、精巧で美麗な自動人形か、菩薩の化身かと見えた娘が精をつける、夫婦和合とは。

梶尾は打ちひしがれた。うなぎ屋で頭をひねり、語り、推測したことは残らず間違っていたのか。正しい仮説があの場で間違いにされたのはこの予兆だったのか。これは全て幻で、妻の亡霊などという荒唐無稽《こうとうむけい》な話をする娘は実在しないのではないか。

けれど体は重く、肺腑《はいふ》が押《お》し潰《つぶ》される感覚は、幻であっても梶尾を苦しめる。

「では、良いご余生を」

岩永はベレー帽を軽く持ち上げ、そう挨拶《あいさつ》をして去っていった。

駅前に取り残された梶尾は一歩も動けない。

予定通り自首すべきかどうか。してもしなくても苦しいのは変わらず、どちらを選んでも明るい道にはつながっていそうにない。どうすればいいと頼る相手もいない。

ただこの期《ご》に及んで我が身が可愛《かわい》く、苦痛から逃れる術《すべ》を求めようとし、取り憑いてそばにいるらしい妻に謝る言葉を探す気にならない自分は、どうやら人でなしらしいというのだけは自覚し始めていた。


午後七時を過ぎた頃、岩永琴子は恋人である桜川九郎《さくらがわくろう》がアルバイト先から帰るところで落ち合って、彼が独《ひと》り暮《ぐ》らしをしているアパートの部屋に行くべく、駅から手をつないで歩道を並んで進んでいた。

九郎は最近、短期で重労働の、それゆえに時給のいいアルバイトをいくつも請け負っている。背は高いが細身で、体力面で頼りになる風には見えない男なのだが、力仕事も難なくこなし、数日不眠不休でも平然とし、危険性のある作業場や環境、人物が相手でも顔色ひとつ変えず淡々と働く剛胆《ごうたん》さがあり、それでいて人当たりがいいと評判で、あちこちから仕事を回されるらしい。

岩永としては、恋人がアルバイト先で好感を持たれるのはいいが、肝心の彼女に対しては情が薄いというか、手をかけないし気が利かないところが多々あり、好感を持てないことが多々あったりしている。

そうした帰宅の道すがら、岩永は昼間のうなぎ屋から始まる出来事を話してみた。精がつく魚を食べたので今夜は遠慮がいらないと教える意味合いもあったが。

話を聞いた九郎はため息混じりで複雑な表情をする。

「その梶尾という人も自業自得だけれど、お前も容赦《ようしゃ》がないというか」

「化け物達の知恵の神として義務を果たしただけですよ」

岩永は霊の言葉を伝えただけであり、労力というほどのものはかかっていない。昼食後の運動にもならない働きだ。それくらいのことで、九郎に指図されるいわれはない。

九郎はあれこれ小言を続けたそうにしたものの、あきらめたように肩を落として億劫《おっくう》げに返した。

「それは今さらだからもういい。ただ今後ひとりでそういうなぎ屋に入るのはよせ。お店の人もたぶん、あれは何だったかと悩んでそうだぞ」

あの梶尾という男もなぜか岩永がうなぎ屋にいたのを不可解がっていたが、うなぎ屋にはうなぎを食べに訪れる以外何があるというのだろう。店側も残さず食べ、代金を払って帰った客に悩むはずがない。

「別に問題あるとも思いませんが。だったらすっぽん料理の方がよかったですかね」

「あらゆる意味でそれもやめろ。本当にやめなさい」

処置なしとばかり、九郎は岩永の頭をつかむ。

いったいどこに否定される因子があるのかと岩永は唇《くちびる》を尖《とが》らせたが、ひょっとするとという点に言及してみた。

「私ひとりで高いうなぎを食べたのを妬《ねた》んでるんですか？　そうは言っても先輩は昼からアルバイトでしたし、誘っても来られなかったでしょう。なんでしたらあらためて今度おごってあげましょうか？」

「そこじゃない。そこじゃ」

九郎はまた深いため息をつき、岩永の手を引いた。

わけのわからない恋人を持つと苦労する、と岩永は不満に歩く。あの梶尾という男の妻を殺すほどの独占欲というやつをこの彼氏に少しばかりわけてやってほしいものだ。実際に殺されるのは願い下げだが。

とりあえず今日はうなぎを食べたのだから、その効能を発揮せねば、と岩永は冬の夜空に誓うのだった。

第三話　電撃のピノッキオ、あるいは星に願いを

岩永琴子《いわながことこ》は外観からはそう見られないが十九歳の大学生で、桜川九郎《さくらがわくろう》という五歳上の恋人だっている。

そんな彼女は幼《おさな》い時のとある出来事から、妖怪《ようかい》、あやかし、幽霊、魔、等々と呼ばれるもの達の知恵の神をつとめる側面も持っていた。具体的にはそれらの争いやもめ事、その他相談を受け、解決する役割であり、『ひとつ目いっぽん足のおひいさま』とも呼ばれ、畏敬《いけい》を受けたりもしている。

今日もその役割のため、恋人の九郎のアパートの部屋に夕方から上がり込み、この三月になって渡々水《ととみず》という町で起こっている異変についてパソコンを使いインターネットで情報を集めていた。

せっかく恋人の部屋に来ており、予定では一緒に夕食を作って映画でも鑑賞しつつゆっくりしようとしていたのに、味気ない展開になってしまった。

昼になってあやかし達から助けを求める相談があり、内容から緊急性が高いと判断した

のだ。

「九郎先輩、予定が変わってすみません。せっかく早くから部屋で一緒に過ごす時間が取れたのに」

台所で作業をしている九郎に申し訳なく岩永は謝った。部屋に来てくれた可愛《かわい》い彼女が、パソコンに向かうばかりでは面白くないに違いない。

九郎はコーヒーを満たしたマグカップ二つを手に持ち、岩永がいるテーブルに近づきながら極めて上機嫌で答える。

「気にするな。何だったら家に帰ってくれていいぞ。その方が僕も自由に時間を使えるし、夕食も僕の分を作るだけで済む」

本気でそう望んでいると聞こえなくもないが、本心では機嫌を損《そこ》ね、わざと意地の悪い表現をしていると岩永は推量する。だから九郎に隣へ座るよう促《うなが》しつつ、スカートを軽くたくし上げて肌を見せた。

「退屈なようでしたら、どうぞ私の太ももでも触っていてください」

「お前の太ももを触ってどんな楽しいことがあるというんだ」

心底迷惑げに言う九郎。

さすがに岩永もここまで侮辱されるいわれはないと怒った。岩永は年齢からするとやや幼い容姿で肉付きも良くはないが、太ももは太ももだ。

「楽しいでしょうっ。太ももは女性の魅力のひとつですよっ。かのモモレンジャーの『モモ』は太ももの『もも』から来ているくらいなんですから！」

「嘘《うそ》の由来をでっち上げるな。桃色の桃からに決まってる」

九郎は冷たく切って捨てて岩永の正面に座り、マグカップのひとつを彼女の前に置く。岩永は掛け値無しの真実を語ったのに、なんという態度か。桃色の桃とは固定観念に囚《とら》われた発想の典型だ。

「それで、妖怪達からどんな相談があったんだ？」

九郎はコーヒーを口に運び、当面の事情を質《ただ》してくる。今回の相談解決には九郎の協力が必要になりそうであり、岩永は座り直して表情を引き締めた。

「B県にある渡々水という海辺の町なんですが、あやかし達が言うには、そこに奇怪な人形が現れ、秩序を乱していると」

「妖怪や化け物が奇怪と言う人形？　剣呑《けんのん》な話だな。どういう怪異なんだ？」

「そうですね、強《し》いて名前をつけるとすれば」

岩永はあやかし達から聞いたその存在の所業や特徴から連想される名前を告げる。

「『電撃のピノッキオ』というところですか」

ピノッキオとは十九世紀にイタリアで発表された児童文学の主人公の名前だ。アニメーション映画となったものが有名で、詳しい内容は知らなくとも、その名前やあらすじを知っている人は多いかもしれない。ただし映画と原作では内容に違う点も多く、単純に子ども向けのお話とも言い切れない。

九郎はマグカップを片手にしばし複雑な顔で沈黙していたが、結局疲れた声でこう告げた。

「妙な名前をつけると、また話がこじれるぞ」


嶋井多恵《しまいたえ》は昨晩、半年前から家に居着いている虎猫《とらねこ》に力強くこう言われた。

『すでにひとつ目いっぽん足のおひいさまのもとへ我らの仲間が相談に参っております。ゆえに一連の怪事もほどなく解決するでしょう』

しかしまるで安心できなかった。

多恵はじき八十歳に届こうかという高齢であり、それなりに世の荒波を身にも受けてきたが、この一連の出来事には苦虫を嚙《か》みつぶした気分になるしかなかった。

だいたい『ひとつ目いっぽん足のおひいさま』というのは何なのか。呼び名からしてまともな存在ではなさそうだ。これも妖怪変化《ようかいへんげ》の類《たぐい》だろう。相談するのは自由だが、藪《やぶ》をついて蛇を出すとならないだろうか。

そもそもからして人の言葉を話す化け猫が当然とばかり家に同居している現況が怪事で

はある。

今朝も七時半から小豆《あずき》色のジャージを着、ジョギングに出ていたが、潮の香りのする海岸沿いの道に来ると、釣り船が数隻浮かんでいる小さな港に町の男達が四、五人集まって深刻な顔で話し合っているのを目にした。中には町長もいる。

右に青い海、左に緑の山、空は快晴で目にも爽《さわ》やかな朝。三月の二十五日ともなれば気温も高くなっているというのに、気持ちは爽やかにもならず、暖かさも感じられない。

多恵はため息をついて足を止め、男達に話しかけた。

「どうやら今日も、大量に魚の死骸《しがい》が浮かんでたみたいだね」

「ああ、多恵さん」

町長が頼りになる母親でも見つけたようにほっとした声で振り返った。

町長は六十一歳で、多恵の息子であってもおかしくない年齢だが、こういう時に枯れ枝くらいに細い老婆へすがるみたいな目を向けるのはいかがなものか。町長が大柄《おおがら》で肥満体型となれば情けなさも上積みされよう。

そんな多恵の気分に構わず、町長は続けた。

「また百匹以上、浜に打ち上がったり、海に浮かんでたりですよ。これで今月に入ってから毎週三度は起こってます」

三月に入ってから、この町の海岸に一日おき、または二日おきくらいに種類を問わず、大量の魚の死骸が打ち寄せるようになった。潮や波の加減で打ち寄せる浜や磯《いそ》がばらついていたり、沖に流されている死骸もあるが、その数は異常だった。

多恵は町長を鷹揚《おうよう》に見、それから海に目を遣《や》った。

「相変わらず魚の死因もわからないのかい？」

「県の大学でも調べてもらってるんですが、ほとんどの魚にこれといった外傷もなく、毒物も検出できず、窒息しているわけでもなくて。赤潮といったものも起こってませんし、強いて言うならどの魚もショック死しているような状態だと」

町長が答えた後、釣り船のひとつの船主が首を振る。

「目立って浮かぶ死骸が魚ってだけで、どうも海草やクラゲや貝なんかもやられてるみたいですよ。いったいここの海に何が起こってるんだか」

「最初の頃は釣り客もそう気にしてなかったが、先週くらいからかなり人が減ってる。陸《おか》や磯で釣る客もめっきりだ。釣り船の客は半分以下になってるし、明日からの土日も、相当キャンセルが出るんじゃないか」

もうひとりの船主は痛みでも感じているのか腹の上に手を置いている。

初めて死骸が浮かんだ時はまだ、海で生計を立てている者達も冷静であったし、調べれば原因がわかる、わからなくても海では時に奇体なことが起こる、と深く考えず構えていた。

だが明日にはこんな現象は終わるだろう、と思っていたら翌々日にも白い腹をさらした死骸が海にタイルでも敷き詰めたごとく浮かぶ。来週にはおさまるはず、と目を閉じても、週明けにはやはり魚は死んで浮かび、磯の香りを変えている。正確な数は確認できていないが、時に数百匹が犠牲になっているのだ。

原因は不明。毒物がまかれた形跡はなく、海水温が急激に上がったり、急激に下がったり、塩分濃度が大きく変わったりといったこともない。ただただ数日に一度、朝になると魚が、町に接する海の生物が、死んでいるのだ。

そんな海で魚を釣ったり獲《と》ったりしたがる者は稀《まれ》だろう。新聞やテレビでも報道された。なら外から訪れる客が減るのも当たり前だった。

「食堂や商店の客も減ってるっていうし、このまま原因がわからないとどうなるか」

「漁にも影響が出るかもしれませんよ。この町の近海で獲れた魚ってだけで避けられるなんてことも」

町長や船主がいよいよ背中を丸め、深刻さを強める。

多恵はそれを鼻で笑ってやった。

「大の男がたかがひと月、悪い流れが続いたからってうろたえるんじゃないよ。だいたい去年の夏前からが調子良過ぎたんだ。その時期、あのドラマの影響とかで、一昨年の倍、場合によっては三倍近い儲《もう》けがあったんだろ。この月の損と合わせれば例年と変わらないか、むしろ利益の方が大きいくらいじゃないのかい？」

町長も含め、男達はそう質《ただ》されると返事に詰まる。

ドラマというのは、昨年の春に人気俳優と女優が主演したテレビドラマのことだ。そのロケ地に海と山に挟まれて広がるこの小さな田舎町《いなかまち》、渡々水町が選ばれ、物語には海や磯での釣りも関わっていた。

ドラマは昨今には珍しく大きく成功し、舞台となった町を訪れたい、登場人物達が入った食堂で新鮮な魚を食べてみたい、登場人物達と同じ場所で釣りをしてみたい、と大勢の視聴者が押し寄せることになった。

渡々水町は人口八千人に満たず、交通の便も悪く、コンビニエンスストアひとつなく、小規模な漁業と釣り客相手の商売を主とし、若者が外に出ていくばかりの町だった。

そこに好景気が降って湧いたのだ。ドラマが終了した後も話題はすぐには下火にならず、週末の客は多く、これまで知られていなかったのがドラマをきっかけに釣り場として非常に良いと注目され、定着する釣り客も増えた。

外から訪れる人数が急に変化したため、トラブルや苦情もその分多くはなり、商売に関わらない町民には苦々しい顔をする者もあったが、おおむね町は活気に満ち、上向きでいたのだ。

多恵はさして自分でも信じていないことをもっともらしく並べてやる。

「世の中、大抵帳尻《ちょうじり》が合うようにできてるそうだよ。幸と不幸の量は最終的にそう変わりないってね。浮かれて無茶な投資をしたり、金遣いを荒くしたりして身を持ち崩さないよう、海の神様が戒《いまし》めをくださってると思いな」

戒めを与えるにも、自分が守るべき海に棲《す》まう生き物を大量虐殺するなんていうのは質《たち》の悪い神様だけどね、と心の中で付け加え、多恵は男達を落ち着かせるため苦笑を浮かべてみせた。

「さしあたりあと一週間ばかり我慢しな。それでも魚の変死がおさまらないなら、お祓《はら》いでも考えようじゃないか」

それが役に立たないのを多恵は知っているが、我慢した後に打つ手がなければ不安は膨《ふく》らむばかりだろう。

男達にそれ以上構わず、多恵はジョギングを再開した。

その場を離れるとつい渋《しぶ》い表情になる。罪悪感がないではない。多恵は今月に入って始まったこの魚の大量死の原因を知っている。しかしそれを話したところで、かえって被害が大きくなるだけだろう。

すると町長が多恵を追って腹を揺すり、汗を拭《ぬぐ》いながら駆けてきて横についた。

「待ってください、多恵さん。実のところどうなんです？」

「実ってなんだい」

探る調子で話しかけてきた町長に、走る速度は落としてやったが、わけがわからないといった態度で応じた。相手はめげずに言い募《つの》る。

「町でも言い出してる者がいるんですよ。これは善太《ぜんた》さんの祟《たた》りじゃないかって」

勘の鋭い者はどこにでもいる。いや、田舎の町の狭い人間関係の中、そういう解釈に飛びつきたくなるのは人情というものか。

「祟りとはまた、非科学的なことを言うんだね。あんたどこで教育を受けたんだい」

つい先ほど海の神様がどうとか言っていた髪も真っ白の高齢者から非科学的と言われたからか町長は一瞬怯《ひる》んだが、退《ひ》けないとばかりに追いすがる。

「でも善太さんはにわかに増えた釣り客や観光客にいい顔をしてなかった。ゴミをところかまわず捨てていく、許可なく写真を撮る、植えてる花や木を持ち帰ったり折ったり、警察沙汰《ざた》も増えた。挙げ句に善太さんのお孫さんの翼《つばさ》君が観光客の車に轢《ひ》かれて亡くなりました」

突然の変化は歪《ゆが》みを生じさせる。その歪みの代償を払わされたのが小さな子どもというのはどんな理屈なのか。

善太、戸平《とひら》善太とは、多恵と同じくこの渡々水町で生まれ育ち、土地を離れることのなかった人物だ。多恵の五つ下で家も近く、お互いつれあいを亡くして長い独り身とあって、気に掛けてやっていた。善太の息子はとうに町を出て家庭を持っていた。その息子が昨年の八月、善太にとっては孫になる、翼という十歳の子どもを連れて夫婦で帰省していたのである。

ところがその孫の翼は、町に観光に来ていた男女四人の大学生が乗る車に轢かれ、事故死してしまった。車に乗っていた大学生達は皆で話したりふざけたりで脇見《わきみ》運転をし、ハンドル操作にも問題があったという。

善太の孫は轢かれた直後はまだ息があったが、夏休みとあって町は他の観光客の車で混み合い、さらに違法駐車も多くあり、救急車での搬送も遅れ、病院に向かう途中で息を引き取ることになった。

「不運が重なった事故だったね。翼君をもう少し早く病院に運べてれば助かったなんて話まである」

多恵は町長の見解を認めつつも、意図的に小馬鹿《こばか》にした声で返す。

「だからそういう結果を招く原因を作った観光の連中が町に来たくなくなるよう、海の魚に祟って原因不明の死を起こしてるっていうのかい？」

「善太さんが亡くなったのは二月の末です。それで葬儀が終わって三月に入ってから、この魚の大量変死が始まった。時期は合うでしょう」

善太は孫の死後、いつもじっと理不尽に耐える表情をしていた。大学生達が裁判にかけられてもそうだった。そして先月、力尽きるように心不全で逝《い》ってしまった。

「町長、少しはやせな。あたしより二十歳近く下なのに、百メートル走をしたらあたしの方が勝つんじゃないか」

面白くない記憶がよみがえったので、荒い息の町長を眺《なが》めて憎まれ口を叩《たた》いてやる。

「私の体重がどうより、多恵さんなら高校生相手でも勝てるんじゃないですか？」

「いくらなんでも陸上部には負けるよ」

「勝つ方が問題視されますよ」

町長はそして多恵の腕を取った。このままでは引き離されるばかりと踏んだのだろう。

「ああ、話を変えないでください。善太さんのことです」

肩で息をする町長に多恵はあきらめて足を止め、矛盾点と言えるところを指摘する。

「確かに善太は観光客をうっとうしがってたよ。そこに翼君まで殺された。恨みに思うだろう。でもこれで観光客を追い払ったところで、一番損害を受けるのはこの町だ。魚の変死が続けば人が寄りつかなくなり、仕事もなくなり、何人が首をくくって、何人が町を出てくだろうね。これじゃ観光客に祟ってるっていうより町に祟ってることになる」

「でも善太さん、翼君のことでは町全体も恨みに思ってたんじゃないですか」

町長は怖々《こわごわ》と多恵をうかがう。

そして反論がないと見てか言葉を重ねた。

「翼君の事故が起こって、多くの者が真っ先に心配したのは、事故死の報道が出て町のイメージが悪くなり、客足が落ちることでした。死者が出た町、それも増えた観光客が原因だなんて話題になれば、どうしてもマイナスになります。だから善太さんやご家族へ同情するより前に、暗に事故を大事《おおごと》にしないよう言い含めたって話もあります。そこから派生してか、あの事故は車に乗っていた四人の大学生達も悪かったけれど、翼君が不注意に道路に出たのも悪かったって裏で非難する人も多いんです。それは善太さんの耳にも入っていたでしょう」

「入っていたね」

嫌な話だ。水平線が一方に広がり、日の光が波をきらめかせ、海鳥も時折舞っている朝に蒸《む》し返したくなるものではない。

町長は自らもそれに荷担していた、あるいはそれを止めなかった罪悪感でもあるのか、頬《ほお》を引きつらせた。

「そんな町を、善太さんはどうにかしてやりたいと思わないでいられますかね」

その通り、多恵の指摘した点は矛盾にならない。

それでも多恵は否定を口にした。

「でもあんただって知ってるだろ。善太は気の優しい男だった。悪く言えば気の小さい男だった。そりゃ人間だ、誰かや何かを恨んだり憎んだり、殺してやりたいと思ったりはするだろう。けど自分の手や責任で、誰かを殺したり不幸にしたりする度胸はなかったよ。

まして町の行く末に関わる悪を負える強さはなかったさ」

名前にある漢字の通り、善の要素が強い気質だった。あるいは、悪とされることを行うのに大きな抵抗を持つごく普通の男だった。

「そんな男が死んだ後とはいえ、自分の生まれ育った町を祟るなんて大それた真似《まね》ができるかい？　町の者から恨まれるのに耐えられると思うかい？　できれば生きてる頃から周りとぶつかってたさ。黙って家にこもるもんかい」

何かを自分の手で為《な》せば、必ず自分に責任が跳ね返ってくる。誰かを直接不幸にする責任を負えるほど、善太は強い男でないと多恵は知っているつもりだ。町長もそれには素直にうなずいた。

「ええ、知ってますよ。でも自分の手でやれないなら、別のものに代わりにやってもらうのはどうです？」

その視点を、二期連続で町長をしているだけはあると褒めてやるべきか。

己の考えが正しいのを恐れている風な町長に対して多恵は厳しい声で返した。

「どういうことだい？」

町長は意を決した態度で言う。

「善太さんが作っていた大きな人形、どこにいったかご存じですか？」

善太の作っていた人形。

町長は自分で認めるのが怖く、かといって目を逸《そ》らすこともできず、多恵に正解を保証してもらいたい、真実と断定する責任を負ってもらいたいといった口調でそれについて口にした。善太だけでなく、誰もが悪や罪や負の事象に対しては直接触れたくないものだろう。

多恵が黙って突っ立っていると、町長はその空気に耐えられないとばかりにしゃべり出す。

「翼君が亡くなった後、善太さん、子どもかそれより少し大きいくらいの人形を木で作っていたでしょう。完成品をちゃんと見てはいませんが、関節とかも動いて、糸で吊《つ》ったりしたらあやつり人形としても使えそうな」

多恵は短く答えた。

「ああ、作っていたね」

多恵が最後に善太の家で人形を見た時の状態は、立たせた際は高さが百四十センチくらいだったろうか。首、肩、肘《ひじ》、膝《ひざ》、股間《こかん》の関節はまがりなりにも動くものになっていたが、足首はほとんど動かない。特に手の指を作るのは難しかったのか、両腕とも肘から先は一本の木を削って作られ、手首のくびれの先は野球のボールくらいの大きさの球形に加工しただけで手を表していたため、物を握ったり手首を動かしたりはできなかった。

全体に塗装もされず、腕や足、胴体の角も十分に取られず、表面も粗《あら》く磨《みが》いただけでざらついていた。服も着せず、靴もはかせず、頭部には髪も耳もなく、目や口さえない。ただ鼻と見えるものはつけられていた。

糸で吊ればあやつり人形として動かせなくもないだろうが、それぞれの部品の大きさか、どこかのバランスが狂っているようで、まっすぐ立たせていても妙にかしいだ印象になり、見る者に不安感を与えるものになっていた。

「大きさがまるで亡くなった翼君を模《も》してたみたいで、お孫さんの代わりとして作ってるんじゃ、って噂《うわさ》する人もいました」

七十を越えた、特段手先の器用でもない男が木を集め、人間の子どもくらいに大きい人形を作り始めれば噂にもなる。もともと善太は町でちゃんと暮らし、近所づきあいもしていたから、憑《つ》かれたように突然そんな作業に集中し出せば、周りが気づかない方がおかしい。

「あの人形、善太さんが亡くなった後、全然話題になってませんよね？　葬儀や家の片付けに来られた息子さんから処分の相談も聞きません。ゴミとして普通に捨てるには気味の良いものではありませんでしたし、息子さんも善太さんがああいうものを作っていたとは知らなかったでしょう。なら家にあの人形があるのを見つけて、すんなり持ち帰ったり捨てたりしないでしょう？　町の人に事情を尋《たず》ねたりするのが自然じゃないですか？」

筋の通った推察である。

「なのに葬儀の前も後も、話題にも挙がりませんでした。まるで善太さんの死後、家からあの人形が消えていたみたいです。多恵さんは善太さんと親しかったし、亡くなってるのも発見されました。その時、人形は家にありましたか？」

「どうだったかね。物置にでも仕舞われてたら気づかないよ。善太自身が妙なものを作ったって我に返り、とっくに燃やして始末したなんてこともあるだろう」

多恵も筋の通った仮説で町長を否定した。

「ならいいんですが」

町長は汗を拭った。走って流れた汗だけではなく、冷や汗も混じっていそうだ。

なお苦しげな表情で町長は言う。

「でもあれらしい人形が夜中に道を歩き、海の方に行くのを目撃したって話があるんですよ。月明かりの下、背筋を伸ばし、カタッ、カタッって。硬い木が地面を叩くような音を聞いたともいうんです」

多恵はつい口許《くちもと》を曲げた。バカバカしい話をするんじゃないよ、と即座に笑い飛ばすのが有効なのか、憐《あわ》れんだ目をしてやるのが正しいのか。

迷っている間に町長は、恐れをたたえた視線を海に遣った。

「まるであの人形が、死んだ翼君の魂でも宿ったか、善太さんの念でも受けて、歩き回ってるみたいでしょう。それに海の方に行ったっていうのも、今月に入って始まった魚の大量死に関わっていそうな」

町長は多恵に向き直って堰《せき》を切ったごとく言い募る。

「ほら、『ピノッキオ』っていうお話を連想しませんか？　あれもおじいさんが作ったあやつり人形のピノッキオが、妖精《ようせい》か何かの力で魂を持って、あれこれトラブルを起こしながらも最後には人間になるっていうお話じゃありませんでした？」

「ピノッキオねえ」

多恵はあきれた声で応じたが、町長は構わない。

「善太さんも意識してたのか、あの人形の鼻、棒みたいに長いのがつけてあったでしょう？　だからますますピノッキオみたいで、勝手に動き出しそうじゃないですか」

人形の頭はバレーボールくらいの大きさで、どうにか丸みのある木の塊《かたまり》の中央に十センチくらいの木の棒が立てられていた。その木の棒が鼻となり、目や口や耳や髪の毛はなくとも、人形をより人らしくしていたのだ。

そして物語のピノッキオの鼻も細長い木の棒みたいなもので、さらに嘘をつくとどこまでも伸びるという設定だったはずだ。

多恵は物憂《ものう》そうにしつつ、町長に反論してやる。

「その人形が死んだ善太の遺志を受け、夜中海に行って魚を大量に殺してるってわけか。木製の人形にしては大した芸だね。お話のピノッキオにそんな力はないだろう」

「そうかもしれませんけど」

「あとね、おじいさんが作ったあやつり人形に妖精が魂を入れるっていうのは映画とかのピノッキオだ。カルロ・コッローディの原作『ピノッキオの冒険』じゃ、もともとしゃべり、勝手に動く不思議な木をおじいさんが手に入れ、それで人形を作って金を稼ごうとするんだ。もとはそんな心温まる話じゃないよ。善太の人形と大きく違わないかい？」

ピノッキオから善太の作った人形が勝手に動いている、と連想したのを、原作との相違まで持ち出されて否定され、町長はうろたえていた。

ただし多恵は嘘をついている。ピノッキオなら鼻が伸びているところだ。

善太の人形はピノッキオと同じところがある。あの人形も特別な木を使って作られているのだから。

多恵はしかし、表向きはそれらを理屈っぽく否定する。

「死んだ人間が作ったり大事にしてた人形が勝手に動きだし、人を殺したり災《わざわ》いを起こすっていうのは、怪談やホラーによくある設定だ。あんたの聞いた人形の目撃話は、本来無関係な、善太が人形を作ってたって出来事と魚が変死してるって出来事二つを合わせてこしらえた、無責任に語られた噂話さ。六十を過ぎてそんなものを信じるのかい。他の町民の前でしゃべるんじゃないよ」

「多恵さんにだから話してるんですよ。でもそれが事実なら、全部うまくつながるでしょう？」

町長の直感は得体の知れないものを認知しているが、それを大っぴらに語れば笑いものになりかねない。けれど自分だけで抱《かか》えておくのは恐ろしい。だからこの町の住民で一番古く、一番しっかりしていると考える多恵にすがっているのだろう。

そして町長の直感は正しい。うまくつながって当然だ。

多恵は知っている。一連の魚の大量死にはあの善太が作った人形が関わっている。あれはピノッキオのように、あやつり糸もなく、自律して動く。動いている。多恵は何度もそれを見ている。昨晩も見たのだ。

けれどそんなことはおくびにも出さず頭をかく。町長はまた汗を拭った。

「もちろん、そんなことが実際に起こってるなんて信じてませんよ。でもこのままあの人形を問題にしないでおいたら、どうにも取り返しのつかないことになる予感がするんです。多恵さんはどうです？」

超常的な事象は信じられないが、そうであれば説明が単純で、因果《いんが》関係も明確である。だから人は科学的でない呪《のろ》いや祟りや念を変わらず捨てられないのだろうか。

「善太の祟りか。善太自身は手を汚せないけど、作った人形に代わりにやらせるのはできるってわけか」

「少なくとも人形が勝手にやったことだ、という免罪符は得られます」

その人形を作ったのは善太であるけれど、直接的な責任は、心理的には逃れられるかもしれない。

「嫌な発想だね」

この町長は慧眼《けいがん》を持っている。ほとんど正しい読みを行っているのだ。あるいは祟りなんてものを認めざるをえないほど追い詰められているだけなのか。

多恵は正しいにもかかわらず泥沼に足を突っ込んでいる有様《ありさま》の町長に、せめて優しく告げてやった。

「お祓いの準備をしときな。町の予算から費用は出しづらいだろうから、あたしが個人的に出してやるよ。せいぜい派手にやるんだね」

そしてジョギングに戻る。今度はペースを上げ、町長がついてくる気も起きそうにない速さで走る。

潮の香りがする。アスファルトの硬い感触がある。

こんな過疎にある海辺の、波の音ばかりが強い小さな町に、いったいどんな魔が降りたのか。凶事が重なり、人形が動き出し、さらに凶事を呼んでいる。この魚の大量死が最後の凶事ならいい。まださらに上の災禍があるならば、今のうちに止めねばならない。

ひょっとすると多恵の家に半年前から化け猫が住み着いているのはこの災いを払うため、前もって天から垂らされた糸なのだろうか。

年寄りを酷使しないでもらいたいが、年寄りだから思い切ってできることもある。老い先短いからできることが。多恵としては、その時を見極めねばと腹をくくるばかりだった。

多恵の家は海に臨み、下に砂浜が見える小高い丘の上にぽつんとひとつあった。以前はもう少し周りに民家があったのだが、一軒、また一軒となくなり、戸平善太が亡くなって、その家が取り壊しを待つ今では、最も近い隣家は二百メートル以上先になる。坂の上にある土地は使いづらいそうで、住民流出が続く中ではずっと空いたままだろう。

家の造りとしては二階建ての庭付きで、家族四人で暮らしてもまだ部屋が余る大きさだが、十五年前に夫に先立たれ、現在は多恵と猫一匹が暮らしているだけ。築年数は長くとも定期的に手を入れ、耐震性も十分で、古びた雰囲気はどこにもない。

家に和室はあるが、生活の場はフローリングの部屋が基本で、畳に座ることはまずなかった。若い時からそういう内装を選んでいるが、椅子《いす》やソファで過ごした方が立ち上がる時に足腰に負担がかからないので高齢になれば理にかなっていた。

八時過ぎに多恵がジョギングから戻ると、家の裏手から黒い鳥らしきものが飛び立つのを目にした。カラスかと目を細めたが、多恵の目にはその鳥の頭が二つに映った。不審を覚えつつドアを開けて玄関を上がると、虎猫が歩いて出迎えにくる。

「やあ、お帰りなさいませ」

虎猫は気兼ねない口調でそうしゃべり、多恵はそれを見下ろした。

「さっき頭が二つのカラスみたいなのが飛んでったけど、あんたの仲間かい？」

猫は動物らしくない仕草《しぐさ》で点頭《てんとう》する。

「ええ、良い知らせを持ってきてくれましたよ。明日の夕刻にもおひいさまがこちらに来てくださることになりました」

「例の、ひとつ目いっぽん足のかい？」

「はい。これで万事解決です。あの怪人形が現れてから、山のあやかしも海のあやかしも、おちおち暮らしていられないと困っておりましたから」

多恵にはいっそう胡散臭《うさんくさ》く感じられて仕方がない。

「あたしからすると、あんたもあの人形も同じ化け物だけどね」

「ご無体な。あんな話もできないものと一緒にされましても」

猫は両手を上げて大仰に体の前で振ってみせた。そういう動作が堂に入っていて、ただの猫でない印象が強まる。

「あんたは話ができるから化け物なんだけどね。あの時家に入れたのは、良かったのか悪かったのか」

多恵が愚痴《ぐち》っぽく言うと、化け猫は伏して頭を下げる。

「あの日は朝から食べ物にありつけず、雨にまで打たれてずいぶん弱っておりましたゆえ、私は感謝しておりますよ？」

「だったらそのままあたしに話しかけず、普通の猫のふりをしてれば良かったんだよ」

「そこは積極的に恩返しをしようと愚考しまして」

「違うだろう。酒飲みたさに話しかけてきたんだろうに」

多恵がひとりで暮らす家に、この虎猫が訪れたのは去年の九月末だった。

その日は昼になってから大雨が降り出し、数メートル先の視界も定かでないという状態になったが、その最中《さなか》、ずぶ濡《ぬ》れで足をよろけさせたこの虎猫が軒先に逃げ込んでぐったりと横になったのである。

ガラス戸の向こうに猫を見つけた多恵は仏心を出したわけでもなく、猫の弱り方からするとこのまま死にそうであり、そうなれば後始末が面倒だな、といった理由で中に入れて余り物の魚の煮付けをやったのである。

その後、猫は家に閉じ込めるでもなく、自由にしておいたので、好きに出ていくだろうと思っていたが、そのまま居着いてしまった。

多恵とすれば、やたら生活に干渉してくれば放り出してやるところだったが、猫は手がかからず、柱や床で爪研《つめと》ぎをすることもなく、他の家からの苦情もなく、退去させる方が手間がかかりそうだった。

エサの費用も、多恵の日々の食事をわずかに多めに作れば事足り、むしろ残飯が以前より出なくなって好都合だったくらいだ。

そうこうして三ヵ月が経《た》った時、多恵が居間のソファに座り、日本酒を片手にテーブルに開いたノートパソコンで通販サイトからあれこれ購入しようとマウスを動かしていたところ、ソファの端《はし》に転がっていたはずのその猫が、『どうか一杯、私にも分けていただけませんか』と話しかけてきたのだ。どうやら酒好きらしく、我慢できなかったらしい。

その時は驚いたものの、取り乱して現実から逃避するのは癪《しゃく》に障《さわ》ったので、そのまま冷静に化け猫に応対し、今に至っているのである。

多恵は玄関からキッチンに行き、冷蔵庫からミネラルウォーターのペットボトルを出した。

「化け猫ならあたしを食い殺し、その後あたしに化けて家やら暮らしを乗っ取るものかと期待したんだけどね。そうすりゃあの世で旦那《だんな》と子ども達に珍しい死に方をしたと自慢できたものを」

足許《あしもと》についてきた化け猫に忌々《いまいま》しげに言うが、その相手は滅相《めっそう》もないと手を振る。

「このせわしない現代、人間の暮らしを乗っ取ったって近所付き合いやら納税やら、気骨《きぼね》が折れるだけでしょう。冷暖房のある家に住まわせてもらい、三度の飯を出してもらえるのが一番幸せというもので」

「あたしもその気骨の折れる浮世にあきあきしてるんだよ」

多恵はコップにミネラルウォーターを注ぎ、一口飲んでから天を仰いだ。

「その上化け物の世界にまで関わって、いっそう面倒になってるよ」

この化け猫の存在が、多恵に一連の怪事へ否応《いやおう》なく関わらせることになった。化け猫がおらずとも関わってはいたろうが、深い事情をいち早く知るとまではならなかったろう。ならやるべきことはやらねばならない。

「あんたに関わって良かったのは、孤独死してもあんたがすぐ町の誰かに報《しら》せてくれるって交換条件が成立したことくらいだよ。発見が遅れて腐った内臓まで外に流れ始めたら、片付けやらでみんな難儀するだろうからね」

その約束で酒を飲ませてやっているのだが、化け猫は嘆息した。

「いやあ、頑健《がんけん》で豪胆な多恵さんは、私より長生きしそうなんですが」

化け猫より長生きするなど、多恵としては御免こうむりたい。

空にしたコップを洗いながら化け猫に尋ねる。

「それで、そのおひいさまは役に立つのかい？　あの人形はこのままだと、じきに人を殺す状況になる」

「人がどうより、もはや我らの犠牲を無視できません」

足許についてきている化け猫は鉄でも飲み込んだみたいな顔で応じた。

「自由に動き、右手から電撃を放つ木製の人形など、まこと非常識です」

化け猫が非常識という了見を持っているほうが多恵には不可解である。そう思いつつも、多恵はあの人形が歩く姿を脳裏に浮かべると、顔をしかめるしかない。

「非常識なのは事実だね」

多恵はあの人形を初めて夜の砂浜で見た時のことを思い出す。


多恵があの善太の人形が動き、砂浜を歩いているのを見たのは、今月の十五日の深夜、一時半過ぎだった。

月の初めにはすでに魚の大量死が発生し、以後も連続していた。多恵も善太の死後、人形の行方が知れないのが引っ掛かっていたのだ。大きさからしてどこかに紛《まぎ》れてわからなくなるものではない。そしてほどなく始まった海の異変。善太が人形を作るのを見ていただけに、多恵はそこを無関係と片付けられなかった。

また最初に大量の魚の死骸が海岸に打ち寄せた日から、化け猫の様子も普段と違うものになっていた。いつもは部屋で寝そべっていることが多いのに、その日からはじっとしていても目を開け、考え込んでいる風にしており、そもそも昼も夜も家にいない時間が増え、どこか焦燥の気配さえあった。

だから多恵は化け猫の首根っこをつかんで持ち上げ、問い質した。

「あんた、魚の大量死と善太が作った人形について、何か知ってるんじゃないのかい？」

化け猫は最初誤魔化そうとしたが、多恵がその人形の出自について詳しいことや、白《しら》を切るなら今後酒を出してやらないと突きつけられたのにあきらめ、

「今夜、あの人形がまた現れるかと思います。あれは今日まで、一日か二日おきに山から海へ、ほとんど同じ時刻、同じ道筋を通ってやってきます。そしてちょうど、この家の下の砂浜辺りから海に入っていくのです」

と説明した。人形が勝手に海に入るわけないだろう、と普通なら一蹴《いっしゅう》するが、相手はしゃべる化け猫である。信憑性《しんぴょうせい》が違う。だから多恵もその夜、午前一時過ぎから化け猫とともに海岸に下り、岩陰《いわかげ》に身を潜めていた。

渡々水町は海沿いの町であり、砂浜もいくらかはあるが海水浴場として開かれている所はない。砂浜はどれも広くなく、岩や石が目立ち、裸足《はだし》で歩けそうな部分が少ないからだ。多恵の家の下に広がる海岸もそうで、砂浜はあるが硬い岩があちこちに突き出し、足許にも石粒が多い。

その砂浜を、時折硬い音を鳴らしながら歩いてくるものがあった。人間の子どもより少し大きいくらいの身長。月明かりにぼんやり伸びるその影は人間そのもの。けれどそれは衣服を身につけていない。靴もはいていない。両腕の先は指のない球形。頭部には髪も目も口も耳もない。ただ長い棒が鼻としてついている。

またその右腕、手首の下辺りに黒い石状のものが埋まっている。それもまた善太の人形の証《あかし》であるのに多恵は気づいた。

「あの石がはまった右腕、間違いなく善太の人形だ」

多恵は予告されていたが、肺腑《はいふ》が冷えないではいられなかった。あの木製の人形が動いている。歩いている。それにはあやつり糸も動力もどこにもついていない。後ろで手足を支え、動かしている黒子もいない。なのに人形は命あるもののごとく二本の足で歩み、波の音が聞こえる砂浜を進んでいく。

「この世はどこまで計り知れなくできてるんだい」

多恵はついもらしてしまった。

さらに多恵の周りや海岸にある他の岩陰や海上には、柄杓《ひしゃく》を持った幽霊、ぐっしょりと着物を濡らした怪しい女、話し合って行動している狐《きつね》や狸《たぬき》といったどう考えても妖怪や化け物の類としか思えないものが、人形から距離を取ってその歩く姿をうかがっている。空中には火の玉まで浮かび、月明かり以外にも周囲を照らしていた。

「なるべく動かれないよう。これだけ離れていれば大丈夫でしょうが」

化け猫が注意する。人形が多恵達のいる岩から最も近い所を通った。ただし十メートル以上離れており、そのせいか人形が多恵達に気づいた様子はない。また人形はあちこちに火の玉が浮かんでいても、これも高い所にあり過ぎるせいか反応はしていない。

すると人形の進行方向に、むくりと大きな猿、ゴリラかオランウータンかという巨躯《きょく》の獣が片手に棍棒《こんぼう》を持って体を起こすのが見えた。棍棒はまだ樹皮もついた丸太を、持ち手の部分だけを具合良く削ったといった野性的なもので、その長さも太さも大人の脚部以上である。その獣は後で聞いたところによると、猩々《しょうじょう》という猿の化け物で、海と山を住処《すみか》とする妖怪なのだそうだ。

人形とは二十メートル以上離れていながら、猩々はきいと牙《きば》をむくや、人形に撲《なぐ》り掛からんとその毛むくじゃらの足で砂浜を蹴《け》った。砂と小石がぱっと散り、猩々の巨体がうなって人形との距離が一気に狭まる。

同時、人形のすぐそばの波打ち際から、砂をかぶってじっと身を潜めていたのであろう、軽自動車ほどもある巨大な蟹《かに》の化け物が現れ、手のハサミを横薙《な》ぎにしながら人形に躍りかかった。猩々とタイミングを合わせた奇襲だ。

転瞬、人形は意外にも機敏な動作で横にステップを踏みつつ右手を蟹の化け物に向けるや、破裂音とともに激しい光をその先端の球形から走らせた。

多恵は蟹の大きさと走った光に唖然《あぜん》とする。

蟹の化け物は光の直撃を受けると海側へ数メートルも飛ばされ、両のハサミを硬直させて泡《あわ》を吹きつつ仰向けに倒れ、波に洗われる。その時には猩々が人形に肉薄し、棍棒を振り下ろしていた。

だが人形はその棍棒も慌てる素振《そぶ》りなくかわし、猩々と体を入れ替える。そしてすかさず右手を猩々へ向け、またも激しい光をその球体からほとばしらせた。猩々は間一髪、棍棒を人形に投げつけて海側へ飛び退《しさ》り、波を受けながら転がって人形と距離を取る。

空中で光の直撃を受けた棍棒は真っ黒に焦《こ》げ、人形の手前に落ちて砕《くだ》けていた。とっさに逃げていなければ、猩々も同じ末路をたどっていたかもしれない。猩々は腰が抜けたのか、波に洗われながらへたり込み、口を開けて人形をただ仰いでいる。

「大蟹殿と猩々の旦那の連携でも駄目だったかっ」

化け猫はその二体の怪異の敗北に悔《くや》しげに呟《つぶや》いた。他にいる化け物や幽霊も嘆息している。通常ならあのタイミングで奇襲されればどちらに応じていいか焦り、結果どちらの攻撃もまともに受けていたかもしれない。しかし人形は人形らしくまるで動揺せず、素早い動きで二つに対応してみせた。

人形は倒れた蟹や猩々を一顧《いっこ》だにせず、カタリカタリカタリと足早に歩みを進めていく。

多恵は震えを感じながらも化け猫に尋ねた。

「あの人形、手から何か出したね」

「電撃です」

確かにあれは夜にも鮮やかに光り、空間を駆けていた。その枝分かれした軌跡はいかにも雷であり、電撃と呼びえるものだ。

しかし電撃とは。それも馬鹿にできない破壊力を有している。

化け猫は押し殺した声で説明を続けた。

「やつは七、八メートルくらいに近づいたものに問答無用で電撃を放つのです」

「問答するにも口がないからね」

「そこは問題ではありませぬ。こちらがじっとしていればそばを通っても何もしないのですが、話しかけようと動くだけで即座に電撃です。とかく、我らの誰とも話が通じず、近づくのもかないません」

それなら通じようがないだろう。

「我らの仲間がああしてやつの破壊を幾度となく試みるも、あえなくあの電撃にやられているのです。電撃は右手の先からしか放てないようですが、かなり離れた間合いでも狙《ねら》いは正確ですし、どうにかかわして近づけたとしても、あの手を押しつけられれば逃げようなくやられるだけで」

「右手の先からしか電撃が出ないなら、どうにかできそうなものだけどね。あんた達の仲間は多いんだろう。集団で一斉に飛びかかり、一方に電撃を放ってる間に後ろからでも手首をつかんで押さえ込めば倒せそうなものだけど」

「押さえ込むまでに右手を引きつける側でどれだけ犠牲が出るか。それでも倒せれば重畳《ちょう》《じょう》ですが、先ほどの連携への反応をご覧でしょう、やつは素早いのです。うまくかわされ、残らず電撃に薙ぎ払われて終わりかねず」

妖怪や亡霊の生き死にがどういう機序になっているのかは多恵の理解を超えているが、あの電撃を不用意に受ければ無事ではいられないのだろう。蟹の化け物もまだ倒れたままだ。体が大きい分、電撃に耐えられたのか死んではいなそうであったが。

「陸の上では近づいたり邪魔しようとしなければ、やつは何もしません。そしてこの浜のある地点まで来ると海に入っていき、数時間もすれば海から上がって、山に戻っていきます。その意味ではやつは決まったことだけしか行えない、あやつり人形ではあるのかもしれません」

化け猫が言っているうちに、人形は海の方に体を向け、次に入水《じゅすい》自殺者のように波打ち際へ足を進め、膝が浸《つ》かり、腰、胸、と海の中に入り、じき頭の先まですっかり海に消える。

「されどやつは恐るべきものです。放っておけません。ああして海の中に深く入るとあの電撃を放ってまわり、その衝撃で数多《あまた》の命を奪うのです。昼間、山では奥の奥に入って体を乾かしているようですが、どこにいるかはわかりません。たまたま山中で人形を見つけたものが近づこうとしましたが、電撃を放たれ這《ほ》う這《ほ》うの体《てい》で逃げたそうで」

海面が時折点滅するごとく光る。光は遠く沖の方でも発生する。稲妻のきらめきを受けているよう。

空に月は出ている。雲は少ない。そこから稲妻は降っていない。その光は海中にあるのだ。空から降ってくるはずの稲妻が海中を駆け、その光が海面に映っている。海の中だけで雷が走っているのだ。

「そしてやつのせいで山の縄張りが侵され、我らの仲間は困っております。海のものも魚だけでなく、仲間が累々《るいるい》と犠牲になり、夜は逃げるしかなく」

「海の中じゃ電気は四方に伝わるからね、被害も大きくなるだろう」

これで大量の魚がほとんど外傷もなく変死している原因がわかった。電気によるショック死、感電死だ。直撃を受けずとも電気は水中を広く伝わる。水がいっぱいの浴槽の中に導線がつかっている状態で電気が流れれば、導線に直接触れていなくとも浴槽の中にいる者は感電する。実際、そういう感電事故は起こっている。

また自然界にもその電気を狩りに使う生物がいる。デンキナマズやデンキウナギだ。それらは体に発電器を持ち、その強い電気で周囲の生き物を感電させ、時に死に至らしめて捕食する。

だがここで電気を発生させているのは木製の人形だ。その右手から発生させている。海中に我が物顔でいるはずのない人形が。

「それを見た海のあやかしはさながら悪夢だと。あの人形は暗く深い海中で表情もなく、その右手から雷をほとばしらせ、離れゆく魚群でさえも逃れることを許しません。そして幾多の魚が白い腹を上に向かせ、海面に向かって浮かんでいく中、あの人形は水にゆらめきながらまた電撃を放つのです」

夜の海中など人間にとっては闇《やみ》、水という圧力がある分、なおのこと恐るべき暗黒だろう。そこで木製の人形が雷の光を右手から放つ。その後には暗い水の中をゆっくり死骸が上へ昇る。さらに放たれた電撃の輝きが、切り取られた写真のごとく周囲を目に見えるようにする。それはなんという光景か。海中の木製人形を中心に、雷と魚の屍《しかばね》が舞っている。あまりに非現実的で、見た者にとっては悪夢としか思えないだろう。

多恵の眼前で先ほど繰り広げられた蟹と猩々の奇襲もまた悪夢めいた光景であったが、海の中は死の色をさらに濃くしている。その悪夢の残骸《ざんがい》が、朝になって海岸に打ち寄せ、町を不安に陥れている。

このままでは渡々水町はその残骸に呑まれ、遠くない未来、悪夢本体に引きずり込まれるのではないか。

多恵は慄然《りつぜん》と、強張《こわば》った声を出してしまった。

「何てことだい。善太は人形にこんな真似を望むくらい、この町を恨んでたのかい？」

その後も、人形の決まった動きは途絶えることがなかった。化け猫は特有の勘か、仲間から連絡があるのか、人形が海岸を歩き出す頃合いがわかるらしく、夜になると多恵にそれを知らせた。化け物達の人形を倒そうとする試みはそのたびに失敗していた。

善太の人形が海に入り始める岸は、多恵の家が建つ丘のすぐ下であり、海岸に下りずとも家から十メートルばかり歩けばその姿を見下ろせる。多恵としてもあの人形がすぐ下を歩いていると知って、おちおち眠ってはいられなかった。

人形や妖怪達の足跡は砂浜につけられはするが、この時期、朝までには潮が満ちて砂浜はすっかり洗われ、その痕跡《こんせき》は消されている。

とはいえ夜更けに山から海に歩いていく人形の姿を偶然、遠くからでも目にした者がいるのだろう。いずれ多恵以外の町の人間が、人形の行為にはっきり気づく。

そうして昨晩、多恵は化け猫から、ひとつ目いっぽん足のおひいさまの名を聞いたのである。

回想を終え、多恵は水切りカゴにコップを置いた。

「まったく、怪異とかいうのはどこまで勝手にできてるのか」

「ですからあんな人形と我らを一緒にされても困りますよ。あんなものを作り出す人間の方がよほど恐ろしいわけでして」

気の優しい男が作った人形が化け物達にさえ悪夢を生じさせ、表の町を侵食し始めている。化け猫に恐ろしいと言われても多恵には反論できない。

化け猫は気を取り直して、という風に右前足で多恵の左足を叩いた。

「そこで多恵さん、ご相談があるのですが」

多恵は苦い顔をする。

「嫌な予感しかしないね」

「そうおっしゃらず。おひいさまがこちらに来てくださるにあたり、滞在される宿を用意せねばならないのですが、この家にお泊まりいただいてもよろしいでしょうか？」

ひとつ怪を家に入れれば、三つ四つと妖が入ってくる。このまま許容しているとどんな色をした怪物が入ってくるか知れない。

「山の中にでも招待できる仲間の住処はないのかい？」

「おひいさまをそんなむさ苦しい場所にお招きするわけには」

よほどおひいさまを敬《うやま》っているのか、化け猫は恐れ多いと首を振る。

「それに今回の怪事の発端や詳しい事情を最もご存じなのは多恵さんです。それらをおひいさまに直接説明していただくと、我らも助かるのですが」

それは理解できた。このあやかし達もおひいさまとやらに頼むのに詳細は伝えているだろうが、現地に来ればより正確な情報をまとめたいだろう。多恵にしても、解決してくれるのは結構だが、後は野となれ、といった采配《さいはい》をされても困る。

「だからといってうちを化け物屋敷にする気かい」

「いえいえ、おひいさまは人の身をされ、町の者の目に留まっても、知り合いが観光に来たと言えば不審がられないでしょう。それはそれは可憐《かれん》にして苛烈《かれつ》なお方で」

化け猫の尺度はあてにはできないし、苛烈という表現は可憐と矛盾するだろう。人の身をしているというのも相手を油断させる擬態に聞こえてより警戒心を覚える。

「だけど毒をくらわば皿までか」

多恵は腰に手を当てた。

「いいよ、部屋は余ってるからね。ただそのおひいさまに、あたしが喜ぶ手土産を持ってくるよう言っておきな」

家主としてそこは譲れなかった。

翌日、多恵はおひいさまに手土産を求めたのを後悔した。

午後四時過ぎ、多恵が昼寝から起きて夕食をどうするか考え出した頃、車が止まる音がし、こんな時間にどこの誰が、と表に出ると、最初に車から降りてきた者を化け猫が、『おひいさま』と出迎えていたのだ。

多恵はそのおひいさまというのがどんな妖怪でも驚くまいと昨日から心の準備をしていたが、その姿はあまりに予想外で数度まばたきしてしまった。

それは十代前半の人間としか見えない娘だった。しかし娘は精巧に作られた西洋人形のようだった。娘は多恵より小柄で、瀟洒《しょうしゃ》な衣服を身につけ、ベレー帽をかぶり、右手に赤色のステッキを持っている。その身を飾るひとつひとつの品が人形的で、この娘にしか似合わないといったもの。

善太の作ったのが不格好なピノッキオであるなら、この娘は職人が細部まで緩《ゆる》みなく仕上げた完全なビスクドール。まさに動き出すに値する完全な人形だった。およそ田舎のさびれた町の、海に臨む丘に立ちそうにない存在だった。

にもかかわらず娘は実在し、海風にふわりとした髪を揺らし、白い磁器のごとき手でスカートを直す。

人形が起こしている異変を、人形めいた娘が解決に来るというのは平仄《ひょうそく》が合っているのかもしれないが、多恵にすればだまされた気分になるのは否めない。こんな可憐な娘に手土産を要求しては、まるで自分が因業婆《いんごうばばあ》のようではないか。

緑色のジャージを着た多恵は娘に近寄る。

「あんたがおひいさまかい。なんだか話と違うけど、妖怪がそう化けてるのかい？」

娘は朗《ほが》らかに笑ってみせた。

「あいにくと親も戸籍もある人の身です。強いて言うなら、右眼《みぎめ》が義眼で、左足が義足なだけです」

言ってまぶたを上げたまま右眼球をこつこつと指で叩き、左足もステッキで叩いて硬い音を聞かせる。そしてベレー帽を脱ぎ、礼節の価値を知る者の身振りで頭を下げた。

「岩永琴子と申します。このたびはお世話になります」

どういう経験をすれば右眼と左足を人工物にする状態になるのか、と多恵が応じ方に迷っていると、車の運転席から手提げの大きな紙袋を両手に持った青年が降りてくる。青年は岩永と名乗った娘の後ろについて、こちらも申し訳なさそうに頭を下げた。

岩永は彼の紹介も行う。

「こちらが私を手伝ってくださる桜川九郎といいます」

青年、九郎は岩永と比べればごく普通だった。長身でぼんやりとした風貌の、いかにも害のなさそうな二十代前半くらいの青年だ。ただ多恵はこの青年にどことなく影の薄い、生きているのか死んでいるのか判別のつかない隔絶感《かくぜつかん》を覚え、やはり落ち着いた心持ちにはならない。化け物からおひいさまと呼ばれる娘と親しくしているのだから、常人ではないのだろうが。

「おひいさま、一日千秋の思いでお待ち申し上げておりました。その上かの九郎殿もご一緒となればまさに弁慶に薙刀《なぎなた》。これでもう大船に乗った気分で」

化け猫は多恵に対する以上にかしこまって岩永の足許で手を合わせる。

岩永はその化け猫の頭を荒っぽくわしづかみにし、説教を行い出した。

「それ以前にさしたる理由もなく自分の正体を人間に明かすな。幸いお前のことを周りに言いふらす人じゃあなかったから良かったものの」

「すみませんすみませんっ。この人なら大丈夫と感じたものでっ。それに多恵さんがうちの猫が言葉をしゃべると吹聴《ふいちょう》したとて、周りには認知症かと思われるだけで。後は私が逃げれば大事にはならないかと」

「まあ、その手は使えるけど」

「使うんじゃないよ。誰が認知症か」

岩永が化け猫の言い訳をあっさり了承しかかったので多恵は注意した。やはりこの娘の内面は、姿ほど可愛らしくはないらしい。

化け猫を放すと岩永は多恵に頭を下げた。

「失礼しました。では事態を早々に解決しましょうか。今夜人形が現れれば、そこで決着させましょう。大学が始まるのも近いことですし」

じき四月だから学校が始まるのは近いだろうが、どうやらこのおひいさまは大学生らしい。しかし今、気にすることだろうか。

多恵からすると、それらは事態の困難さにまるで頓着せぬ可愛げのない物言いと身のこなしだった。

近所の目を気にする家ではないものの、いつまでも岩永という娘を表に出しておくのはまずい気がして、多恵は早々に二人を中へ促し、リビングのソファに座らせてお茶を出した。

青年が手提げ袋二つに持ってきた手土産は、有名な店のフリーズドライのみそ汁二十五袋の詰め合わせに、本数限定で発売された老舗《しにせ》の焼酎《しょうちゅう》と値が張るもの。ますます多恵としては因業婆になった気にさせられ、良いお茶とお茶菓子を出さないわけにはいかなかった。

岩永と九郎が並んで座っており、多恵は向かい合う位置に座った。化け猫は近辺のあやかし代表として多恵の隣に腰を下ろしている。

化け猫は岩永に対し、あらためてこれまでの混乱の状況を語り、多恵もいくつか知っていることを補足してやった。

岩永はそれらをじっと聞き、思考を巡らせている表情をしていた。そうして対面で応じていると、多恵はこの娘の印象がずいぶん違ってくるのを感じる。外見こそ幼さの残る少女といったものであるが、その雰囲気、声の落ち着きはずっと大人びたものだ。老成していると表現すべきかもしれない。

最初、この九郎という青年と並ぶと十歳は離れた妹くらいにしか映らなかったが、時間が経てば経つほど、岩永の方が九郎の十歳は上の姉である、と説明されても納得しそうになってきた。

とはいえ、この娘にあの右手から電撃を放ち、大蟹や猩々をものともしなかった人形をどうにかできるのか、という危惧《きぐ》は払拭《ふっしょく》できていない。隣にいる九郎もつかみどころがなく、あの人形と対峙《たいじ》できる迫力までは感じられなかった。

ひと通りの説明が終わり、多恵は息をついて岩永を見る。

「おひいさん、これでだいたいあたしらが知ってることは話した。気になるところはあるかい？」

多恵は敢《あ》えて彼女を『おひいさん』と呼んだ。岩永という苗字《みょうじ》なり、琴子という名なりを呼ぶとこの娘との距離が近づき過ぎる気がしたのだ。

「人形の特徴や行動、町の現状やこれまでの経緯等、あらかじめ聞いていたのと大きな違いはないようです。善太という人の、お孫さんを死なせた町への報復ですか。ただ自分で直接それを行うのは怖いから、人形に代わりにやらせると。人形は古来、人間の代用、身代わりとして作られるものですし、当人に代わって責任や穢《けが》れを引き受けさせるものでもあります。使い方としては合っていますね」

岩永は感服した調子でいかにも軽くまとめ、多恵へ視線を返す。

「ただいくつか、腑《ふ》に落ちない点があります」

幼げな面立ちに似合わない、洗練された所作と声音で岩永は続けた。

「勝手に動き、害をもたらす人形というのはそう易々《やすやす》と生まれるものじゃあありません。高名な人形師が精魂を傾けて作ったものや、長年大事にされ、持ち主の念が宿ったものなどは動いたりしそうですが、問題になっている木製の人形を作ったのは不器用な素人であり、完成したのもせいぜい一ヵ月ほど前。そうですね？」

「ああ。善太は人形なんてこれまで作ったことがないし、ずいぶん苦労してたよ。ただしどの段階で完成だったのかは怪しいね。手足がちゃんと動くところまではできたが、あれを作ってる過程で善太はやせ衰え、全ての精魂をしぼりつくしたようになって亡くなったからね」

特別な技術で作られたわけではない。年を経《へ》て力をたくわえたわけでもない。確かに作製者の死後に動き出す条件は乏《とぼ》しいかもしれない。

そこで九郎が口を挟んだ。

「でもそれだけに善太という人の血と念が染《し》み込み、霊的な力を発揮しているとも言えるんじゃないか？」

岩永は首を横に振る。

「ひとりの精神力で何でもかなうほど、この世はそう都合良くありません。恨みや念のこもった人形でも、せいぜい髪が伸びたり、夜中にケタケタ笑ったり踊ったり、廃墟《はいきょ》で写真に写り込んで怖がらせたり、それくらいが限界です。人間ほどの大きさを持ち、勝手に動くようにするだけでも相当の念がいるでしょう。あまつさえ手から電撃を出せるなんて、怪異の系譜からしても規格外です。老人ひとりの恨みでそんなものが生まれるなら、もっと浮世は渾沌《こんとん》としています」

岩永の分析も一理あった。善太のような気の小さい男の念と命だけであんなものが作れるなら、もっと激しい気性の者が命と引き換えに、世を呪い、夜ごと歩き回る殺戮《さつりく》人形を生み出しそうだ。

岩永は眉《まゆ》を寄せる。

「そこが今回、不可解なんです。知り合いにそういう規格外の怪物を造り出しかねない人がいまして、もしその人物が裏にいるなら、人形への対応はかなり厄介になるんですが」

九郎も急に警戒の表情になっていた。どうやら二人の間では、その人物というのはよほどの危険があるらしい。

「そっちの事情は知らないけど、そういう裏はないだろうね。善太の人形がピノッキオと同じってだけだよ。あの人形に使われた木材には特別なものが混じってるんだ」

「特別？　確かに原作のピノッキオはしゃべって動く棒きれから作られましたが」

どうやら岩永は原作を読んでいるらしい。なら話は早かった。

「さすがに善太はそこまでの木は持ってなかったけど、特別は特別さ。あの人形には一部、隕石《いんせき》のはまり込んだ木が使われてる」

この事実はかなり意表を衝《つ》いたのか、岩永も九郎も、化け猫も目を見張った。多恵は化け猫にもこれを教えていなかったのだ。

おひいさまと呼ばれる相手を動揺させたことに多恵は少しだけ満足しながら詳細を語る。

「善太の話じゃ、十年ばかり前だそうだ。昼間、山の中を歩いていると頭の上でものすごい衝突音がして、いきなり太い枝が目の前にバサバサバサって落ちてきたそうだ。おそるおそる近づいて折れ落ちた枝を見れば、その真ん中に五センチ大くらいの黒い石みたいなものが埋まり込み、焦げた匂《にお》いを上げていた。どうやらそれが衝突したせいで、人の腕より太い枝がへし折られて落ちてきたらしい。善太はそれが隕石だとすぐ気づいたそうだよ」

隕石。宇宙から地球へ、大気の壁にぶつかって燃え、それを突き破り、落ちてくる物体。宇宙空間では巨大であっても、多くは大気中で燃え尽き、地表に落ちる頃には数ミリの大きさになっている時もある。それでも数十トンの重さを持つ隕石が発見された記録があり、手頃な大きさの隕石が普通に売買されたりしている。

「隕石を落ちた直後に発見するなんて珍しいことだし、目の前に木に食い込んだ状態で落ちてくるなんてのもあることじゃない。世間に知らせればニュースになったろうね。でも善太はその石に奇妙な魅力を感じ、木に食い込ませたまま持ち帰った」

空から降ってきた石に加え、折れた枝といえど山の木を持ち帰っていいのか、という議論はあるだろう。しかし隕石の落下が他に気づかれず、持ち帰るのも折れた枝くらいなら、その存在や行為は誰の知るところともならないだろう。

「善太が言うには当時、体調がかなり悪かったそうだ。神経痛や偏頭痛が時折ひどくなって、山に入ったのも半《なか》ば自殺を考えてだったそうだよ。けどその隕石を持ち帰ってそばに置いていたら、いつの間にか痛みは起こらなくなり、前よりも元気になったらしい。以来、善太は木にはまり込んだ隕石を大事にするようになったんだ」

善太は健康の秘訣《ひけつ》を聞かれると、ごく親しい人にはそう語って隕石の埋まった木を披露していた。木は長さ六十センチ、太さ十五センチくらいであり、隕石はそのやや上方に、周りに焦げ目をつけ、全体の八割ほどを木の中に埋め込んでいた。隕石の大きさは子どもの拳《こぶし》くらいで、表面に凹凸がありながらもいくらか溶けた風に滑《なめ》らかさがあり、ただの石ではない雰囲気をしていたのを多恵も目にしている。

岩永が納得したとばかりに息をついた。

「隕石は、空から降る不思議な物体として古くから信仰の対象ともなっていました。戦争に勝つという天からのお告げとされたり、奇跡の象徴として神殿に納められたこともあります。隕石が落下した場所に人が群がり、その破片を魔除《まよ》けとして皆が持ち去ったなんて話もありますね」

「よく知ってるね。隕石は天の力を満たして地上に落ちる神の恵みであり、霊験《れいげん》があるとも言うよ。日本でも隕石に含まれる鉄から刀を打ち出し、流星刀と名付けられ、その一本が皇室に献上されたなんて話もある。世界中で隕石はいわく言い難《がた》い力を感じさせられるものとされてるんだ」

多恵は岩永への評価をまたあらためる。知識も認識力もあって、使い方も知っているようだ。

一方で九郎はある意味、常識的な主張を行う。

「しかし隕石は隕石でしょう。人形を動かし、手から電撃を出せるようにする力があるというのは」

多恵が何か言う前に、岩永が重く答えた。

「地には妖怪やあやかし、幽霊や魔を生み出す力が存在し、それらは多くの人にとっては不可思議な現象をもたらします。宇宙にもそれに似た力がないとは言えません。それが隕石に宿り、地に降り、手にした者の念や願望を受けて害を引き起こすのもありえるでしょう。さながら宇宙的な怪異です」

面妖《めんよう》な話だ。可能性はあっても実際に起こるものか。そう多恵は思うが、少なくとも善太はそうと信じ、あの人形を作った。人形は結果、動いている。

「善太の隕石話は大抵が笑い話と聞いていたけど、善太は本気だった。あの人形を作り始め、隕石のはまった木をその一部にと持ち出したのには驚いて問い質したんだ」

孫の死後、家からあまり出てこなくなり、そうかと思えば急に木材を集め出したりと不穏な様子が続いたので、町長や多恵は善太の家を訪れ、声をかけていた。

「人形なんか作って孫の代わりにするのかい、ピノッキオみたいに特別な木があるからって、それを使えば動き出すとでも夢見てるのかいってね。でも善太は『この石は願いをかなえてくれるんです』って聞く耳を持たなかった」

慣れない作業で善太の手は傷だらけになっていた。食事を摂《と》るのも忘れているようだった。にもかかわらず木を切り、削り、高い鼻のある人形を仕立てていった。

「原作でピノッキオを作ったおじいさんは実際のところ、ピノッキオのせいで痛い思いや寒い思いをし、牢屋《ろうや》に入れられ、サメに飲み込まれ、二年も後にそこから助かったと思えば瀕死《ひんし》で寝付くことになる。人形を作ってもさんざんな目にあうんだ。そうも言ったけど善太は『もうさんざんな目にあってますよ』って人形を作るのをやめようとしなかった」

その時力尽くでも人形作りをやめさせるべきだったのか。それとも隕石が善太の目の前で木の枝に埋まって転がった時、この結果は定められていたのか。

多恵は詮無《せんな》い思考だと頭をかき、岩永を見据える。

「隕石が食い込んだ木はそれほど大きくなかったからね、使われてるのは右腕、その肘から先の部分だ。そして隕石は、ちょうど手首の下辺りに埋まった格好になってる」

岩永は自分の右手を掲げ、それを指した。

「電撃を放つ右手のですか」

「ああ。だから右手の先だけから電撃が出るんだろう。隕石も限界があるんだろうね」

化け猫が肉球で多恵を叩きながら抗議の声を寄越してくる。

「そんな重要な話、初めて聞きましたがな。確かに右腕に変なものが埋まってるなあとは思ってましたけども」

「話したところで役に立ったのかい。隕石がどうと言ってもあんた達に理解できなかったろうに」

化け猫はひげをうごめかせ、次に両手で頭を押さえた。

「知っていればもっと早くおひいさまにおいで願いましたよっ。宇宙的な怪異などに我らがかなうわけがありませぬ！」

そう言われても、多恵はおひいさまを知らなかったのだ。

九郎は九郎で、他人事みたいにそのおひいさまへ感想を述べる。

「宇宙の神秘とかも相手しないといけないとはお前も大変だな」

「先輩も相手してください。滅多《めった》にあることではないでしょうが」

岩永も深刻さはなく、それから悠然とお茶を口にする。

「遠く宇宙から来たものはこの地にとって異物です。こちらの秩序とは相容《あいい》れないものでしょう。ただちに排除しないといけません。あの人が関わってるよりはよほどわかりやすい状況です」

どうやら知り合いが無関係とわかって安心しているらしい。

かといって多恵にすれば、まるで解決に向かっている感触がしない。気を抜かれても困る。

岩永はそんな多恵の心理を読んでか、新たに質問を投げてきた。

「善太さんは人形を作っている際、それに何をさせるか具体的に語っていましたか?」

「いいや。尋ねはしたけど『おっしゃる通り、ピノッキオで構いませんよ』って返すのがせいぜいだった」

具体的に語っていれば、善太を正気に返させる機会があったかもしれない。

「なるほど。ピノッキオを意識して人形を作っているとは断言してないんですか」

「それがどうかしたかい？　ああ、善太はこうも言ってたね。人形がだいぶそれらしくなってきた時、『これなら私が望むことを、代わりに果たしてくれるかもしれないじゃないですか』って。つまり現状は善太の望んだ通りになってるのは疑いようがない」

多恵は岩永がほのめかしているらしいことを察してつい言い返す。

「その時、善太が自分の代わりに恨みを晴らしてくれるものを作ってるとあたしが気づいていれば、と責められたら返す言葉はないけどね」

すると岩永は手を振った。

「気づくのは無理でしょう。その時点で人形がそこまで力を持つとは、私でも推測できませんね。隕石から怪しい力を感じて何らかの処置はしたかもしれませんが、特段秩序を乱していないなら、余計な手出しは逆効果になるかもしれませんし」

勘ぐり過ぎだったらしい。それはそれで多恵としては納得がいかない。事態を重く捉えるなら、多恵の責任は問われてもいいだろう。

このおひいさまは町の危機を肌には感じていないのかもしれない。

「どうにものんきだね。あたしはこの十日ばかりで恐ろしい姿の化け物や幽霊が、あれを止めよう、壊そうとするのを見てきた。でも全部返り討ちにあってる」

多恵は座り直し、岩永へと身を傾ける。

「今は化け物達しかあの人形の所業に気づいてない。でもいずれ町の者もあれを目にするだろう。最初は怖がって騒動になっても、あれを止めなきゃ魚の大量死は続き、町は衰退の一途というのはわかる。町の者は皆してあの人形を捕まえ、壊そうとするだろうよ」

人形が歩いているのは現実であり、それが災いのもとであるのは明らかなのだ。善太の影にも町の者は気づいているのだ。

「そうなればあの電撃でどれだけの被害が出るか。あたしが前もって警告したとしても無駄だろうね。化け物でもかなわないものを人間にどうこうできるわけがない。人死にが出たら問題はいっそう重大になる。そしてこのままだと確実にそうなる」

少しきつい物言いになったか、と多恵はそこで自制し、ソファに背を預けた。

「どうするんだい、おひいさん。見たところあんたにあの人形を壊せる力はなさそうなんだけどね」

これに対して岩永や九郎でなく、横の化け猫が慌てた勢いで体を起こし、おひいさまの擁護《ようご》に回った。

「た、多恵さん、おひいさまは知恵の神でいらして、荒事《あらごと》に向かれたお姿でないのは当然でございますっ」

おひいさまの機嫌を損ねてはいけないと焦っているらしい。化け猫はさらにその丸みを帯びた手で九郎を指した。

「それにこのたびは九郎殿がおられます。あの方は化け物を超えた化け物とでも呼びうる方で、東西のあやかしを集めてもかなうものなしというほどの能力をお持ちなのですっ。九郎殿ならあんな人形などひとひねりでございますよっ」

その熱心な、どこか九郎を恐れ、怯《おび》える色合いもある弁舌を聞いて、多恵はつい岩永の隣で控《ひか》えめにしている九郎を凝視してしまった。

「こんなうすらぼんやりした男がかい？」

「ごもっともです」

九郎は妖怪にそこまで評価されて恐縮であるとばかりに苦笑し、多恵に目礼した。

すると岩永が多恵に非難がましく手をかざす。

「あの、九郎先輩は親公認の私の恋人ですので、あしざまに言わないでいただきたいのですが」

あやかしでつながっている主従かと思えば、二人はそういう関係だったのか。多恵はこれも意外だったが、九郎には異議があるらしく、閉口した顔つきで岩永に向く。

「恋人とは人聞きが悪いな」

「事実でしょうっ。それにこんな可愛い乙女が恋人でどんな支障があると」

「じき二十歳になろうっていうのに乙女はないだろう」

「そりゃあ先輩のおかげで未通女《おとめ》ではありませんが」

何の話をしているのか。少なくとも二人はそういう会話ができる程度には親しく、人形の脅威も大きくは感じていないらしい。

「あんた達の関係はどうでもいいよ。その彼がいれば、人形は止められるんだね？」

そこが重要だった。岩永はついと多恵へ向くと、少し首をひねった。

「もともと九郎先輩がいなくとも、人形を破壊するだけなら簡単なんですが」

そこは悩む点ではないらしい。

岩永はどこか面倒そうに手をひらひらさせる。

「町の人達が人形に気づいて破壊に乗り出せば、初動時によほど軽々に近づかないかぎり、死者も出さずに壊せますよ。一週間もいらないでしょう」

なんともたやすく請け合ってみせる。そしてむすりと付け足した。

「だからこそ、腑に落ちなくなるんですが」


なぜか岩永は簡単に壊せるのが気に入らないらしい。そんな造作ない作業にわざわざ自分を呼びつけるな、という心理なのか。

多恵はこの小娘にはもっと丁寧に説明してやらねばならなかったか、と頭痛を覚えた。

「話を聞いてたのかい？　あの人形は近づくものに電撃を放ち、その反応も早い。化け物でさえどうにもならないのに、いったい人間に何ができるか」

岩永が左手を挙げてそれを遮《さえぎ》る。

「あの人形は昼間は山のどこに潜んでいるかはわからないものの、一日か二日おきに夜、山から海へ、ほとんど同じ道筋を通って来るんですよね。そして人気《ひとけ》のない、この家の下辺りに広がる砂浜を通ると」

「ああ、そうだよ」

多恵は岩永が急に刃物でも抜いたかのような気配になったのにやや押されながらも認めた。

岩永はそれに答える。

「移動経路がほぼ同じなら労せず待ち伏せできますし、凝《こ》った罠《わな》も仕掛けられます。人形が近づくものに反応して攻撃してくるなら、近づかなければいいんです。さらに近くにあっても動かないものには攻撃しない。そうですね？」

これにも多恵と化け猫はうなずいた。砂浜で大蟹が隠れているそばを通っても、人形はそれが襲いかかってくるまでは電撃を放たなかった。あくまで人形は進行を邪魔し、自身に危害を与えるものに反応している。

「ではあらかじめ砂浜の一定範囲に爆薬を埋め、人形がその範囲の中央辺りに入った時、遠隔装置で起爆させれば一瞬で木っ端微塵《こっぱみじん》にできるでしょう。電撃を放つ間もありません。人形は地中に埋められた爆発物に気づけないでしょうし、遠隔装置なら数十メートル離れた所からでも狙った時に爆破できます」

多恵は唖然とした。化け猫も口を開けている。明かされればあまりに簡単な方法だ。極端で日常を逸脱した手段ではあるものの、現実的に十分可能なのである。

「爆薬を手に入れるのが難しいなら、可燃物でも構いません。広範囲に敷き詰め、人形がその一帯に十分立ち入った時に発火させれば、あっという間に炎に包まれるでしょう。ガソリンが広く気化していれば爆発的な燃焼が生じたりもします。その上で遠くから可燃物を染み込ませた火矢を打ちかけたり、ガソリンや灯油を詰めた袋を投げつければ、人形は確実に火だるまです」

岩永は別のやり方も滑らかに挙げていく。こちらも効果を期待できた。

「人形が海に逃げたとしても、木製ですから無傷ではいられないでしょう。炭化すれば体も脆《もろ》くなり、自由に動けなくもなります。動けたとしても電撃を放てるのは隕石が埋まった右手の先からだけ。そこだけでも燃えて折れれば電撃は放てません。近づいても怖くなく、どうとでも料理できます」

多恵は自分が腹立たしくなった。冷静に知恵を巡らせれば、犠牲を出さない手がいくらでもあったではないか。

「どうしてそんな単純な手が浮かばなかったのか。あたしも耄碌《もうろく》したもんだ」

ついもらすと、岩永が慰めるでもなく解説する。

「おそらく常識外の化け物の力や跳梁《ちょうりょう》を目の当たりにして、人間的な発想ができなくなっていたのでしょう。手から電撃を放つ人形というのも衝撃的です。人間では到底かなわないと感じても無理はありません」

その意味では多恵もまともな感覚をしていたのかもしれない。妖怪や化け物の出現に対し平常心ではいられなかったのだ。

多恵はそして化け猫に尋ねる。

「あんた達化け物は、似たことを考えられなかったのかい？」

「そんな、おひいさまのごとき過激で悪辣《あくらつ》なからくりなど思いつきませぬよっ」

聞き方次第ではおひいさまをかなり悪く評している内容だが、化け物達にすれば岩永の発想はそれくらい枠外なのだろう。

岩永は化け猫を叱りもせず、多恵に補足する。

「ほとんどの化け物やあやかしはずる賢くないといいますか、行動が本能的、生得《せいとく》的なものに縛られ、あまり自由な思考や発想ができないんです。道具や機械を使うのも苦手ですし、社会への適応力も高くありません。だから人に害をなす妖怪はその行動をなかなかやめられませんし、環境が変わっても適応して生き延びるのが困難だったりします。局所的には人間を殺したり恐れさせたりできる化け物も、大局的には人間に追われてしまうものなんです。ゆえにそれらの知恵の神として、私が必要とされるのですが」

「確かに妖怪達にずる賢くあられても困るね」

岩永の説くところは多恵にも納得がいった。あの人形を作ったのも善太という気の小さい男だ。それでさえ化け物達を恐慌させたのだから、人間が一番恐ろしいには違いない。

多恵は深く息をついた。腹をくくっていたのが馬鹿らしくなる。

「とんだ空騒ぎだ。少し考えればあの人形を壊すのはたやすかったなんて」

しかし岩永は晴れやかな表情では応じない。

「だからこそ腑に落ちなくなるんですよ」

むしろ厳しさを増し、ここからが正念場といった顔になっている。

この娘はここにおいて戯《たわむ》れにねじれた発言はしないだろう。多恵は悪い前触れに目を細めた。

「よくわからないね」

「あの人形はお孫さんを事故で殺された善太さんが、その報復として作った。あれは善太さんの祟りが形になったものですよね？」

今さらの確認であったが多恵は肯定する。

「そうだね」

「だとするとおかしくありませんか」

どこがだ。多恵は気づけない自分に苛立《いらだ》った。

岩永は多恵を見る。

「事故死したお孫さんのための報復なら、あの人形は真っ先に、お孫さんを轢き殺した車に乗っていた者を殺しに行くんじゃあありませんか？」

多恵は数秒、声が出せなかった。

根本的な見落としだった。町のことばかりに気を取られ、一番の原因を失念していた。

「ああ、そうだっ。善太が祟るんなら、その連中を除くわけがないっ」

ようやくかすれた声を出せた多恵に、岩永はインターネットで調べておいたらしい情報を並べる。

「車に乗っていた四人の大学生は逮捕され、運転していた者だけが起訴されました。他の三人がふざけてハンドル操作を誤らせたり、被害者の救助にも積極的に動かなかったという証言もあるそうですが、起訴できたのはひとりだけ。それも被害者にも過失があり、大学生達の親が裕福で賠償金も十分に支払い、反省もしているとして執行猶予のついた判決が確定しています。ひとりの子どもの死に対し、車に乗っていた四人が、被害者家族の納得のいく代償を払ったと言えるかどうか」

関係者にとっては青天《せいてん》の霹靂《へきれき》に似た事故であっても、警察や裁判所にとってはありきたりの案件であり、事実関係に争う余地がなければ流れ作業のごとく片付けられる。

「善太は納得してなかった。判決が出る前から実刑にはなりそうにないと聞かされてもいたんだ。善太は『結局あいつらは罪を償わないんですよ』って言ってた。善太はあの大学生達を恨んでたんだ」

町も事故の件がそれ以上もつれないのを望んでいた。善太への同情は乏しかった。

「その四人の大学生が変死したという報道はありません。さすがにあの人形が町から外に出れば大騒ぎになるでしょう。つまり大学生達は現在、人形から何もされていない」

岩永のさらなる情報に、多恵の混乱は加速する。

「おかしい。ならどう考えればいいんだい？」

これまで善太の祟りという構図を疑わなかった多恵は、ここで指摘された大きな矛盾が解けない。

対して岩永はとうに解を持っている調子で言った。

「手段を選ばねばあの人形を壊す方法はいくらでもある。つまり善太さんは、あの人形を町の人に壊させるために作ったとすれば」

多恵には正しい構図がつかめない。岩永は変わらず続ける。

「人形をこのまま破壊すれば、それこそ取り返しのつかない結果をもたらすかもしれません」

壊さないでいれば町は致命傷を受ける。なのに壊しても取り返しのつかない結果をもたらすとは、どんな状態なのか。それが事実なら、人形が動き出した時にはもう多恵達は打つ手がなかったことになる。

そして岩永は微笑《ほほえ》む。その面立ちに似合わないほどに冷たく。

「私がそうはさせませんが」

午前一時を過ぎた頃。暗い浜辺に多恵は下りていた。丘の上には多恵の家があるが、下からはいくらかその灯《あか》りが見えるくらい。今夜も月が明るく、さらに火の玉がいくつも高く舞っている。それらの光源の下で何十という妖怪やあやかしが集まり、おひいさまと呼ばれる岩永の意を受けて動き、あちこちに配置されていき、身を潜めたりものを運んだりしている。多恵はそれを離れた岩陰からうかがっていた。

あやかしには猿や狐、狸、猪《いのしし》といった動物が妖力《ようりょく》を持って変化したものもいれば、蛸《たこ》や貝、魚といった魚介類が力を持ったものもいる。それらの中心でベレー帽をかぶった岩永が、西洋人形のような衣装でステッキを振って指揮しているのが奇異というか、それ自体に現実感がなかった。

この辺りの海岸は町でも奥まった所にあり、多恵の家以外の民家からはほとんど死角になるため、少々の騒ぎが起こっても気づかれない。もし気づいて様子をのぞきに来た者は、うごめく怪異の群れに卒倒するかもしれない。

「あんたもあのおひいさんには苦労してそうだね」

多恵はそばで静かに準備運動をしている九郎にそう話しかけた。

九郎は多恵の問い掛けに苦笑する。

「どうでしょうね。彼女がいなければ、今頃僕はどう暮らしていいか見失っていたかもしれません」

岩永がいる前では彼女を疎《うと》んじる素振りだったが、ここは多恵を年長者と敬ってか本音を語ったらしい。多恵は青年の胸中を慮《おもんぱか》る。

「人魚と件《くだん》の肉を食べて、不死身の上に妙な力まで持ったら、暮らし方にも工夫がいるだろうけどね」

今夜、人形を捕らえるにあたり、多恵は九郎の特殊な能力について聞かされたが、それはあまりに度外れていた。人魚の肉を食べたものは不死になるという伝承は聞いたことがあったが、本当に食べ、不死身になっている人間に出会う日があるとは。さらに未来を予言して死ぬという化け物、件を合わせて食べ、その力も取り込んでいるなど、想像しろと言う方が間違いだ。

多恵はやはりこの時もうすらぼんやりした印象のする九郎に訊《き》く。

「死と引き換えに未来を決められるってどういう感覚なんだい？」

未来を告げて死ぬ件の特性を持った九郎は、そこから発展して、死と引き換えに近い未来なら何が起きるか、意図的に決定できるというのだ。つまり近い未来なら思うままにできるのである。死をともなうため、本来なら一度きりしか使えない能力だが、人魚の肉を食べて不死身であるため、何度でも繰り返し、未来を決定できるという。

つまり九郎を殺したとしても、九郎は殺した者が不利益をこうむる未来を決定してすぐに生き返ってこられるのだ。妖怪達がひれ伏し、恐れるわけである。慣れていない妖怪達が怖がるといけないというので、現在多恵と一緒に離れた所で準備が整うのを待っているのだ。

九郎は謙遜《けんそん》するでもなく手を振った。

「未来を決定できるといっても、起こりそうなことを必ず起こさせるくらいのものです。起こる可能性が低い未来は手が届く範囲になくて決定できません。サイコロで好きな数字を出すくらいなら可能ですが、適当に買った宝くじを一等に当選させるのは無理といった、自由度の低い力ですよ」

「それでもおひいさんが用意した罠を必ず成功させる力くらいはあるわけかい」

多恵は遠くで化け物を指揮する岩永を再び見遣る。九郎も同じ動作をした。

「岩永なら、僕がいなくても自身の運だけで成功を引き寄せそうですけど」

恋人というだけあって身に染みて理解していそうである。

多恵も肌が粟立《あわだ》つ感覚があった。

「ああ、あの娘は神かけて敵にしちゃいけないね」

その岩永の周りから全ての妖怪達が散り、所定の位置へそれぞれ隠れ、人形が現れても反応されない高さや距離にある火の玉、怪火以外は、多恵達の視界から消える。その岩永に化け猫が駆け寄り、何事か伝えていた。岩永はうなずき、化け猫とともに多恵達の方へ小走りで戻ってくる。左の義足はよほど良くできているのか、少しもそうと感じさせない足取りだ。

岩永は多恵達のいる岩陰に着くと九郎を見上げた。

「人形が海岸に下りました。あと数分でこの付近に来るでしょう。九郎先輩も配置にお願いします」

「わかった」

九郎は短く答え、岩永はステッキで砂浜の一定範囲を指す。

「あの辺りに印がしてありますから、そこに人形が踏み込むよう誘導してください。その後、先輩がいいタイミングで合図を」

それから彼女らしくない、しおらしい上目遣いで付け足す。

「あと、なるべく死なない方向で」

「今さら言うことか？」

「いえ、どうも妖怪達の間で、おひいさまは恋人がいくら死んでも気にされないクールで素敵な方だ、という評になっているらしく。それは面白くないなあ、と」

「事実だろう」

「少しは気にしてますよっ。いくらすぐ生き返るといってもっ」

少しなのか、と多恵は思ったが、九郎は痛みも感じないというからその死の重みは限りなく小さいのかもしれない。

九郎は散歩がてらといった背中で波の音がする方へと離れていく。岩永は不満げに鼻を鳴らし、岩陰からそれを見守る。

やがて多恵達の目にもあの鼻の高い、木製の人形がカタリカタリカタリと砂浜を歩いてくるのが映る。右腕、手首の下辺りに隕石を埋め込んだ人形が。

「さて、おひいさんの読みがどこまで正しいかね」

「最悪の可能性を前提に策は立ててるものですよ」

多恵の言葉に岩永は涼しい表情で人形をうかがっている。

岩永の推測は推測でしかなく、取り越し苦労というのもありえる。かといってそうでなかった場合のリスクは無視できない。

多恵は夕刻、岩永がソファに座りながら語ったあの人形の正体について思い出す。

『人形は古来、国の東西を問わず、呪術的《じゅじゅつてき》な意味合いのもと作られてきました。人の身代わりとして災いを引き受けたり、命令に従わせて労働させたり、神や霊をそこに下ろす器にしたり、その伝承も数多いものです。ピノッキオの物語もその系譜にあるでしょう。それゆえに人形が自ら動き出し、人を恐怖に陥れるという怪異の物語も珍しくはありません。しかし人形と呪術と聞いて連想すべき有名な使用法がもうひとつありませんか』

そう言われ、多恵はソファから立ち上がってしまったものだ。すぐに連想できたのである。そのもうひとつが。

これも古くからある使用法。日本では藁《わら》人形が有名。

『ええ、そうです。呪詛《じゅそ》に使う人形です。人形を憎い相手に見立て、針や釘《くぎ》を突き立てたり、焼いたり埋めたりする。そして人形に与えられた危害がそのまま憎い相手に伝わるという呪詛。丑《うし》の刻参りで知られる藁人形は、神社の木に五寸釘で打ちつけることによって対象に危害を加えます。日本の都跡からも木製の人形の眼や胸に釘を刺したものが発掘されていますし、西洋でも魔女の呪いや民間伝承的な呪詛として針を手足や頭に突き刺した泥人形や蠟《ろう》人形の発見があります。他に中南米のヴードゥー人形も有名でしょう』

人形が人の身代わりとして災いを引き受けられるなら、人形の災いが人に伝わる逆のまじないも可能だろう。むしろその利用の方がよく知られているかもしれない。

『呪詛の人形には大抵、呪う相手とよりつながるよう、その人物に関係するものを付与します。人形に相手の名前を書き入れる、似顔絵や写真を貼《は》る、髪の毛や爪を埋め込む。類感呪術や感染呪術と言われるものです。それによって人形は呪う相手そのものとなり、針を人形に刺せば、刺したのと同じ部分に同じ痛みを相手に与え、腕を折れば同じく腕が折れ、火にくべれば相手もまた燃え上がるという現象が生じます』

つい七時間ばかり前、岩永は淀《よど》みなく、茶菓子をつまみながらそう語った。

今、多恵は砂浜の離れた所を歩いている怪人形を目にしている。あれの正体は多恵の感じた以上に企《たくら》みに満ちていたのだ。

『善太さんの作った人形もそれなんです。壊されることによってこそ意味を持つ人形なんですよ。勝手に動き、手から電撃を放ち、町に災いをもたらしているためその連想が浮かびにくいですが、そう考えると全ての辻褄《つじつま》が合います』

その人形から二十メートルばかり間合いを取って九郎は立っていたが、静かに人形へと駆け出す。人形は最初、変わらず歩いていたが、九郎が十メートル近くまで来た瞬間、その右腕を上げた。電撃が九郎めがけて空を裂いた。

『あの人形には、お孫さんを轢き殺した車に乗っていた四人の大学生とつながるものが込められているでしょう。髪の毛や爪は手に入れにくいでしょうが、その名前をどこかに彫り込んでおくだけでも効果は期待できます』

まだ日が出ている頃、リビングでそう語った岩永は、恋人に電撃が放たれても緊張の色を出さない。

九郎はぎりぎりで電撃をかわし、人形に迫った。ある程度の距離があり、あらかじめ来るとわかっていれば、右手の延長線上から外れればいいわけだから、かわせないことはない。だが人形も初撃がかわされて突っ立ってはおらず、自身の領域に入ってきた者に続けて電撃を放つ。

『あの人形を迂闊《うかつ》に破壊すれば、その四人の大学生はおそらく命を落とします。呪詛を為す人形とはそういうものですから』

やはり善太はあの四人を見逃していなかった。最初からあの四人に報復するのを第一と考えていたのだ。

『善太さんは気が小さく、自身で人を殺す度胸はなく、その責任を負える強さもない。そうですね？　誰かを呪うにしても、その呪いの責任を負うのも重いものです。だから町の人に、代わってやってもらおうと考えた』

人形に代わりに報復してもらうという発想は多恵も町長も持っていたし、正しかったと言える。だがもう一段、仕掛けがあった。

『人形が町に害を為せば、町の人はそれをどうにかしようとするでしょう。またその人形が町の人間に犠牲を出したなら、その恐怖と憎悪は人形に向けられ、人形を破壊するため過激な方法が取られることになるでしょう』

だから人形はその気になれば容易に破壊できるルールに沿って行動していた。

九郎は人形に手が届くほどにまで近づいていたが、間を置かず放たれた電撃をまともに食らう。人形の素早さに対応できなかったのだろう。体を焦げつかせ、砂浜に転がる。普通の人間なら確実に死んでいる。

しかし岩永は平静だ。多恵はさすがに痛々しさに顔をしかめたが、岩永の説明を頭に浮かべながら再び歩き出した人形を見る。

『善太さんはお孫さんを殺した者達へ人形を通して強い憎しみが向けられ、さらに激しい破壊によって大きな痛みが呪詛として届くのを願った。釘を打ったり火で焼いたりするのとでは比較にならない痛みが。善太さんひとりの憎悪でなく、町全体の憎悪がもたらす痛みが』

善太は計算に入れていなかったろうが、町や海に住む妖怪やあやかしも人形に迷惑をこうむり、対抗していた。妖怪達が人形を破壊していれば善太の企みは不十分に終わったろうが、妖怪だけでは人形を止められなかった。

『善太さんには町への恨みもあったでしょう。だからその意趣返しとして一時的にであれ人形によって町が痛手をこうむってもいいと考えた。人形が町の者を殺しても、その連中が人形に近づいたのが悪いと自己正当化もできます。少なくとも人形から町の者に近づく仕様にはなっていないのですから。その上で町の者に四人の大学生を殺す罪をかぶってもらおうとも考えた。それもまた善太さんの町の者への報復でしょう。お前達は知らなかったとはいえ、その手で人を殺す罪を負ったのだと』

それで善太は罪を免《まぬが》れるのか。人を殺す責任から免れたと言えるのか。

『善太さん自身は、自分は致命的な最後の一手を下していないという免罪符を得られはするでしょう。殺したのはお前達だと指をさせる相手が生まれるのですから。それだけで善太さんの良心はどうにか守られたのでしょうね。少なくとも町の人に責任を分散できはします』

ひとりでは負えない罪も、皆でなら負える。自分の責任は軽くなる。

善太はそのために呪いの人形を作ったのか。人形を破壊すれば魚の大量死は止まり、観光客も戻ってくるかもしれない。だがそれ以上に町の者は取り返しのつかない闇を抱えることになる。

『人形の破壊と時を同じくして、四人の大学生が変死する。そのニュースは町に伝わるでしょう。人形が呪詛のものと知らなくとも、それは人形の破壊と符合し、町の人達は漠然とした因果関係を感じ、その心に濃い影を落とすでしょう』

電撃を至近から受けたはずの九郎は服こそあちこち焦げ、破れてはいるものの、それ以外は変わりない様子で立ち上がった。不死身である彼にはまさに何事もなかったも同然なのだ。そして九郎は、今度は人形へ間合いを詰めながらも一定以上は離れて動く。ただし人形がぎりぎり攻撃してくる範囲には身を置いた。

人形は自身から九郎へ寄りはしないが、前へ歩きつつ、その九郎に右手を向けて連続して電撃を放つ。九郎はきわどいながらそれらをかわし、時には直撃を受けて死にながら転がりつつも、人形の歩く方向や位置を調整しているよう。人形は攻撃のたびにいくらか足の位置が変わり、そのため歩く場所にも違いが生じる。多恵が事前に聞かされた計画によると実際にそうやって調整しているのだ。

人形の正体を看破《かんぱ》した岩永は、こうも語っていた。

『魚を大量死させ、町に不吉な気配を漂わせ、衰退させるというのも十分な呪いですが、自分の代わりに町の者に殺人の罪を負わせるのもまた呪いです。人形を壊しても壊さなくともこの町は呪いからは逃れられないんです』

これを聞かされた時、多恵は暗然とした。人形が動き出した時点で善太は望みをほぼかなえていた、人形が動き出す前に善太を止めねばならなかったのだと。

『罪を負えない弱さ、善人としての心根から思考がねじれて生まれた企みでしょうが、結果的にどんな報復より禍々《まがまが》しい姿となっているかもしれません』

そう岩永は、どこか善太にあきれるごとき顔で締めくくったが、多恵はそんな気楽な心持ちにはなれなかった。壊しても壊さなくとも呪いから逃げられないならどうしようもないではないか、と。

多恵はそう思って岩永に尋ねたものだ。あんたには打つ手があるのか、それともこのまま人形を破壊し、町の者に代わって四人の大学生を殺す罪を負うのか、と。

それに対し、岩永は微笑んだ。

『別に私はそうして構いませんし、もとはと言えばこの町にどんな被害が出ても構いはしません。ただし善太さんの行いはこの地の秩序を乱すものです。空の向こうから来たものの力を借りて願いをかなえようとしているんですから。なら願い通りにさせるわけにはいかないのですよ』

罪を負ってもいっこうに気にしないし、町に犠牲が出ても関知しないが、別の主義に反するからしかるべき対応をするというだけらしかった。可愛い顔で非情な態度である。いや、このおひいさまは可憐にして苛烈なのだった。

それらの台詞《せりふ》を思い出す多恵の視界の先で、また九郎が電撃を受けて吹っ飛ばされ、倒れた。飛ばされたのは人形の進行方向五メートル先であり、そこからさらに五メートルは向こうに転がる。人形の歩みは止まらず、九郎に近づいていく。ただ九郎は動かないので攻撃はしない。

多恵は岩永の説明を頭の中で反芻《はんすう》する。

『それにこれだけわかれば手はあります。人形から呪詛を取り除き、その後で破壊すればいいだけです。人形と呪う相手をつなげるものをなくせば、人形を壊しても対象に災いは向かいません。つまり人形に記された対象の名前を消したり、埋め込まれた髪や爪を外したりすればいいんです』

そう聞かされても、多恵はまるで希望を見いだせなかった。理屈はわかったし、それで解決すると納得もできる。だが問題は振り出しに戻る。

呪いをつなげるものを人形から取り除こうにも、そもそも人形に近づけないのだ。あの電撃にやられるのだ。やられるから離れた所から破壊すればいいという話になったはず。なら取り除くことなどできない。

多恵はそう反論したが、岩永はそれをしのぐ方策をちゃんと持っていた。彼女は全てを手の平に載せていた。

そうして日付の変わった今に至る。

倒れている九郎のそばを人形が通り過ぎようとする。ステッキを砂浜についてじっと経過を観察している岩永に多恵は話しかけた。

「彼、倒れて動かないから人形が反応しないね。死んだふりをしてるんだろう？　なら人形がそばを通り過ぎたら後ろから飛びつき、右手をつかんで押さえ込めば、電撃を受けずに人形の自由を奪えそうだけど」

その状態で残る手足も他の妖怪達に押さえさせ、人形の体を調べ、呪いにつながるものを取り除く。これも有効だろう。

岩永はうなずいた。

「可能でしょうね。九郎先輩がそうなる未来を決定するのも難しくありません。ただ押さえ込まれた人形は当然逃れようと暴《あば》れるでしょうし、電撃も右手から放たれ続けるでしょう。呪詛に関わるものがどこにあるか、ぬかりなく体を調べるには時間もかかります。誰かの手が一瞬でも緩めば暴れる人形が犠牲を出すやもしれません。妖怪達も怖がります」

九郎は不死身でも、それに巻き込まれる妖怪の身になれば別の手段を取った方がいいということだ。

「またあの人形は木製でそう丈夫とも言えません。暴れる手足や体を押さえ込む力加減によっては、弾《はず》みで腕や足を折ったり、最悪首が折れることも考えられます。そうなれば呪いが成就します。避けた方が無難《ぶなん》でしょう」

岩永は町に来る前から人形を封じる絵を描き、準備までしていた。それが無用になる場合も想定してあったろうが、岩永の策は人形を徐々に狙った場所へ向かわせている。

「だから少々大がかりな罠を、日没前から仕込んだわけです」

横たわる九郎から人形が五メートルばかり離れた時、倒れていた、正しくは死んでいた九郎が生き返って立ち上がる。人形が立ち止まり、振り返って右手を九郎へ向けた。

九郎はその時素早く左手を高く上げ、声を出して振り下ろす動作をした。多恵の所からは何と言ったか聞こえなかったが、打ち合わせ通りなら、

「今だ」

と言ったろう。

同時、人形の姿がかき消えた。いや、電撃が斜め上、夜空へ飛んでいるからそこにはいる。ただ地面からその下へと人形の位置が瞬時に変わったのだ。

落とし穴。岩永は陸と海の妖怪達を集め、人形がいつも通る砂浜のある地点に直径四メートル、深さ二・五メートルの大穴を掘らせ、二つに割れる板を上に置き、表面には砂や小石をまいて隠蔽《いんぺい》した。さらに穴の中には三体の亡霊を潜ませ、下から板を支えさせていた。亡霊達が板から離れても、端がわずかに穴の縁にかかる形にしてあったので、それだけでは板は落ちない。しかしその上に何かが載れば、亡霊達が手を離すだけですぐ板は落ちる。板の上にあるものも一緒に穴に落ちる。亡霊達は地面をすり抜けて外に逃げればいい。

人形はその罠にはまったのだ。穴の真ん中、中央付近に歩を進めて九郎に右手を向けた時、板がぱかりと割れて下に落ちた。その落下の勢いで右手は上に向き、電撃は夜空に高く吸い込まれたのだろう。穴の中の亡霊達は九郎の声の合図で板から離れるよう指示されていた。

また罠はそれだけではない。穴の周りにはこれも砂と石で隠されていたがあらかじめグルリと縄が回され、その両端は海側と陸側に延び、二手に分かれた複数の妖怪達が人形の攻撃範囲外でその端と端をしっかり握っていた。そしてそれらの妖怪達も九郎の左手の合図が出ると同時、縄を一気に引く段取りだった。

穴の周りで輪を描き、両端が別方向に延ばされた縄をその両端から同時に引けば、必然的にその輪は小さくなる。その輪の中に何かがあれば、最終的にそれを締め付ける。

この時、縄で締め付けられたのは人形の右腕だった。肘と手首の間、やや手首側に近い辺り、埋まっている隕石の下くらいに、太い縄がざらざらして丸みもわずかな腕をしっかり捕らえていた。腕はきちんと磨かれず、丸みも少ないため、海側と山側から引かれた縄は滑《すべ》らず、人形を穴の底にはつかせなかった。

穴に落ちる時、人形の右手は九郎に向けられており、落ちる際に上を向いた。頭までが穴の下になってもまだ、肘から先だけは穴の上にあった。だから右手だけがちょうど縄にからめられたのである。

結果、どうなるか。人形は穴の中央に吊られる。穴の深さは二メートル以上あり、人形の背丈《せたけ》では足がつかない。ばたばたと宙で動かすことしかできない。

縄は穴の上をちょうど半分に割るようにしてぴんと張り、人形の右手に巻き付いている。その手の先から電撃が途切れ途切れながら放たれるが、縄で固定された右手は上にしか向かないので虚空《こくう》に散っていくだけ。人形は左手を上げて縄をよじ登ろうともするが、右手だけで吊られているため体が斜めになるばかりで左手は縄に届かない。届いたところでその球形の手では縄をつかめず、よじ登るのは至難だろう。

つまり、鼻の長い人形はこれで、これだけでほぼ無力化されたのだ。

岩永と多恵、ついでに化け猫は人形の姿が消え、夜空に電撃が数本放たれた段階で穴の方に向かい、その結果を目にした。多恵と化け猫は穴へとつい駆け出したが、岩永は自身の罠の成否など何時間も前にわかっていたとばかり、ステッキをくるくると回しながら多恵達の後についてきて穴を見下ろした。

「穴に落とすだけなら簡単でしたが、こうして右腕だけ縄にからめて吊るのは、九郎先輩の能力がなければ難しかったでしょう」

タイミングが合えば起こりえるもので、十回試せば一回くらいは成功しそうではあるが、いくら事前に練習していたとしても、本番一発勝負で成功させられるかは運の要素が強い。

多恵は服が焦げつき、アナグマが変化したごとき動物の化け物から着替えを渡されている九郎を横目で示す。

「彼はこれを必ず成功させるために何度も死んだんじゃないのかい？」

未来決定能力を繰り返し使わねば人形を狙った場所に立たせられず、成功確率を一割から十割までも上げられなかったろう。岩永はそれを手落ちと言われるのは嫌なのか、

「彼女の期待に応えるのは彼氏の義務と言いますか」

と苦しい弁明をしつつ穴の中で縄に吊られてもがいている人形に視線を戻し、周囲のあ

やかし達に新たな指示を出す。

「このまま暴れられると右の肩や肘が外れかねない。お前達、予定通り埋めなさい」

周りにわらわらと集まっていたあやかし達はその命でまた一斉に動き出し、穴を掘った際に出た砂や土を運搬してきて穴の中に次々流し入れる。縄はすでに固定され、妖怪達が手を離しても緩まない。

穴はみるみる埋められ、人形の足の付け根辺りまでが湿った砂と土ですっかり固められた。これで人形は足を完全に動かせなくなり、吊られて右腕にかかっていた体の重さもなくなり、肩や肘が外れる心配はなくなった。

それでも右腕は縄にからめられて上を向いたままであるし、こうなってはまともに動くのは左腕だけだったが、ほぼ前後にしか動かない。人形の攻撃力は奪われていた。

「これで暴れて体が破損することはないでしょう。九郎先輩、人形に何か呪詛をつなげるものが仕込まれた形跡がないか、どこかに人の名前が書いていないか調べてください」

「わかった」

着替えを終えた九郎が半分ほど埋められた穴に下り、人形の体を調べ始めた。

岩永がその作業を見下ろしながら冷静に言う。

「呪詛をつなげるものは胴体に仕込まれていると思います。手足は動かせるよう作るため、関節を固定する部品が外れたり、どこかにぶつけて折れ落ちる可能性があります。そうなると呪詛をつなげるものが人形から離れ、呪う相手の手足に痛みを与えるくらいで終わってしまいます。それを避けるためにも、何か仕込むなら胴体にしているはずです」

九郎は人形が振る左腕に注意しながら胴体のあちこちに触れて調べ出す。やがて九郎が動きを止め、人形の腰付近を凝視したまま言う。

「この辺りに人の名前がいくつも彫り込まれてる。あの四人の大学生の名前と、もうひとり別の名前が」

戸惑いと驚きが混ざった顔で、九郎は多恵達に向いた。四人の大学生達以外の名前があることは岩永も予想外だったらしく、ぽかんとしている。

「もうひとり？」

多恵は岩永が動揺を表に出したのが愉快だった。多恵にはその名の予想がついたのだ。つい笑い、九郎がその名前を口に出すのをためらっているのが気の毒だったので、代わりに言ってやる。

「あたしの名前だね」

九郎はなおためらいつつも肯定した。多恵はやれやれと息をつく。

「善太はあたしが幸せそうなのが認められなかったんだろう。あたしの家のすぐ近くに人形が現れたのも、あたしにその恐ろしい光景を見せたかったからかもね」

岩永が驚いた形に口を開けていたが、すぐ我に返ったのか、ここは詳細を多恵に求めるより前に、九郎へ確認した。

「先輩、他に人形へ細工を施した形跡はありますか？」

九郎が人形を調べる作業に戻る。

沈黙の時間がいくらか過ぎて、九郎は首を横に振った。

「他に細工はない。この名前をどう消す？　それほど深くは彫られてないが」

岩永が多恵の意向を求めてか視線を上げたが、多恵は当初の予定通りで良かった。

「削り取ればいいよ。名前の人物に皮や肉を剝《は》がれる痛みが出るかもしれないけど、それくらいは甘受すべきだろう。このあたしもね」

蛸の姿の化け物が九郎に刃物を持っていく。それも用意してあったのだ。

九郎は刃物を受け取り、慎重に人形の腰に当てて動かしていく。数度同じ動作をした後、九郎は完了の合図を岩永に送った。

岩永が多恵の様子を気にしたので、手を広げて応じてやる。

「痛くもかゆくもないさ。さしもの怪異の隕石も、善太の念も、人形を動かし電撃を放つのが精一杯で、その呪詛まではかなえられなかったんだろう」

本当だった。年を取って皮膚の感覚が鈍《にぶ》くなっているだけかもしれないが、撫《な》でられる感覚さえなかった。

岩永がベレー帽を脱ぎ、吊られた右腕から上へと断続的に飛ぶ電撃をすうと眺めると、冷ややかに言う。

「なら善太さんの企みは、最初から全て失敗していたことになりますね」

大山鳴動《たいざんめいどう》してネズミ一匹。結果的にはそうなる。

岩永の読みも策も無意味と言えば無意味だった。何も考えず人形を破壊するだけであっさり解決した問題だったのだから。

岩永はひとつ唸って首をかしげた。

「これも『人を呪わば穴二つ』と言うんでしょうかね？」

「どうだかね。複雑で他人の力を当てにした計画を立てれば、しくじる可能性が高くなるのは道理ってもんだろう」

多恵はそう理屈で返した。善太の命を燃料にした呪いと執念は空回りだった。それを責任や罪を逃れ、人に押しつけようとした者の末路と真理めいて語るのは容易だ。けれど。

多恵は人形のような娘に苦い気持ちで言う。

「それはそれで、嫌な結果だけどね」

化け物達が大きな木製のハンマーや棍棒をかついで穴に集まってくる。どうやらそれで人形を壊そうというらしい。ベレー帽をかぶり直した岩永が穴の下を指した。

「人形を壊すの、手伝われますか？」

多恵は首を横に振り、それらに背を向けて歩き出した。

「年寄りを少しはいたわりな。もう休むよ。人形を壊したら、穴を埋めるのも忘れないでおくれ。そのかわり朝ご飯はあたしが用意してやるよ」

そう手を振ると、化け猫が多恵の足許に駆けてきて、ついてくる。この同居生物はおひいさまを手伝うより、多恵をひとりで帰さない方を優先したらしい。

だからどうというものでもなかったが。

翌朝、多恵はいつもと同じく日の出とともに起き、約束通り朝食の準備をした。白米に卵焼き、みそ汁にほうれん草のごま和《あ》え、きんぴらごぼうに焼き魚と焼き海苔《のり》という日本的な献立《こんだて》だ。自分と化け猫が食べるだけなら品数をもう少し減らすが、あのおひいさまはともかく、何度も死んで何度も生き返った九郎には、いくらか報《むく》いないと気の毒だろう。

破壊された人形は、玄関先に二つの段ボールに詰めて置かれていた。手足も胴もバラバラにされ、もはやどう動くこともできない形になり、鼻も折れていた。

右腕に埋まっていた隕石も取り除かれて、見当たらない。それだけは放置しておくとまた害をもたらさないともかぎらないので、岩永が持ち帰って処分するつもりなのだろう。

午前七時を過ぎて起き出してきた岩永と九郎をダイニングのテーブルにつかせ、化け猫にもテーブルのかたわらに魚と白米とほうれん草を添えた皿を置いてやり、ある程度それぞれの箸《はし》が進んでから、多恵は夜、砂浜で途中になっていたことを話し出す。

「あたしには子どもが二人いた。でも二人とも小さい頃、一緒に交通事故で亡くなってね。子ども達に非はなかった。犯人は金持ちで、賠償金を山と積んで、実刑は受けたけどあっという間に出所した。子ども達の墓参りには一回だけ来たみたいだけど、それっきりだ」

もはや遠い昔の話で、多恵としては口に出そうとすれば妙に軽い調子になってしまう。重く語るのに耐えられないからそうなってしまうのかもしれない。

「あたし達夫婦はおかげでこんな田舎でいきなり資産家になった。それまで全く暮らしに困っちゃいなかったのに、そんなもの後生大事に抱えてもろくなことがないよ。だから旦那の高校の時の友人が会社を始めるっていうんで、そこにほとんど融資してやった」

ここから笑い話めいてくる。

「そしたらその会社が急成長してね、融資した金は何倍にもなって戻ってきた。ふざけた話だ。交通事故遺児の基金とかに寄付したり、非営利団体の運営に協力したり、とにかくその金を使い切ろうとしたんだけど、まるで減りやしない」

九郎はどう相槌《あいづち》を打つのが最善なのかと迷う風にしていたが、岩永は単純にほうほうと興味深げに聞いている。

「ようやく身の丈に合った額になるかと思った頃、今度は旦那が水難事故で急死だ。あたしより十も若くて、五十代だったんだよ。それでまた賠償金やらが転がり込んだ」

老後の心配がないくらいのたくわえがあれば良かったのに、多恵の尺度では老後が百年続いてもまだ余るだけの資産が生まれてしまっていた。

「もう使い途《つかみち》を考えるのにもひと苦労だった。投資や寄付の話は詐欺《さぎ》まがいのがやたら持ち込まれるし、そんなものに下手に関わったら自分だけじゃなく他人様も不幸に巻き込みかねない。かといって信用できるところに回してるくらいじゃ大して目減りしない。その上あたしは風邪ひとつひかず、頑健で、化け猫にも長生きすると言われるくらい。いつの間にやら町では名士で、県知事より偉そうにしたって怒られやしない」

そうなろうとしていたわけではない。若い時から変わらぬ生活をし、正論と思われることを言い、それに対して責任を取るという姿勢でいればそうなっていた。

「でも裏じゃあたしは、身内の死体で儲けた魔女とか山姥《やまんば》とか言われてるよ。仕方ないだろうね、あたしは金に恵まれ、健康で、少しも不幸に見えず、家族をみんな失っても平気で生きてる」

先行きの明るい産業もなく、人が減るばかりの町で、多恵は異質になり過ぎた。かといって夫と子の墓がある生まれ育った町を、六十歳を越えてから出ていく気にはなれなかった。

「善太も孫を失ったのに町から同情は少なく、賠償金や保険とかいくらかまわってきてるだろうなんて中傷も出てた。だから気に掛けて、少しは力づけてやろうとしてたんだが」

似た経験をしているから力になれるというのは考えが浅かったのだろう。

「孫の報復に命をかけ、呪いを込めてる善太からすれば、あたしは否定すべき存在だったんだろう。報復が正しいなら、身内の死で幸せに生きてるあたしは間違いでなければいけない。でなければ善太の行いはあまりに愚かになる。だからあたしはしかるべき報いを受け、不幸であるべきだ。それであの人形にあたしの名前も彫り込んだんだろう」

どうやら岩永にも思うところがあるのか、しみじみと言葉を挟んだ。

「逆恨《さかうら》みもはなはだしくはありますね。私も何やら恵まれてるように言われたりするのですが、肝心の恋人からの愛がまるで足らないという不幸に見舞われていますよ」

多恵からすると岩永は隣でほうれん草のごま和えを食べている青年から十二分に愛されていると感じるが、人の欲には底も天井もないのだろう。九郎は気づかないふりで箸を動かし、感想も述べない。

多恵は続けた。

「そうは言っても、暮らしに困らずひとりでも腐らず生きてるあたしは不幸じゃないんだろう。でも子ども達を亡くした時、旦那を亡くした時、どちらもあたしは死んでしまいたかった。ただあたしは自分で死ぬ勇気がなかっただけだ。誰かいきなり後ろから刺してくれたら喜んだよ。この化け猫が食い殺してくれたって良かったさ」

「また物騒《ぶっそう》なことをおっしゃる」

テーブルの下で化け猫が多恵の足に肉球を当てる。化け猫にも情があって、せめてもと諫《いさ》めているのだろう。

多恵は肩をすくめた。

「あたしもある意味善太と同じさ。自分で責任を負うのは怖いんだ。自分の大切なものはひとつとしてこの家の中にないのに、ここから自分で去る勇気はない。報復に命をかけられた善太の方が、まだ勇気があるさ。あたしは人様をそこまで呪うのも恐ろしくてできないよ」

箸を置き、多恵は椅子に背を預けて目を閉じた。

「あの人形が現れた時は、あれを止め、町を救うために今のあたしがいたんだとか運命を感じた。この身を犠牲にしてあの人形と刺し違えるなんて成り行きになるんじゃないかってね。けどとんだ妄想だったよ。あたしがいなくてもあれはさしたる代償もなく壊せた。あたしは意味なくここにいるだけだよ」

返事が欲しかったわけではないが多恵は目を開け、岩永にあらためて向く。岩永は快活に笑って手にしているみそ汁の椀《わん》を上げた。

「いえ、あなたがここにいてくださったおかげで、私は今日、おいしい朝ご飯を食べられています。感謝の言葉もありません」

「ありがとうよ。でもそのみそ汁はおひいさんの持ってきた手土産のフリーズドライのやつだけどね」

お椀に入れてお湯を注げば誰でも数十秒で作れる。感謝されるほどの手間はない。

「それでもですよ」

岩永は確信を込めて言うが、その根拠はどこにあるのやら。それから多恵は砕けた人形を詰めた段ボールがある玄関へ目を向けた。

「あの壊れた人形、町長にくれてやってお祓いさせれば、みんな安心するだろう。隕石はそちらで処分するんだね？」

岩永は改まった姿勢になってうなずきを返す。

「はい。また問題の種になってもいけませんから」

「そうだね。これでこの町も元通りか」

魚の大量死がおさまっても、一度離れた観光や釣りの客が戻ってくるには時間がかかるだろうし、もともとがあぶくみたいな好景気だったのだ、これを境にしぼんで消えるのもありえる。それでも平穏とみなしていい空気は戻るだろう。

そのことにわずかな焦燥を覚えつつ、多恵は言った。

「やれやれ、このあたしの人生はいつまで続くんだろうね」

岩永と九郎は何も答えず、多恵もそれで良かった。怪異と呼ばれるものの側にいるとしても二人はまだ若いのだ。言えることなどないだろう。

岩永琴子は車中にいた。荷造りや周辺の化け物達への挨拶《あいさつ》で時間を取られ、嶋井多恵の家を九郎が運転する車で後にしたのは午前九時を過ぎてからだった。静かな渡々水町は車を走らせて十五分もすれば抜け、今は海が視界に入らない国道を進んでいる。

九郎は運転免許証は取得していたが車は持っていないので、岩永の家の車を使っていた。そのため、この車には岩永の方が慣れているのでゆったり座れ、九郎は逆に運転しにくそうだ。

助手席でシートベルトをしめている岩永は、人形から取り出した隕石を片手にし、光にかざしながら眺めていた。九郎がハンドルを握って前を向いたまま、岩永の気配を察してかこう感想を述べる。

「無事解決はしたが、そんな隕石と、お孫さんを失ったご老人の念からあんな人形が生まれるなんて、世の中不思議だな」

九郎そのものが相当に不思議な存在だが、岩永もそれは同様なので、そことは違う点を指摘する。

「どうでしょうね。それだけじゃあなかったかもしれません。この隕石から感じる力もさほど大きくはありませんから」

異質な力は宿っているが、これだけであれほどの現象を起こせたとは思えない。もうひとつ、渡々水町の災いには別の力が加わっていたのではないか。

「ひょっとすると嶋井多恵さんの念も、人形を動かす力になっていたかもしれません」

今朝聞いた話から岩永はそう感じていた。一方九郎は猜疑心《さいぎしん》に満ちた声で応じる。

「またいい加減な嘘を言う」

「今回は意図的に嘘をついたことはありませんよっ」

いちいち九郎の受け答えには愛がない。今回はピノッキオが関係するだけに、嘘をつくと鼻がどうにかなりそうで避けたのだ。

岩永はステッキの握りの部分を九郎の脇にねじ込みながら、真面目《まじめ》になって語る。

「あの人は死を望んでいました。それも意味のある死を望まれていたようです。あの人は人形が町に災いをもたらし、それを命をかけて解決する役回りになるのを無意識のうちに願ったのではないでしょうか。だから人形は善太さんの念だけでは持ちえなかった力を持つようになった」

嶋井多恵は人形が作られる過程で何度も戸平善太の家を訪れていたという。その視界に入ったものに、彼女の念が、願望が、移らなかったとは言えない。

「善太さんの念より、あの人が溜《た》め込んでいる念の方が、より長く、より濃く、より深いものなんですから」

実際はどうだったか確認の手立てはない。する必要もないだろう。嶋井多恵当人に告げたところで、何か好転するものでもない。災いを招く責任を負いたがる者はいない。しかし災いを止める役回りを果たし、英雄的な死を望む者はいる。だから自分が英雄になるため、災いが起こらないかと願う者が生まれもする。

多恵がそうだったとまでは言わないが、その状態を悪《あ》しとは思わなかったろう。ゆえに岩永はその推測を口にせず、丘の上の住まいから去ったのだ。

九郎が割り切れない表情で問を発する。

「あの人は幸せなのか、不幸なのか」

岩永は悩み出しそうな恋人にこう答えてやった。

「それはあの人の感じ方次第であって、私達がどうこう評価することじゃあありません」

それから隕石をダッシュボードに置き、指を組む。

「ピノッキオだって最後は人間になり、そんな自分を幸いだと思いますが、物語自体は果たしてピノッキオは人間になって幸福なのか、という問い掛けで終わってたりするくらいですから」

つまり答えを求めても手に入るものではなく、日々をそうして過ごすしかないのだ。

しばらく九郎は記憶を探るような目で眉を寄せていたが、やがて真面目に訂正してきた。

「いやいや、映画も原作もピノッキオの話はそんな不穏な終わり方してないぞ？　他の話と混ざってないか？」

そう言えばそうかもしれない。

「ま、堅いことを言うのはよしましょう。もう済んだことで、私達が悩む必要はありません」

この後、どこに寄ってどう遊ぶかを考える方がよほど建設的だ。

九郎が隣で深々とため息をつく。

「お前は幸せそうでいいな」

「何ですか、それはっ。人を繊細さの欠けるバカのように！」

九郎こそ恋人への接し方などいろいろ自覚すべきなのだ。

岩永はステッキの握りを九郎の頬辺りに押しつけるが、当人は意に介さず車を走らせるのだった。

第四話　ギロチン三四郎《さんしろう》

宮井川甲次郎《みやいがわこうじろう》が殺人の容疑で逮捕された、というニュースを見た時、森野小夜子《もりのさよこ》は、

（あれほどきちんと死体を処置したのに）

と考えた。次に甲次郎が警察に自ら連絡して捕まったと聞いて、

（これはじき自分の身にも警察の手が及ぶのでは）

と足許から冷気を感じた。

その日、小夜子は明け方になってからアパートの自室に疲れ切って帰宅すると夕方頃まで熟睡し、それからイラストレーターとしての仕事をいくつか片付け、夜も二十三時を過ぎた頃に遅い夕食をとりながらテレビをつけた。するとそのニュースをやっていたのだ。

詳細をテレビやインターネットで知っていくと幾分落ち着き、

（どうやら甲次郎さんは私のことを話していない、話せば罪が重くなるという計算もできている）

と思えた。

しかし逮捕された甲次郎の言動には、小夜子にもいくつか不可解な点があった。それが不安要素として残るも、まさか問《と》い質《ただ》しに行くわけにもいかない。

報道によれば、事件は七十三歳の宮井川甲次郎が義理の弟を口論の弾《はず》みで殺してしまい、警察に自らそれを電話で告げて進んで捕まった、という謎《なぞ》らしい謎のないものだった。

ただし犯人、宮井川甲次郎は警察に電話をかける前、自身の屋敷《やしき》に所有するギロチンで、被害者の死体の首をわざわざ切断する、という行為に及んでいた。

これが事件を大きなニュースにした。そもそも日本国内に、個人で本格的なギロチンを所有している者がいた、ということもあらためて話題になった。

小夜子はその後しばらく、この事件について騒がれる日々を落ち着きなく過ごした。とはいえ犯人が自首している事件であり、ギロチンで被害者の首を落とした理由までも自ら語っているとなれば、話題もすぐに尽きる。一週間も経《た》てばインターネット上でも噂《うわさ》にする者はなくなった。小夜子のもとに警察の捜査員が来たりもしなかった。

逮捕された甲次郎は、なぜ死体の首をわざわざ切り落としたのか、と問われ、こう答えたという。

「この日本で作られてから一度も人に使われていないギロチンで、本当に人間の首を切り落とせるのか、以前から一度試してみたかったのです」

その宮井川の屋敷にあった問題のギロチンは、明治時代に日本で作られ、現存が確認されているただひとつの純国産ギロチンということだった。

ギロチン。十八世紀末のフランスで発明された処刑装置。間隔を空けて立てられた二本の柱に幅広で斜めの形にした刃物を吊《つ》り上《あ》げ、落とすことにより、その下に固定した罪人の首を切り落とす単純な仕掛けだ。

それまでの斬首《ざんしゅ》刑の多くは処刑人が斧《おの》や剣を手で振るって行っていたのだが、一度で首を切り落とせないことが多く、二度三度と失敗を繰り返した末にようやく切り離せるといった罪人に非常な苦痛を与えるものだった。

対してギロチンは吊り上げた刃物の重さと柱の高さから生じる落下速度によって、対象の首を確実かつ素早く切り落とせる。対象は貴族も平民も分《わ》け隔《へだ》てず、苦痛も与えない。そのためギロチンは登場当時、平等で人道的な面白みのない機械とされたほど。

小夜子は甲次郎からそう聞かされた。

宮井川家のギロチンは高さ約二百三十センチ、横幅約百五十センチ。高く引き上げられた大きな銀色の刃の長さは約一メートル。錆《さび》ひとつなく、日本の職人が念入りに作ったのか刃文も鮮やかだった。

大きいことは大きいが、普通の室内に置けなくもないくらいではある。事実、立派な門構えでぐるりと塀に囲まれた、武家屋敷みたいな宮井川の屋敷の十二畳の和室にそれは置かれていた。

六月二十日、月曜日。宮井川甲次郎の逮捕を小夜子が聞いてから、一ヵ月が過ぎていた。警察は変わらず彼女のもとに来ず、すっかり安心して以前と同じ心持ちに戻っていた。

奇異な事件であっても犯人が捕まって自供していれば、よほどの矛盾点がないかぎり手続きはスムーズに行くだろう。起訴後に裁判がどうなったといったニュースを小夜子は見ていないが、悩む必要はないと思われた。

この日、小夜子は朝からB県にあるローカル線に乗り、途中下車をしながら沿線にある旧跡や古びたバスの停留所、無人駅、廃墟《はいきょ》などの写真を撮って回っていた。よく晴れており、仕事の題材集めには最適と言える。

カメラとスケッチブック、いくつかの画材を入れたトートバッグを肩にかけ、ジーンズに地味な色の上着を羽織《はお》った身軽な格好で動いていた。

彼女は今年二十八歳で、平日の朝から乗降客が少ないローカル線でカメラやスケッチブックを手にひとり行動しているとどうしても怪しまれるが、化粧気も飾り気もない姿から、業務的にそうしているると取ってもらおうとしていた。

そして午後一時を過ぎた頃、小夜子だけがぽつんと立つ無人駅のホームから、やってきた列車に乗り込む。列車は二両編成で、席は二人掛けのシートが向かい合って配置されているクロスシートと呼ばれるもの。二両合わせても乗客は十人といないようだ。席はいつも空いており、通路側でも窓側でも自由にゆったり座れたが、どこが一番落ち着けるかと歩き出しながら車内を見回す。

だが小夜子はすぐに足を止めてしまった。窓側の席に座って目を閉じている、ベレー帽をかぶった少女につい見入ってしまったのだ。

少女は窓の辺りにもたれて眠っているらしかった。色の薄いふわりとした髪に、陶磁器めいた白い肌。小さな口に細い首。身につけている服はオーダーメイドなのだろうか、彼女の可憐《かれん》さを引き立たせる明るく無駄のないデザインで、西洋人形が着ていそうなものにも見える。まさに人形に近い存在感の少女だった。

眠る少女の手には、丸くなった猫の彫刻が施された赤色のステッキがあり、それもまた非日常的な雰囲気を強くする。そんなステッキなど、少女が普通手にして出歩くものではない。

小夜子はひと目で少女に引きつけられた。少女は可憐だった。誰もがそう認めるだろう。その上で小夜子の感覚は、少女に不吉なものを捉《とら》えた。不吉と言うのが不適切なら、穏当《おんとう》でない、ただならない、どこか日常のバランスを悪い方に崩す気配といったものを捉えた。それが小夜子の目を離さなかったのだ。

「どうかされましたか？」

いったいどれくらい少女を見つめていたのか、小夜子は声を掛けられたのに我に返った。視線を声のした方に移せば、少女の隣にひとりの青年が座っている。

二十代前半くらいで、大学生だろうか。ノートパソコンを膝《ひざ》の上で開き、何か文書を作成していたらしい。無人駅から乗車してきた女性が急に足を止め、隣にいる少女をじっと見つめていれば、黙ってもいられないだろう。怯《おび》えた調子でなかったのが小夜子にとってはまだ救いだったかもしれない。

青年はこれといって個性を見つけづらい容姿をしていた。服装も少女に比べれば見劣《みおと》りし、いかにも冴《さ》えない大学生といったものだ。とはいえ性格は好《よ》いのか、不審な女性を前にして苦笑するだけで、咎《とが》め立《だ》てする様子はない。

小夜子は慌てて頭を下げた。

「あ、すみません。つい見入ってしまって」

次にこういう時のために作っている名刺をポケットから取り出して青年に渡す。

「イラストレーターをやっているコウヅキといいます。いきなり申し訳ありません」

名刺にはコウヅキというペンネーム、携帯電話の番号にメールアドレス、ＳＮＳのアカウントを記し、彼女のイラストの代名詞になっている招き猫の絵を大きく入れていた。本名は非公開で、基本的に隠している。

青年は受け取った名刺を驚いたように見つめ、それから小夜子に再び目を向け、次にパソコンへ向いてキーボードに指を動かす。インターネットにつながっていて、名刺の名前を検索するか、もしくはSNSを確認しようとしているのだろう。

小夜子は眠る少女をうかがいながら青年に尋《たず》ねる。

「あの、この子はあなたのお知り合いですよね？」

これだけ席が空いている車内で隣に座っているのだから、まさか無関係ではないだろう。無関係ならこの青年から少女を守る必要がありそうだ。

青年はパソコンから顔を上げ、また苦笑した。

「ええ、当人は僕の恋人と自称していますが」

「恋人？」

この年代だと歳《とし》の差に問題があるのでは、と怪訝《けげん》に感じたが、青年は少女に目を遣《や》りながら補う。

「これで彼女、岩永《いわなが》は大学生で、つい最近二十歳になったばかりなんですけどね。一緒にいるとたまに不審がられて、迷惑するんです」

この少女が二十歳というのは驚きであったが、そう聞いて見てみれば、眠る姿勢は大人っぽく、目鼻立ちも落ち着きを感じさせないでもない。

「なるほど、恋人ですか」

「あくまで自称ですが」

青年は真顔で言い切った。一筋縄ではいかない関係性らしい。

「立ち話もなんですから、座ってください」

青年は向かいの席を好意的に示す。電車の揺れが気になり出した頃だ。小夜子は岩永と呼ばれた娘を見ながら、青年と膝を突き合わせる形で席についた。

怪しまれて追い払われなかったのは僥倖《ぎょうこう》だった。岩永の外見からすると、道を歩いているだけでモデルや芸能のプロダクションから目を留められるのも珍しくはなさそうである。こういうことがたびたび起こるのかもしれない。

「僕は桜川《さくらがわ》九郎《くろう》といいます。現在は大学院生です」

青年は姓名と身分を口にした。小夜子が名刺まで出した手前、礼儀として応じる必要があるとしたのだろう。

「イラストのこととかよくわかりませんが、けっこう有名な仕事もされているんですね。人気のある音楽グループのCDジャケットとか」

九郎はインターネットからつい先ほど得たばかりであろう知識で問うてくる。小夜子は謙遜《けんそん》でもなく、首を横に振った。

「それはたまたま個人的にSNSで発表していたものを気に入ってもらえただけで、まだイラストの仕事だけで食べてはいけません。アルバイトもいくつかやっています。第一そのジャケットも、グループが有名になる前のもので、今になって取り上げられるようになっただけなんです」

自分の技術や世界観を知ってもらうために、SNSでいくつもオリジナルの作品を上げており、それが仕事につながりもする。個人の作品集を出せるくらいになりたいが、なれてもまだまだ先だろう。

「招き猫を絵の中に入れるのがこだわりなんですか？」

パソコンの画面上で、九郎は小夜子がSNSで公開している複数の作品を見ているのか、そう尋ねてきた。

確かに彼女がオリジナル作品として上げているイラストは、風景であれものを中心に描いたものであれ、どれも招き猫が目に入りやすい構図で描かれている。さすがに依頼を受けて描く場合は勝手に入れたりはしないが、相手方から是非入れてくれ、という時もある。

「正確には招き猫とそれが置かれた場所、一緒にあるものの取り合わせがこだわりなんですが」

だから招き猫単体にそれほど思い入れがあるわけではない。

九郎も小夜子の指摘を受けてあらためてイラストを見直し、気づいたようだ。

「そう言われれば、普通置かれそうにない所に招き猫がある絵ばかりですか。廃墟の中、切り立った崖《がけ》の上、ひしゃげたガードレールの前、これは絞首台で、これは電気椅子《いす》ですか?」

絞首台と電気椅子がすぐにわかるのはいい観察眼をしている。絞首台は首を掛けるロープがなければ、横にした長い棒を二本の柱で支えただけの、物干し場に見えなくもない。電気椅子も木製の椅子に拘束具と電極のついたコードがあるだけで、マッサージチェアの一種に見えかねないだろう。

どちらも処刑に使われる装置であるが、絞首台の横に渡された棒の上や、電気椅子の座る部分に、体を起こして二本足で座り、二等身で全体的に丸く、右もしくは左の前足を顔の横に上げて曲げている幸せそうな白い猫がいると、すぐにはそうと気づかなくともおかしくない。

九郎はパソコンの画面を見ながら感心したように言う。

「どれも落ち着かないと言いますか、穏《おだ》やかな気持ちになれなさそうな空間やものですね。そこに真新しい招き猫がいるのが妙に明るいと言いますか、のんきな空気をかもしていると言いますか」

小夜子は絞首台も電気椅子もなるべく綺麗《きれい》に、爽《さわ》やかに、陰《かげ》を感じさせずに描いており、招き猫も首に金色の鈴をつけ、大きな小判や鯛《たい》を抱かせたりもして、いっそう福があるのを強調していた。崖やひしゃげたガードレールでもそう描いている。

しかし廃墟は滅びを感じさせ、切り立った崖は墜落を、ひしゃげたガードレールは事故を想起させるだろう。九郎の言う通り、見れば見るほど落ち着かない気分を呼び起こすものだ。

そこに招き猫を置くだけで、奇妙な柔らかさが生まれて浄化されたようと感じる者もいる。逆に風景やものの不穏《ふおん》さが強調されると感じる者もいる。どちらであれ、取り合わせの不自然さ、アンバランスさが別種の魅力を喚起するのだ。

小夜子のそういうイラストを面白がってくれる者も多いが、悪趣味であるとか気分が悪いという意見も聞く。

九郎の反応に拒否感はなかった。また小夜子の絵の狙《ねら》いをある程度正確に見抜いてくれてもいる。

小夜子はひと息に語ることにした。

「招き猫は右手を上げていると人を招く、左手を上げているとお金を招き、と言われていますが、福を招く、安全を招く、良縁を招くといった広い意味でも使われています。招き猫の由来とされる伝承でも商売繁盛をもたらしたものや病気を癒《いや》したもの、猫が招いたので豪雨を避けられたといったものなど様々ありますし、猫はネズミよけとして昔から重宝されていましたから、幸《さち》を呼ぶものとして古い歴史があると言えるでしょう」

豪徳寺《ごうとくじ》、浅草寺《せんそうじ》、住吉大社《すみよしたいしゃ》、有名な寺社でも招き猫の信仰は根付いており、民間信仰となるともっと多様にある。

「そんな招き猫がおよそそぐわない場所やものと共に置かれていることで、その場所やものの雰囲気が違って見えます。それを私は美しい、愉《たの》しいと感じるんです。今日もそれで招き猫が置かれそうにない穏やかでない場所を探して、この沿線で写真を撮ったりスケッチしたりしているんです」

小夜子はトートバッグからカメラとスケッチブック、手の平に乗るくらいの小さな招き猫像を出して示した。

「私自身、こういう絵をけして趣味がいいとは思いません。絞首台を始め、やはり死を連想させるものが題材になっていますから。しかしこれが私の絵の個性と言いますか、世界観なんです」

九郎は熱を入れて語る小夜子を少々意外そうに眺《なが》め、それから首をかしげた。

「依頼を受けて注文通りに描くにも、やっぱり個性がないと誰に頼んでも同じものになりますし、趣味がどうこうと僕は言える立場にありませんが」

小夜子の仕事に関しては理解するが、この状況には納得いきかねるという風に九郎は尋ねてきた。

「それでなぜこの岩永に興味を持たれたんでしょう?」

そこが小夜子にとって本題だった。

「ええ、こちらの岩永さんに、私がいつも探している『招き猫がそぐわないもの』の印象をなぜか受けたんです」

ある意味、小夜子にとっては原点と言えるものと同じ印象を彼女から受けたのだ。

「彼女は見た目は可憐な少女で、晴れ晴れしい雰囲気がありながら、どこか不吉な、ただならない不穏さを秘めていると見えたんです。この世のものでない、まるで死の予兆をまとったような」

なぜかわからないが、彼女は不穏なのだ。

「人物からそういう印象を受けたことはかつてありません。そのため私の招き猫のシリーズには人物を描いたものがないんです。けれどもし彼女と同じ印象の人物が招き猫とともにある絵を描けたら、作品の幅が一気に膨《ふく》らむはずです。だから彼女がそんな印象を私に与える理由は何かと、つい見入ってしまったんです」

小夜子はここにきてようやく、どうにも無茶で気味の悪いことを言っているな、と実感し始めた。初対面の三十前のイラストレーターに、あなたの連れは処刑器具や廃墟に代表される死の影を持っている、私はその正体を知りたい、と言われても、言われた方は警戒感を強めるしかないだろう。

しかし九郎は疑問が解消したとばかりの顔で笑った。

「そういう訳でしたか。こういう絵を描かれる方には岩永がそう見えるんですね。それはそれでもっともなのか」

「何か思い当たる節が？」

「ええ、僕は彼女に出会ってから、数え切れないほど死ぬような目に遭っていますね」

冗談めいて聞こえるが、実感はこもっていた。ますます岩永という娘に引かれる話だ。

この機会を逃してはならず、小夜子は急いで言葉を継いだ。

「あの、それでできれば、一枚だけでも彼女の写真か、せめてスケッチだけでもさせてもらえませんか？　もちろん彼女とわかる形で作品にして発表したり、ネットに上げたりもしません」

「それは僕ではなく、本人の許可をとってもらわないと」

道理である。ただ九郎は笑っており、自分は気にしないが、というニュアンスが感じられる答え方だった。

「もともと岩永はこうして居眠りするのが好きなんですが、この数日役目に関する調査が続いて、そこに大学の課題も三つほど重なって、今日は午前中まで忙しくしていたんです。大学の課題も、ひとつは僕がこうして手伝っているくらいで」

九郎はノートパソコンに手を置く。つまり岩永は疲れており、こうして電車内でレールと車輪の音を聞きながら眠っているのか。意味がつかめない点もあったが、許可を得るのにわざわざ起こせないと遠回しに言っているのだろう。

小夜子は今日は一日空けているので、岩永が目覚めるのを待ってもよかった。

「それでお二人はこれからどちらに行かれるんです？」

「時間があれば、終点にある温泉でゆっくりする予定です。なかなか彼女をちゃんと休ませてやれてないので、早くに用を済ませたいんですが」

肝心の用が何かははぐらかされ、時間もあまりないといった返事だが、小夜子がこのまま座っているのは構わないらしい。

それと九郎は岩永のことをちゃんと気遣《きづか》ってもいるようだ。岩永が恋人を自称していると強調していたが、一種の照れ隠しだったのかもしれない。

するとその九郎が唐突に言った。

「ところで、ギロチンの絵がありませんね？」

「え？」

パソコンの画面に目を落としながら九郎は続ける。

「絞首台、電気椅子、磔《はりつけ》台なんてものもありますが、処刑具として最も有名で、最も印象の強いギロチンと招き猫が一緒にあるイラストがないんですね。一番見映えも良さそうなものですが」

その質問は一度ならず仕事相手からされ、どう答えるかも決まっているが、この時小夜子はつい不自然な間を取ってしまった後で、どういうわけもないと返した。

「ギロチンは処刑装置として有名過ぎて、かえって描くのが難しいんですよ。あれこれ調べもしましたし、何度か試してはみたんですが」

これで事なきを得られると思ったが、九郎の方もどういうわけもないといった顔でこう続けた。

「そう言えば一ヵ月ほど前、犯人がギロチンで死体の首を切り落とすなんて事件がありましたね？」


小夜子は一瞬詰まったが、どうにか当《あ》たり障《さわ》りのない返事を選んで口に出す。

「ああ、ありましたね。犯人も自首した形でしたし、特に問題もなく解決したみたいですけど」

宮井川甲次郎が逮捕された事件だ。当然覚えているし、彼女がギロチンと招き猫の組み合わせをこれまで発表していない理由にもつながる。

宮井川の屋敷にあったギロチンのそばには、まさに招き猫が置かれていたのだ。それを目にして小夜子は自身の方向性を発見したのだ。

九郎がその事件をまとめた文章をインターネットで検索して見つけたのか、淡々と話し出す。

「五月二十一日の午前九時頃、D県Y村に住む宮井川甲次郎氏が、自宅で人を殺したと警察に連絡。警察が氏の屋敷に駆けつけると、屋敷内の一室で甲次郎氏の義弟である浅間貞雄《あさまさだお》氏、五十五歳が首を切断された状態で発見された。室内にはギロチンが置かれており、甲次郎氏はそれによって死体の首を切断したと説明した」

宮井川の屋敷には、甲次郎が気に入っている美術品や工芸品を飾った和室があり、そこに問題のギロチンも飾られていた。床の間もある畳の部屋に、西洋で発明された首切りの処刑装置が鎮座《ちんざ》しているのが何とも違和感があって面白かった。さらに甲次郎は、そのギロチンのそばに高さ三十センチくらいの白い招き猫を置いていたのである。

九郎が事件について語る。

「甲次郎氏の供述によると、五月二十日の夜に浅間貞雄氏が屋敷を訪れ、金を貸してくれるよう頼んできた。十年以上前から貞雄氏は甲次郎氏に金を無心しに来ることが多く、あまり続くので最近はトラブルになっており、この日もそれで激しい口論になり、甲次郎氏が勢いで貞雄氏を突き飛ばしたところ、テーブルの角で後頭部を強打し、死亡した」

甲次郎の妻は十七年前に病《やまい》で亡くなり、夫妻の間に子どもはなく、以後甲次郎は屋敷にひとりで暮らしていた。貞雄はその妻の弟であり、もともと甲次郎とは疎遠であったが、経営している会社の資金繰りが苦しくなったとかで、金を借りに来るようになったのだ。

小夜子からすると、いくら亡妻の弟だからといって疎遠だった男に金を融通してやらずとも、と思ったが、宮井川家は地元では旧家で、不動産の売買で資産を築き、甲次郎は株の取引で年に何億も稼いでいる身であるからと、ある程度は応じてやっていたのだ。

ただそれが十年以上続けば、さすがに程度を越えるだろう。だいたい貞雄は、金を借り出した当初から『お前が姉を死なせたんじゃないか』と半《なか》ば脅迫めいた言葉を使い、金をもらうのも当然といった様子であったらしい。

高校生の頃から甲次郎の屋敷に出入りしていた小夜子は、その辺りの事情も最初から知っていた。

「甲次郎氏は貞雄氏の死に驚いたものの、自身は高齢でひとり身であり、別に失うものもないのですぐに自首を決めた。最近は健康上にも不安があり、屋敷で孤独死するよりは刑務所に入った方がいいとも考えたという。一方で以前から、所有しているギロチンが本当に人間の首を切り落とせるのか興味があり、一度試してみたいと熱望しており、せっかく目の前に死体があってどうせ自首するのだから罪が多少加わっても大差ないと、死体をギロチンのある部屋に運び、実際に使用してみた」

甲次郎は高齢だが体格が良いので、警察もひとりで死体を運んでギロチンに固定したと言われても、さほど苦労しないだろう、と疑問を持たなかったろう。

九郎が小夜子に目を向ける。

「そのギロチンは明治時代に日本で作られたものの、一度も使用されず、経緯は不明ながら昭和の初めに宮井川家に所有されることになったとありますね。ギロチンが日本で作られていたなんてこれで初めて知りましたよ」

その辺りは新聞の記事にも載っていた。

小夜子は迷ったものの、絵の題材として調べていたと言った手前、ギロチンやその事件について全く知識がないのも怪しまれそうで、やや気後れしながら九郎に答える。

「江戸時代にも日本では斬首刑が行われていましたが、それは人が刀で切り落とす形式で、西洋のように機械的に切り落とすという発想にはついになりませんでした。日本では刀に思い入れが強く、代々打ち首を生業《なりわい》にする家もありましたし、首を落とした死体を使って試し切りをして腕を磨《みが》くこともできました。斬首の失敗も少なかったかもしれません。けれど明治に入って一気に日本は西洋化、近代化し、刑罰も西洋に合わせる方向になったんです。火刑や磔刑《たっけい》、さらし首といった残酷なものが次々廃止されたとか」

「さすがお詳しいですね」

甲次郎に教えてもらった知識だが、もちろんそうとは言えない。

「ギロチンについては一応調べましたし、その事件の関係記事もやはり目につきましたから。それで斬首刑も、西洋式の機械的なものを取り入れようとギロチンの使用が検討されたという話です。さすがに実物を輸入するのが難しかったのか、その形や機能、図案から日本で作製されることになりました。そうして純国産のギロチンが完成したんですけど、その頃には首切り自体が残酷だ、となって斬首刑そのものが廃止されてしまったんです。明治の十五年だったと思います。だからそのギロチンは一度も刑に使われず、人の首を切り落とさないまましまわれることになったんです」

一説によると明治の初めにフランスで作られたギロチンが密《ひそ》かに日本に運ばれ、弾正《だんじょう》台《だい》の主導で試験的に使用されたともされるが、正式な記録には残っておらず、その存在も確認されていない。かなりの異説なので小夜子は語らなかったが、日本で作られたギロチンに当時使用される機会がなかったのは確かだ。

九郎は別の記事を見つけたのか、感心しつつ補足的な情報を口にする。

「それが宮井川家の純国産ギロチンの由来ですか。ああ、二十年くらい前に宮井川家から博物館への寄贈が取り沙汰《とざた》されて、調査もされているんですね。学術的にもそのギロチンが明治時代に作製され、使用された形跡も全くないと裏付けられているんですか」

「ある意味では歴史的価値のある珍しい道具でしょうから、大学なんかに保管されるのが一番かもしれません」

「でもその時は寄贈は見送られ、甲次郎さんの死後、ないしは望んだ時に博物館に引き渡される取り決めになったんですか」

甲次郎はあのギロチンを気に入っていたので調査は歓迎したそうだが、すぐ譲るのには抵抗があったらしい。その後、何度か美術館や博物館で刑罰や明治史の特別展がある際に貸し出していたと思う。

九郎が息をついた。

「刑に使うために作られながら、一度も使用されなかったギロチンですか。そして甲次郎氏はそのギロチンに思い入れがあったようですね。よく手入れされ、他《ほか》に所有する美術品とかと一緒に飾っていたなんて記事もありますよ」

甲次郎がギロチンを興味本位で使用しそうだという印象を補強する記事だろう。

「なら一度くらい、そのギロチンが実用にかなうものか、試したいと望んだりもしますか。日本の職人がどれくらい遺漏《いろう》のない仕事をしたかも気になります。そこで目の前に死体があって、自首する覚悟もできていれば、実行に移すのもやむを得ないかもしれませんね」

それをやむを得ないという感覚は一般的ではないと小夜子は思うが、九郎はわかったように肯《うなず》いてみせる。

だが小夜子は甲次郎の供述が嘘《うそ》だと知っている。甲次郎はそんな理由で浅間貞雄の首を切り落としていない。

「甲次郎氏は、ギロチンは見事一度で首を切り落としたと満足げに供述したそうですね。これで思い残すこともない、とか。そしてギロチンの実験に成功したのが深夜になってからなので、今から警察に知らせても辺りが騒がしくなって近隣も迷惑だろうし、警察の職員も対応が大変だろうと、翌朝になるまで知らせるのは待ったのだそうです」

九郎はパソコンの画面を目で追いながら言う。

「警察も最初は甲次郎氏の供述を疑ったそうです。わざわざギロチンで死体の首を切り落とすなんて常軌を逸《いっ》してますからね、何か隠しているようではあります。それでも遺体の解剖の結果、死因や死亡時刻は甲次郎氏の供述通りであり、生前の被害者の行動も氏の供述と一致しており、それ以上に不審な点は見つからなかった。そのため警察は氏を過失致死もしくは傷害致死、死体損壊の罪に問う方向で調べを進めたそうです。まだ判決は出ていないようですが、罪状が大きく変わったりはしないでしょう」

いつまで甲次郎の話が続くのだろうか。

小夜子はいささか苛立《いらだ》って、なるべく自然にこの流れを終わらせるべく、ベレー帽をかぶったまま眠る岩永を視線で示した。

「あの、こうやって話しているのもどうでしょう？　彼女が疲れて眠っているのに、あまりうるさくするのも良くないのでは」

この建前は普通、無視できないはずだが、九郎は小夜子の心情を全く察せられないのか、やっぱり岩永への情が欠落しているのか、笑って手を振った。

「これくらい平気ですよ。以前も雨の日にファーストフード店に入ったら眠りこんでしまって。それで鼻の穴にフライドポテトを突っ込んでみたんですが、三分くらいそのまま起きませんでしたよ」

それでも三分後に起きているのだから、参考にしづらいのではないだろうか。

「そんなことをするから彼女に死ぬような目に遭わされるんじゃないですか？」

「でも自然薯《じねんじょ》を突っ込むよりましでしょう」

「ファーストフード店に自然薯はないでしょう」

もしかすると最近のファーストフード店にはあるのだろうか。長く利用していないので急に不安になった。九郎がすぐ補足する。

「ああ、それは別の時です。いいものが手に入りました、とか言って、岩永が五十センチ以上ある自然薯を高々と掲げて僕の部屋にやってきたことがありまして」

九郎はその時の状況を思い浮かべてか、気が重そうに眉《まゆ》を寄せた。小夜子もその光景を頭に描いてみて少し同情する。

「恋人が自然薯を掲げてやって来るなんて、他意が感じられますね」

自然薯といった山芋は精力増進に効くと言われる。体に活力をもたらすという意味で日常的に食べられはするが、恋人が持ってくるとやはり勘繰りそうだ。

「むしろ他意しかありませんでしたね」

九郎が心底嫌そうに断言する。

この傍《かたわ》らで眠り姫然としている岩永という娘は、やはり只者《ただもの》ではないらしい。小夜子の目は間違っていなかったと自信にはなるが、これでいいのか。

いつの間にか、車両内の乗客は小夜子達だけになっている。もともと少なかった乗客が、途中の停車駅で次々降りていったのだろう。急に車内の温度が下がった感じもした。

小夜子が気を取り直し、主導権をうまく取らないと、と考えていると、九郎が新たな話を切り出してくる。

「ところで、『付喪神《つくもがみ》』というものをご存知ですか?」

「つくもがみ?」

また妙な単語を出して来た。聞き覚えはあるが、すぐに何とはつながらない。

九郎が微笑《ほほえ》んで丁寧な解説を行う。

「器物の妖怪《ようかい》と言うとわかりやすいかもしれません。百年という長い年月を経《へ》た古い道具には霊が宿り、意志を持った化け物になって自由に動き出すと言われているんですよ。百鬼夜行絵巻《ひゃっきやこうえまき》なんかには琵琶《びわ》や琴、釜《かま》や鍋《なべ》に手足や顔が生じて練り歩いている姿が描かれていますね」

そう説明されればイメージできた。漢字でどう書くかも思い出せた。その絵巻も見た記憶がある。いわゆる擬人化《ぎじんか》された道具だ。

「古い物が必ず付喪神になるわけではありませんが、特別大事にされたり、逆に大事にされずに長い年月そのままでいると化けやすいなんて話もありますね」

それがどうしたのだろう。

戸惑う小夜子に九郎は軽い調子で語る。

「明治元年からすでに、百五十年近くが過ぎています。なら明治時代、斬首刑が廃止される頃に作られたものは、とうに付喪神になっていそうではありませんか?」

九郎はノートパソコンを閉じ、小夜子を真っ直《ま》ぐ《す》見た。

「宮井川の屋敷にあったギロチンは数十年も前に付喪神になっています。だから宮井川家の事件には犯人と被害者だけでなく、その付喪神も当事者としてそこにいたわけです」

付喪神などいるわけがない。この青年はいきなり何をしゃべっているのだ。

けれど小夜子は息苦しさを感じた。車内はがらんとし、窓の外は陽光に照らされた山や畑の緑が広がっているというのに、レールと車輪の音が変わらず聞こえるというのに。

九郎は隣で眠る自称恋人へわずかに瞳《ひとみ》を動かす。

「実はこの岩永、妖怪や化け物といった怪異から相談を受けて解決する役目を負っているんですよ。そこでそのギロチンの付喪神から最近相談を受けまして。警察に捕まった甲次郎氏の言動に納得がいかない、特に氏が義弟の死体の首を切断した理由がわからないのでその真相を解明してもらえないか、と」

九郎はここで少し笑う。

「ちなみにそのギロチンの付喪神、三四郎《さんしろう》と名乗っていました。刃の長さが三尺四寸なのにあやかってその名にしたとか」

三尺四寸。約一メートルか。あのギロチンの刃と符合はしている。

それは偶然だろうが、青年は現実離れした発言を止めようとしない。

「甲次郎氏が義弟の首をギロチンで切り落としたのは事実です。当のギロチンの証言ですから間違いありません。しかし甲次郎氏はその後、こう呟《つぶや》いたのだそうです。『これで大丈夫なはずだ』と」

九郎の物言いは穏やかであり、彼にしても、妙な話をしているなあ、といった照れみたいなものを表情にのぼらせてもいる。かといって語るのを止めない。

「何が大丈夫なのか、三四郎はわかりませんでしたが、この段階では気にしませんでした。やがて警察に事件の証拠品として押収されたのですが、保管場所の職員などの話から、甲次郎氏が警察で語っている首切りの理由を知ったんだそうです。『前から一度あのギロチンで人間の首を切ってみたかった』、というやつです」

次の停車駅までどれくらいか。小夜子は列車の速度がゆっくりしたものになっていないかと神経を張り詰めた。

「これを聞いたギロチンの三四郎はすぐ様それが嘘だとわかりました。その上氏の『これで大丈夫なはずだ』という呟きも謎に感じるばかりになりました。なぜそんな嘘をつくのか、何が大丈夫なのか。答えがわからず悩んだ三四郎は夜中こっそり保管場所から抜け出し、岩永へ相談に訪れたんだとか」

小夜子は無理矢理ではあったが笑みを浮かべてみせた。

「付喪神とか首切りの理由とか、あなたこそ大丈夫ですか？　第一、まるでそれと私に関係があるみたいに言うじゃないですか」

そう言いはしたが、関係ないわけがない。

小夜子は高校を卒業するまで、Y村の宮井川の屋敷から徒歩十分くらいの所に住んでいた。父が庭師をやっており、甲次郎から屋敷の庭の手入れを始めその他の雑事をよく頼まれていた。この頃はまだ、母が外に男を作って家を出ておらず、父も多少は真面目《まじめ》に働いていた。もはや顔も忘れたが。

そして小夜子が高校一年生の時、父が忘れ物をしたので宮井川の屋敷に届けてくれと電話をかけてきた。それまで小夜子は屋敷を外から見はしても、中に入ったことはなかった。甲次郎についてもよく知らなかった。

そこで父の忘れ物を届けに屋敷を訪れ、人手が足りないからと部屋の片付けに駆り出され、美術品などが飾られている特別な和室に間違って入ってしまった。

そこで明治時代に作られた純国産ギロチンを見たのである。ギロチンのそばには白い招き猫が置かれていた。

そのギロチンの偉容と鋭利さ、招き猫の丸さとのどかさの取り合わせに小夜子は感動した。幼《おさな》い頃から絵が好きで、あれこれスケッチしたりオリジナルのイラストを試したりし、いずれそれを仕事にできないか、と題材になりそうなものを探して回ったりもしていたが、これほど彼女の心をつかんだ美しさはなかった。

いったいどれくらいの時間、招き猫を従えるギロチンに見入っていたのか覚えていない。昔から、自分の心をつかんだものには周囲を気にせず見入ってしまう性分だった。

そうしているのを六十歳になる甲次郎に気づかれることになった。

他人様の屋敷で初めてやって来た女子高生が突っ立っていれば怒鳴《どな》られても仕方がない。高価な美術品がある部屋ならなおさらだ。けれど甲次郎は小夜子が熱っぽくギロチンを見つめているのを面白がってか、

『ギロチンだけだと禍々《まがまが》しく不吉なだけと言われそうだが、招き猫がいるとどうだい、この処刑装置もなかなかに人当たり良く、美しく見えるだろう』

と笑いながら声をかけてきた。小夜子は誰に声をかけられたかを確かめるより先に、激しく肯いて早口で同意した。

『はい！　丸い招き猫がいることでギロチンの直線的な立ち姿の綺麗さがより引き立って、装置としての洗練されたデザインもよくわかります！』

さらに甲次郎の反応を見もせず、一枚だけでも写真に撮らせてもらえないか無理ならス

ケッチだけでも、と頼み込んだ。これも今と変わらない。

甲次郎はそういう小夜子を気に入り、好きな時に屋敷に来て写真でもスケッチでもやりなさいと言ってくれた。小夜子が絵を描くのを仕事にしたいと考えており、屋敷にある他の美術品や工芸品にも関心があり、何より甲次郎が一番気に入っているギロチンの魅力をたちまち理解したのが嬉《うれ》しかったらしい。それらについて語り合える相手がほしかったとも後から聞いた。

以後、小夜子は宮井川の屋敷に足繁《あししげ》く通った。甲次郎とは四十以上の歳の差があり、世間体もあるのでこっそりとではあったが。父にも気づかれないようにしていた。

甲次郎とは話が合った。屋敷にある美術品をいくつも見せてもらい、スケッチもさせてもらった。特に本物を間近で写すのはずいぶんと勉強になった。甲次郎の美的感覚にも影響を受け、ギロチンと招き猫の前で時間を忘れて語り合い、時には甲次郎の愚痴《ぐち》も聞いた。この頃から義弟の浅間貞雄が甲次郎に金の無心に来ており、話題になっていた。

甲次郎は、小夜子が一番頼りにできた相手だった。あの村に住んでいた時、一番親しかった人間だった。

「あなたは関係者ですよ」

九郎は責めるでもなく、面倒事に巻き込んで申し訳ない、といった表情で言う。

「ギロチンの付喪神はあなたのことも覚えています、森野小夜子さん。あなたが一連の謎の中心にあると言っていい」

付喪神なんてものが実在するなら、彼女を覚えていて当然だ。いや、実在するものか。ではこの青年はなぜこんな荒唐無稽《こうとうむけい》な、その割に事実にも即している話ができるのか。

九郎の隣で眠る娘が目を覚まそうとしているのか、ううんと身じろぎし、そのベレー帽がずれて九郎の膝元《ひざもと》近くに落ちる。

九郎はそのベレー帽を手に取りながら、引きつった笑みを浮かべている小夜子に続けた。

「岩永はすでに謎を解明しています。いったい何が起こっていたのか。では、本題に入りましょうか」

岩永が今にも目を覚ましそうだ。この娘がまぶたを開ければ全《すべ》てが終わるのではないか。現実がまるごと書き換わってしまうのではないか。

小夜子は悲鳴を上げそうになりながらトートバッグを握った。


まだ使われているのかそれとも打ち捨てられて長いのか、小夜子は無人駅から一キロ以上離れ、辺りに民家もない神社の社《やしろ》の裏に座り込んで冷たい汗を拭《ぬぐ》いながら、呼吸を整えていた。

これは罠《わな》なのか。それとも悪夢なのか。

小夜子は九郎が本題に入ろうとした直後、列車が止まってドアが開くのに気づき、すぐ様席から立ち上がって走り、ホームに降りたのだ。九郎は不意を打たれて立てなかったか、まだ目覚めていない岩永を放置はできなかったのか、追いかけて来ずに列車は出発した。

小夜子はそれを見ると駅からすぐ離れ、山間の坂道を駆けに駆け、鳥居を目にするとそこに向かい、石段を一段飛ばしで登り切り、鳥居をくぐって社を見ると、そこの裏に回って座り込んだ。社の裏は腰の高さほどの木製の柵《さく》が立てられており、その向こうは草の茂る急な斜面になっていて、かなり下に河原が見えた。少なくともそこからよじ登るのは骨だろうし、登りたくもならない距離と高さである。

まだまだ日は高く、雲も少なくて明るい。晴れ渡っている。辺りに人気はない。ここなら見つけられはしないだろう。神域であるというのも気が休まる。

これからどうするか。何が起こっているのか。小夜子は頭を巡らす。

あの九郎と岩永という二人は警察関係者なのか。それとももっと質の悪いものか、逆に良いものなのか。

いや、いきなり妖怪が実在するかのごとく話してくる相手が良いもののはずがない。

「すみません、怖がらせるつもりはなかったんですが」

その良いもののはずのない二人のうち、九郎の方が社の陰から謝罪を表すように片手を上げつつ現れた。

「ど、どうしてここが？」

小夜子は立ち上がる余力も怯える気力もなく、唖然《あぜん》とするしかない。九郎が次の駅で降りて彼女を追ったとしても、あらかじめここにいると知らねば、いや知っていても、こんなに早く来られるわけがないのだ。その上九郎は汗もろくにかかず、息も乱していない。

九郎は小夜子を刺激しないためか、ある程度距離を取ってゆっくり彼女の正面に立つ。柵に足が触れるくらいの位置だ。

「ギロチンの三四郎に相談を受けた後から、あなたを探していたんです。街中にも案外化け物はいまして、浮遊霊なんかも協力して先日ようやく見つけ出せたんですよ。それからあなたには随時見張りをつけています。それにこの辺りにも無害な妖怪がちらほらいるので、そういうのがあなたがここにいると示してもくれました」

九郎はこうして現れると存外に背が高く、なのに腰が低いと言うか、小夜子より立場が弱そうにしている。

「さすがに追いつくのには疲れました。岩永は運動に向いていないんで、後から遅れて来ると思います」

九郎の態度も声音も気の好い青年のものであったが、小夜子にはそれがかえって不気味だった。好青年そのものの様態で異常な言動をしている。その不均衡が心を乱してきた。

九郎は反省を示すように肩を落とす。

「今日はあなたがあのローカル線沿線を回るというので、時間を合わせて列車に乗っていればどこかで出会えると踏んでいました。それがまさかあなたから声をかけてくるとは。あれは完全に予定外で、どういう風にこちらの用件を切り出すか、かなり迷いました。いつもは岩永がやるんですが、今日は起こすのが可哀想《かわいそう》だったので」

小夜子はつい笑ってしまった。

「あの娘から不吉なものを感じたのは当然か。あの娘は私の罪を暴《あば》く予兆だったんだ。世の中にはそんな虫の知らせみたいな不思議な直感が働くことがあるんだね」

その点では超自然的な力も信じよう。

「でも私を追い詰めるのに化け物とか嘘を並べなくてもいいでしょう！　そこは不思議過ぎでしょう！」

「そこも嘘ではありませんよ。誓って僕らは警察ではありませんし、あなたの罪を告発する気も責める意図もありません。岩永を不吉に感じたのは、もともとそういう存在だからでしょう。僕らはギロチンの付喪神である三四郎の頼みを受けて来ただけです」

小夜子の抗議に、九郎は気持ちはわかるがどうか抑えてください、と言いたげに頭をかいた。

小夜子は苛立ち、理詰めで反論する。

「その三四郎っていう名前が嘘の証拠でしょう！　ギロチンの名は、提唱者であるジョゼフ・イニャス・ギヨタン医師の名を女性名にしたギヨティーヌから来ているのよっ。それを英語読みにしたのがギロチン。だからギロチンは女性であり、三四郎なんて男性名なわけがないの！」

これに九郎はむうと唸り、しばらくしてからこう答えた。

「そこはほら、日本でギロチンは断頭台と呼ばれますし。三四郎は純国産なので性別が違ってもいいのでは」

「そんな簡単に性別を変えるなっ！」

小夜子は湧《わ》き上《あ》がる恐怖を押さえつけるためにもさらに何か怒鳴ろうとしたが、九郎が身を引きつつ、手で制する動作をする。

「落ち着いてください、あなたに危害を加える気はないんです」

その言葉の途中、九郎が後ろへ大きく倒れ、小夜子の視界から消えた。

おそらく九郎は小夜子を刺激しないため、もっと距離を取ろうと柵に体を押しつけるようにしたが、柵は根元か全体が弱っていたのか、人の体重に耐えられず、がたりと壊れてもろともに急な斜面を落下していったのだ。

小夜子はあまりの展開に呆然《ぼうぜん》とするが、すぐ我に返って立ち上がり、急な斜面をのぞき込んだ。ここから落ちれば、転がるどころではない勢いで下の河原に叩《たた》きつけられるだろう。

その河原に九郎がうつぶせに倒れていた。頭部の辺りの地面に赤黒い液体状のものが広がっているのさえ見えた。生きているとは感じられない。生きていたとしても時間の問題で死の側に移りそうだ。

「どうなってるの？　事故？　ああ！　救急車を呼ばないと！」

小夜子は携帯電話を取り出し、しかるべき番号にかけようとしたが、赤色のステッキの先端が目の前にかざされる。

「必要ありません。じき起き上がって戻ってきますよ」

ステッキを手にしていたのは岩永と呼ばれていた、ベレー帽をかぶる娘だった。悩みなどなさそうな微笑みを浮かべる人形めいた容姿の背の低い娘が、いつの間にか小夜子のそばに立っていた。

絶句している小夜子に、岩永がベレー帽を脱いで頭を下げる。

「自己紹介が遅くなりました。岩永琴子《ことこ》といいます。ぶまな先輩がとんだ失礼をいたしました。代わって深謝いたします」

携帯電話を手に立ち尽くす小夜子に岩永は『ぶま』という聞き慣れない単語を優雅に使い、ベレー帽をかぶり直すといたって平常の調子で小夜子を見つめて告げる。

「では今度こそ本題に入りましょう。なぜ宮井川甲次郎氏はギロチンで浅間貞雄氏の死体の首を切り落としたか？」

小夜子は崩れるように再びそこに座り込んだ。それで岩永と目線の高さが同じくらいになる。その岩永に、ともかく常識的な主張で抗じようとした。

「いや、そんな場合じゃないでしょうっ！」

正論のはずだったが岩永は取り合わず、勝手に『本題』を始める。

「甲次郎氏は警察で、弾みで貞雄氏を死なせてしまい、ならばこの機会にと以前から一度試してみたかった所有のギロチンで死体の首を切り落とした、と供述しています」

岩永の声は冷ややかなほどにくっきりと響く。あるいはこうして勝手に語り出した方が小夜子を落ち着かせられると、わざとそうしているのかもしれない。

「その供述を伝え聞いたギロチンの三四郎はすぐ嘘だと気づき、では甲次郎氏が貞雄氏の首を切り落とした際、『これで大丈夫なはずだ』と呟いたのはどういう意味か、と疑問を持ったと私に言いました」

岩永はどこか愉快そうに続ける。

「ここで私は引っ掛かりました。なぜ三四郎は甲次郎氏が警察で述べた首切りの理由をすぐ嘘と気づいたのか。甲次郎氏の呟きとその理由が合わないから、ではありません。三四郎は嘘だと気づいた後、ではあの呟きの意味はなんだろう、と疑問を持ったんですから。私は三四郎にそれを質《ただ》しました。するとこう返されたんです」

小夜子は岩永が核心へと進んでいるのを黙って聞いているしかない。

「なぜなら十年ほど前、すでに甲次郎氏は死体の首をギロチンで切断した経験があるから、と。三四郎はその時、製造されてから初めてギロチンらしい仕事ができると張り切って、鮮やかに死体の首を切断してみせたそうです。百年以上前のギロチンが、いくら状態良く手入れされていても、そうたやすく人の首を切断できませんよ。付喪神になっていたからこそ、通常以上の能力を出せたわけです」

そう、十年前、甲次郎はギロチンの切れ味があまりに素晴らしくて驚くより感動していた。日本の職人は明治の頃から優れていたのだ、と。

「甲次郎氏は十年も前にギロチンで人の首を切断したことがあったんです。なら今回、一度試したくてやった、という理由は嘘になります」

ここで岩永があらためて小夜子の目をのぞき込む。

「そしてその十年ほど前の作業の時、そこには甲次郎氏だけでなく、もうひとり女性がいて手伝っていたそうです。さらにその二人は死体の首だけでなく、腕や足、胴体にいたるまでギロチンで切断していき、全身をバラバラにしたのだとか」

岩永はステッキをひと振りし、小夜子を示す。

「その時氏と一緒にいたのがあなたです、森野小夜子さん。甲次郎氏とあなたは、あなたの父親の死体をギロチンでバラバラにして処分したんですね？」

この娘はやはり小夜子の罪を暴くものだった。

浅間貞雄の殺人に小夜子は直接関係がない。しかしその事件は小夜子の罪につながるものを白日の下にさらすかもしれず、彼女は恐れを感じたのだ。

ギロチンが人の首をたやすく切断できるなら、腕も足もたやすく切り落とせるだろう。胴体だって不可能ではない。吊り上げられた刃の下に首以外を固定しやすい設計にはなっていないが、切り落としたい部分を刃の下にして死体を横たわらせれば、他の部分だって容易に切断できる。

「成人男性の死体を見つからないよう処分しようとしても、そのままだと重く、運ぶにも目立ちますし、埋めるにも深い穴を掘る必要があります。そこでバラバラにすればパーツごとに処分できるので運搬の負担は軽くなり、山に埋めるにも海に沈めるにもやりやすくなります。手間は増えるものの、より安全に死体を始末できます。各部をそれぞれ離れた場所に捨てればよりいっそう目立たず、発見されるリスクも下げられます」

その通りだ。小夜子も甲次郎もそう処置すればいいと考えた。

「またあちこちに分散して埋めたり沈めたりしたパーツが発見されたとしても、腕や胴だけから死体の身許《みもと》を割り出すのは困難です。白骨化していればなおさらですし、頭部にしても破損が大きければ手掛かりになりにくいでしょう。だから昔から、死体を処分する際によくバラバラにされているわけです」

岩永は幼い顔立ちながら現実的な犯罪の方法について滑《なめ》らかにしゃべっている。それもまた不均衡で不気味だった。

「しかし死体の解体は大変です。骨は硬く、筋肉や脂肪もまともな刃物では簡単には切れません。何しろ斧や剣による斬首刑において、切断の失敗がたびたびあったんですから。その失敗をなくすためにギロチンは開発された。ならギロチンは、バラバラ死体を作るのに最も適した装置とも言えるでしょう」

人体を素早く確実に切断するために設計された装置であり、素早過ぎて一日で百人もの首を落としたこともあるという。それゆえにギロチンは、人道的な理由で作られた装置にもかかわらず、恐怖の象徴となったのだ。

小夜子は観念して、自発的に口を開くことにする。得意気ではないにしても、この少女にも魔女にも見える相手から己の過去について恣《し》意的に並べられるのはもはや耐え難かった。

「十年前、三月の半ばだった。夜中、私は家で父を殺してしまい、甲次郎さんに助けを求めた。あんな父のために少しでも罪を問われるのは嫌だった。事情を他人に語るのさえ嫌だった。甲次郎さんは私に同情してくれて、死体を処分して殺人そのものを隠すのに協力してくれることになった。そこでギロチンを利用するのを甲次郎さんが提案した」

「その辺りは三四郎も聞いていたそうです。甲次郎さんが前から一度ギロチンを人体に試してみたかったのは本当だったとか。だから死体の処理に使うのをすぐ思いつき、使用に迷いもなかったと」

あのギロチンの前でそういった相談をしてはいたが、まだ付喪神なんて世迷《よま》い言《ごと》を盾にするのか、と小夜子は不快になる。

しかし岩永の説明内容は事実なので否定ができない。

「深夜、父の死体を甲次郎さんの車で宮井川の屋敷に運び込み、ギロチンでバラバラにした。私の家や屋敷の周りは民家が少なかったし、深夜だと外灯もなくて運ぶのも切断するのもまず気づかれなかった。そうして二十以上にバラバラにした死体を別々に、何日もかけて山に運んで埋めたり、もっと遠くの海に沈めたり、できるだけ分散した。死体の身許が絶対わからないように処置をしておいた。一部は屋敷の庭に埋めて、白骨化してから処分するって甲次郎さんが預かったのもあった」

敷地《しきち》は広く、そうしたところで誰かに気づかれるおそれはなかった。さすがにずっと埋めたままにはできないが、地中で骨になれば遠くに運んで捨てるのは楽になる。

「私は三月の終わり、高校を卒業するとすぐに村を離れた。就職も進学も決まってなかったけど、もともとそうするつもりではあった。父はかなり前から酒浸りになって働いてなかったし、私が村を離れれば、夜逃げでもしたと思われるくらいの状態だった。私はそれきり村には帰っていない。甲次郎さんともこの十年以上連絡を取っていない」

「甲次郎氏の指示だったんでしょう？」

この辺りは岩永の推測で、甲次郎に確認は取れなかったのか。ではどうやって小夜子と甲次郎しか知らない当時の状況を知れたのか、やはり謎は深まる。本当にあのギロチンが付喪神にでもなっていなければ説明がつかない。

小夜子は目を伏せて返す。

「そう。私は過去を忘れてやり直せって。絵の才能があるからって。村を出てやっていくまとまった現金もくれて、後は任せておきなさいって。それから万が一の時のためにも、宮井川とも村とも縁を切るようにって送り出された」

甲次郎の資金のおかげで村を離れても切羽詰《せっぱつ》まった状況にはならず、住む場所もじき確保できて当座をしのぐ仕事も見つかり、五年くらいでイラストの仕事にも関われることになった。

「私が過去を捨てれば、父が消えても探す人はいないし、おかしく思う人もいない。父は村にいなくて構わない状態になってたから、騒ぎにもならなかったと思う。死体さえ発見されなければ絶対安全だった」

甲次郎がここもうまく対処してくれたのかもしれない。村では有力者であるから、森野のご家族には別の土地で仕事を紹介して、などとそれとなく関係者に言えば、全く問題にならなかったろう。

「一ヵ月前、深夜のアルバイトから帰って眠り、起きてからイラストの仕事をこなした後、ニュースで甲次郎さんが逮捕されたっていうのを見た時、父の死体が発見されて身許がわかり、その罪で逮捕されたと思った。あれほどきちんと死体を処置したけど、何か見落としがあったんじゃないか、私もじき捕まるんじゃ、って体が冷えた。でも逮捕容疑はまるで違う事件のもので、なのにギロチンで首を切り落としてその理由に嘘を言っていて、かなり混乱した」

落ち着けばいくらか合理的な解釈はできたが、小夜子は深入りするのを避けた。彼女の所に警察が来なければそれでいいと割り切った。

岩永がここで初めて気づいたみたいに額に手を当てる。

「ああ、小夜子さんも三四郎と同じ疑問を持つ立場になるんですね。浅間貞雄氏の殺人に関して甲次郎氏はほぼ真実の供述をしていますよ。口論から手を出し、あやまって義弟を殺してしまった。甲次郎氏としては年齢的に逃げるのも大変ですし、健康上に問題があったのも事実です。死体を隠しても小夜子さんのお父さんと違って社会的に孤立していない貞雄氏が消えれば騒ぎになります。なら逮捕は時間の問題です。よってすぐ自首を決められたようですよ。断片的にですが、その状況を三四郎が見聞きしています」

「いつまでギロチンの付喪神がいるものとして話すの？」

そのせいで小夜子の不安と混乱は増すばかりなのだ。

「そうは言っても三四郎がいなければ、私がこれだけの事実を知れませんよ？」

岩永は心外そうにステッキを振り、話を続ける。

「自首を決めた甲次郎氏は、その後、貞雄氏の首をギロチンで落としました。なぜか？」

小夜子はそれを薄々わかりながら、意識の外に追いやろうとしていた。

岩永は淀《よど》みなくその解を披露する。

「簡単な推理です。甲次郎氏は今回も、あなたの罪を隠すためにギロチンで死体の首を切ったんです」

小夜子は固く奥歯を嚙《か》みしめるしかない。

「甲次郎氏は自首を決めましたが、問題は氏の財産の処分です。年齢的にも実刑になれば獄中で亡くなることもありますし、刑務所にいる間に親族が勝手に処分するおそれもあります。特にギロチンは博物館に寄贈される約束になっており、親族もよほど妙な趣味を持たないかぎり、こだわらず手放すでしょう。少なくともギロチンはその価値を知る所に引き取られます。この時、甲次郎氏はそのギロチンにあなたの罪を暴く可能性があると思い至ったのではないでしょうか。そこには、人間の体を切断した痕跡《こんせき》が残っているかもしれないと」

人を切った刀は名人が見ればどれほど磨いてもわかるという。柱に染《し》みついた人の血はどれほど拭っても消えないという。また昨今の科学分析では血が人のものか、どれくらい古いかもわかるという。DNAが採取されれば人物の特定も可能だ。

「十年前、ギロチンは小夜子さんの父親を切断した後、きちんと清めて目立った血痕《けっこん》もあなたの指紋もないよう拭ったでしょう。そのまま飾っていたくらいですし。けれどいざ人の手に渡るとなれば不安にもなります。どこかに血や肉片が紛《まぎ》れ込《こ》んでいないか。人の脂が染みついていないか。刃に曇りや欠けが生じていないか」

小夜子もギロチンを洗うのを手伝い、以前と変わらない状態にしたはずだが、そうなればもしやと考えてしまう。

「何しろそのギロチンは二十年前に学術調査され、人に使った形跡がまるでないと結論づけられています。貴重な資料として展示されたこともあります。写真も多く撮られたでしょう。寄贈された博物館や大学で再度調査がなされるかどうかはわかりません。しかしそうして調べられた際、もし人間を切断したらしき跡が発見されればどうなるか。以前の調査より後に、そのギロチンが犯罪に使用されたという疑いが生まれます」

他の誰でもない、甲次郎が犯罪に使用したと推測されるだろう。

「そこで鋭利な刃物で骨が切断された死体が発見され、甲次郎氏の周囲で消えた人物がいるとわかればどうなるか。連鎖的に過去の殺人と小夜子さんがたぐり寄せられるかもしれません。だから甲次郎氏は、その可能性を完全に潰《つぶ》すために、ギロチンに人間を切断した痕跡があってもおかしくない状況を作ることにしたんです。そのために、氏は死体損壊という罪状が加わるのも構わず、貞雄氏の死体の首をギロチンで切断した」

痕跡を隠すには、新たな痕跡を塗り重ねればいい。小夜子にもわかる。

「よって甲次郎氏が切断後、『これで大丈夫なはずだ』と呟いた意味もわかります。これならギロチンに人を切った痕跡があって当然。不審がられず、詳しくそれ以上の調査をされません。これで小夜子さんの罪は暴かれない、大丈夫なはずだ、という意味だったんです。あるいは死体とはいえ実際に首を切り落としたギロチンを、博物館や大学は引き取りたがらないかもしれません。貴重なので引き取るまではしても、死蔵して何か調べようとはしないかもしれません。それはそれで甲次郎氏には望ましい」

ギロチンを破壊して燃やしてしまえば一番安全かもしれないが、思い入れのあるものだけに甲次郎にそんな真似《まね》はできないだろうし、自首する前にあれだけ大きなものを壊して燃やしていれば、かえって怪しまれる。貞雄の首を切り落とすのが次善であったろう。

岩永は少し歩き、柵が壊れている辺りから下をうかがいながら、動けない小夜子に言う。

「警察ではギロチンを使ったもっともらしい供述をすれば問題ありません。世間的には非常識ですが、氏がギロチンを一度使ってみたかったのは事実であり、ただそれが今回ではなく十年前の心理だったというだけで、嘘でもありません。警察に真意を見抜かれるおそれはないでしょう」

小夜子が向き合うのを避けていた仮説を岩永は言語化してみせた。

その岩永は微笑みをたたえて小夜子に向き直る。

「これらのことに気づくだけの情報を三四郎は持っていましたが、なにぶん化け物ゆえ、人の心や社会の機微《きび》を測りきれない面があったようです。甲次郎氏も首を切る作業をしながら、その理由を口に出したりしなかったそうですし。私のこの推理を聞いた三四郎は、腑《ふ》に落ちた晴れやかな顔をしましたよ」

ギロチンの顔はどこになるのだ。わけがわからない。事件の凶器が自分は何のために使われたかと悩むなんて非現実的過ぎる。

小夜子は叫びたい感情を押し殺し、岩永を凝視した。

「その推理は嘘よ。真実なわけがない」

そう主張しないではいられなかった。しないわけにはいかなかった。

「ほう。その根拠は?」

岩永は動じもせず、興味深そうに促《うなが》す。

小夜子にすればこの際、付喪神の実在はどうでもいい。その仮説が真実であるのがたまらないのだ。たとえ同じ結論を彼女がずっと前に頭の片隅《かたすみ》に生じさせていても。

「私がニュースで甲次郎さんの逮捕を見た時、真っ先に考えたのが自分が安全かどうかだった。今回のことをきっかけに、甲次郎さんは十年前の罪も償いたいと警察でしゃべるんじゃないかって心配だった。私は甲次郎さんを全く気遣わなかった」

甲次郎も十年前の行為を話せばより罪が重くなるから黙っているはずだ、という打算的な考えばかり巡らせていた。

「なのに甲次郎さんが人を殺した後、自分の身より私の安全を真っ先に考えて、ひとりだけさらに罪をかぶる行動をしてたなんて、なら私はどうなるの？　自分の保身ばかり考えた私は？」

小夜子は、彼女を最も大切に思い、尽くしてくれた相手をまるで顧みなかったことになる。

「あなたの推理が嘘でないなら、私ばかりがひどい人間と認めないといけなくなる。私は甲次郎さんに案じられる資格のない人間になる。そんな女をかばうために首を切るなんて、甲次郎さんは愚かってことになってしまう。だからそれは、嘘であるべきなのよ」

この岩永という人形のような娘はそれを小夜子に突きつけに来たのか。不吉な使者としてやって来たのか。小夜子はその罠にかかったのか。

岩永は息をつき、どうでもよさそうに返す。

「別に嘘でも構いませんが、甲次郎氏はあなたはそれでいいとするんじゃあないですか」

まるでそんなことで悩む小夜子がおかしいと言いたげだ。

「甲次郎氏は過去を捨てるよう勧めたんです。今回のことで自分への気遣いは望んでいないでしょうし、見返りを求めもしないでしょう」

岩永は酸《す》いも甘いも嚙み分けた先人といった風情でしゃべる。

「甲次郎氏にとってあなたは子どものような、あるいは年齢は離れていても友人のようなものだったのかもしれません。ギロチンと招き猫の取り合わせに同じ感動を覚える相手なんて、他にいなかったでしょう。そんな唯一の理解者のあなたのために何かしようと考えても、何かしてもらおうと考えたこともないんじゃあないでしょうか。少なくとも三四郎は氏をそう捉えていました」

長年甲次郎に大切にされたギロチンだ。あの屋敷にひとりでいた甲次郎を一番知っているかもしれない。

岩永は若輩者が過ぎた意見を述べたとばかり、頭を下げる。

「まあ、私の推理が嘘の方が現実的ですよ。付喪神などいるわけがない、私の話を人に語っても、誰も信じないでしょう。もちろん、あなたも自分から過去の罪を語ったりはしないでしょうが」

そうである。この奇妙な出来事を小夜子は誰に語るわけにもいかない。

そこで小夜子は根源的な問題に気づいた。

「ならあなたは私の所に何をしに来たの？　嘘にしても、ギロチンの付喪神の疑問を解決すればそれで終わりでしょう？　私にまで伝える必要があったの？」

「それが、三四郎は私の推理に納得した後、新たな頼み事をしてきたんですよ」

岩永は申し訳なさそうに眉を下げた。

「あなたの招き猫のイラストのシリーズに、ギロチンのものがありません。あなたにすれば甲次郎氏の屋敷で見たギロチンと招き猫が原点ですし、本来なら発表したいはずです。しかしそれを発表すれば捨てた過去と強くつながり過ぎてしまう。だからこれまで避けているのでしょう？」

どこに話を運んでいこうとしているのか読めないが、小夜子は認めるしかない。

「そう。発表してもあの村に住んでいた私とつなげる人はいないと思っても、やっぱり怖かった。できるかぎり避けたかった。それがどうしたの？」

岩永は小夜子の勘の悪さをたしなめる風に答える。

「かつてあなたの絵を甲次郎氏はたくさん見ていました。本名は未公表でも、インターネットであなたが公開しているものや請け負った仕事から、氏はコウヅキというイラストレーターの正体に気づいていました。特に招き猫と不吉なものを組み合わせたシリーズには喜んでいたそうですよ。ギロチンや美術品を飾った部屋でお酒を飲みながら、そんなことをひとりで語っておられたそうです」

初耳だった。当たり前だ。村を離れて以降、小夜子は甲次郎といっさいの連絡を断っている。甲次郎もインターネットを通じて余計なコメントを残したりはしないだろう。

「そして原点であるギロチンのものがないのは、それが氏とあなたをつないでしまうだけにやむを得ないか、と残念がられていました。三四郎も、自分の姿が絵になって全世界に公開されないのを悔《くや》しがっていました。三四郎もあなたの絵を気に入っていたんですよ」

小夜子はモデルとなった道具自体からの賛辞をどう受け止めればいいのか。

「そこであなたに是非ギロチンと招き猫の絵を発表するよう勧めてもらえないか、と頼まれたんです。三四郎もできるかぎり協力すると申し出ています」

岩永はその依頼が最も厄介だったとばかりに首を横に振る。

「化け物達の協力で、処分されたあなたのお父さんの死体は、見つけられるかぎりもっと人の手が触れない所へ移動させます。仮に他の誰かに発見されても、公的に調べられる前に化け物達が盗み出して再処分しましょう。三四郎も微妙に刃の形を変え、死体の骨の切断面と合わなくすると言っています」

こんな申し出があっていいのか。

岩永はさらに小夜子が安泰となる材料を並べる。

「甲次郎氏も今回、屋敷に警察が来る前に、ギロチンのそばから招き猫を離し、物置にしまいました。その取り合わせが大勢の目に触れるのを避け、少しでもあなたの絵とつながるのを防いだんです」

興味本位のテレビや雑誌でも、甲次郎の他の美術品や工芸品のコレクションの話題はあったが、招き猫についてはまるで見なかった。以前から、甲次郎はそれらを飾った和室に人をあまり入れなかったので、招き猫の存在を見た人間もごくわずかであろう。

「最近ギロチンが話題になる事件もあり、あなたはそれに触発されて新たな招き猫シリーズのひとつを発表した、世間的にはそれで通るでしょう」

お前は何を言っているのかと問い詰めたいが、岩永に冗談の素振りはない。

「無理強《むりじ》いはしません。三四郎も嫌々描かれた不出来なイラストを発表されるのも困ると言っていますから。あくまで前向きに検討していただければということです」

小夜子は暴れ出したい心境でかすれた声を発する。

「私の罪はどうなるの？　私は人を殺したのよ？　それを知って、あなたはそんな態度でいいの？」

すると岩永は明朗に胸を張った。

「私は法の番人じゃありません。世の秩序が守られればいいという立場です。殺された父親には好感を持っていませんし、三四郎もあなたを裁くのを望んでいません。罪にどう向き合うかはあなたの問題ですよ」

次に手に取り直したステッキで、斜面の方を指す。

「それにあなたはあそこから落ちた九郎先輩のため、手遅れと感じながらも救急車を呼ぼうとされました。あなたをそう悪い人間とも思いませんよ」

言われて小夜子は忘れていたのに気づく。あの九郎という青年は、下の河原で即死か瀕《ひん》死《し》の状態のはずだった。時間の経過からすればとうに息絶えているに違いない。

「で、でもあの彼は死んでしまって」

あれは事故であるが、小夜子は無関係ではないだろう。

すると社の陰から、その九郎がひょっこりと現れ、何らの不都合もこだわりもないのんきな様子で岩永に声をかけた。

「あ、岩永、もう済んだのか？」

「はい、今ちょうど」

岩永も九郎の出現をまるで不自然と感じていない間合いで肯いてみせる。

小夜子は座り込んだまま、腰が抜ける感覚を味わっていた。九郎の衣服には、斜面を転落した時についたらしい雑草や土の汚れがはっきりと見て取れる。一方で頭にも肌にも傷を負った様子が微塵《みじん》もない。河原の下で流血していたのを小夜子は目撃していたのに、この九郎は無傷だった。かすり傷さえうかがえない。

九郎を見つめる小夜子に岩永は肩をすくめた。

「このように九郎先輩は健在です。ご心配なく」

現実感がない。これはやはり悪夢の一種ではないか。けれどこれが醒《さ》めたりはしないだろうとも小夜子は理解していた。

岩永は最後の挨拶《あいさつ》とばかり、うやうやしく身をかがめる。

「では良いお仕事を。もしギロチンの三四郎がどこかに引き取られ、公開されるとなれば、顔を見せに行ってあげてください。あなたのためなら力を貸してくれることもあるでしょう。もちろん、あなたにとってはこれも全て虚言かもしれませんね」

正体不明の娘はそう告げると、人間かどうかも判然としなくなった青年を引き連れ、悠々とその場から去っていった。

九郎も去り際に小夜子に頭を下げたが、その常識人らしい仕草《しぐさ》がかえって非人間的にも思える。あの少女が際立って不吉な印象を与えたから意識しなかっただけで、その隣に空気のごとくのほほんといたあの青年も、異常なものだったのだ。

小夜子は社の裏にひとり残された。これからどうすべきか、これを助かったと言うべきなのか。

途方に暮れながらどうにか立ち上がろうと地面に手を着くと、そばに一匹の狸《たぬき》がとことこと歩いて来た。自然が多い田舎《いなか》の神社なのだから、そういう生き物もいるだろう。

すると狸は足を止め、ひょいと前足の片方を上げると、人の言葉で小夜子にこう告げた。

「やあ、おひいさまを信じて悪いことはありませんよ。どっこい、どっこい」

狸はそれだけ言うと、とことこと遠くへ歩き去っていく。

古来、狸は人を化かすというし、化け物の正体としても語られる。人の言葉をしゃべるのも伝統に即しているだろう。

小夜子はよろよろと立ち上がり、社に手をついて呼吸を整えた。

全部嘘だ、現実がこんな風なわけがない。

とはいえ、とりあえずギロチンと招き猫のイラストは発表しよう。そうすればあの娘に再び会う未来はないはずだ。下書きはいくつもある。ギロチンは高校生の時から描きたかった題材なのだから。もし甲次郎の目に触れれば、喜んでくれるだろう。

空は変わらず、晴れ渡っていた。

岩永琴子は九郎とともに、山間の道を歩いて下っていた。

来る時は小夜子に追いつくため急いでいたので、周辺にいた化け物に人目につかない道を選んで運んでもらったのだが、緊急でないならなるべくそれらに頼らない方がいい。昼間であるし、勝手気ままに使い過ぎれば妖怪達の機嫌を損《そこ》ねるだろう。岩永について悪い評判を立てられかねない。

岩永は左足が義足であるが、歩行には支障がない。しばらくすれば広い道に出るだろうし、そこでタクシーを呼ぶなりしてもいい。

その岩永と一緒に歩いている九郎が、神社のある方へ注意を向けながら首をかしげた。

「十年前、なぜ小夜子さんはお父さんを殺すことになったんだろう？」

今日までつながる一連の事件の発端ではあったが、岩永は詳細を調べるのも小夜子に尋ねるのも控《ひか》えた。彼女が殺さざるを得ず、関係者がそれに理解を示しているという事実だけで十分だったから。

過去の殺人について不問に付すのにまだわだかまりがあるらしい九郎に、岩永は説いてやる。

「計画的でなく父親を殺し、その状況さえ語りたがらなかったんですから、よほどの理由でしょう。簡単に過去が捨てられたんです、村でも学校でも孤立していたとも思われます。あの人の心の傷を今さら開く意味もないので、敢《あ》えて踏み込まなかったんです。いくつかの情報から察するに、私の口からはとても言えない品位を欠く行為を父親からされそうになったんじゃあないですか？」

親子間に限らず、身内によってひどい扱いをされる例は、大昔から山とある。殺されても同情できない肉親がいるのは珍しい話でもない。

岩永の解説に驚きを表す九郎。小夜子の事情をその程度にも想像していなかったのか、と岩永はかえって驚いたが、九郎は別の点に反応したらしい。

「お前の口に品位の制限があったのか？」

「なぜないという前提で考える」

この男は恋人のことをちっともわかろうとしていないのではないか。成人したとはいえ岩永は女子なのだ。あるに決まっているだろう。

少しむかっ腹が立ったので、岩永は嫌味を込めて言ってやることにした。

「今回はとんだ手間がかかりましたよ。ちゃんと準備して小夜子さんに接触し、話を切り出す手筈《てはず》だったのに、勝手に話を進めた挙げ句、途中で逃げられるんですから。さらに斜面まで転がり落ちてますし。そりゃあ小夜子さんからこちらに興味を持ってくるとは想定外でしたけど」

九郎も自覚があるのか、幾分面目なさそうに返す。

「それは僕が悪かったよ。柵もあんなに壊れやすくなってたとは思わなかったんだ」

下手をすればもっと手間のかかる羽目になっていた。結果的にうまく収拾をつけられたし、九郎が何もしなかったわけではないが、猛省は促さないといけない。

「小夜子さんが座席についた時にどうしてすぐ私を起こさなかったんですか。それならすんなり済んだものを」

「そうは言うが、この前眠っている時に起こしたら、烈火のごとく怒ったろう」

「眠っている時にフライドポテトを鼻に突っ込まれれば誰だって怒りますよ！」

恋人の適切な起こし方を千個挙げたとしても、そんなものは絶対に入ってこない。

「先輩も宮井川甲次郎氏のような無償の情愛を学ぶべきです。年上男性の見事なまでの包容力を。好きな人のためには愚かでいい、美しいじゃありませんか」

「でも宮井川さんは、人を切断したギロチンを十年以上部屋に飾って鑑賞していた変わった人でもあるぞ？　手本としてはどうだ？」

「それ以前にギロチンと招き猫を一緒に飾っている段階で変な人でしょう。小夜子さんがいなくても、どこかでギロチンを人に使う願望をかなえてたかもしれませんね」

それでも愛のなんたるかは知っていた人だろう。岩永に全く気遣いを見せない九郎よりは数段ましだ。

九郎はまた首をかしげる。

「二人はどういう関係だったんだろうな。お前の言う通り親子に近かったのかな？」

「この世には一口に説明できない関係があるものです。ただ男女の関係でなかったのは確かですよ。その頃にはもう甲次郎氏はたたなかったそうですから」

岩永がそう答えた時ちょうど広い国道に出て、近くに屋根とベンチのある場所を備えたバスの停留所も見えた。うまくバスが来ればいいが、そこに腰を下ろしてタクシーを呼ぶのが早そうだ。小夜子も当分は神社から降りてこないだろうから、そこにしばらくいても問題ないだろう。

岩永はそう考えながら携帯電話を出したが、彼女がした回答に九郎から何の反応もないのでどうしたか、と見上げると、九郎はやがてうんざりしたように訊《き》いてくる。

「さらっと言ったが、お前の品位の基準はどうなってるんだ?」

「いたって普通ですが」

変なことを言ったつもりはない。九郎の基準の方がずれているに違いない。この男は女心に疎《うと》いのだ。

ともかく今日はこれで時間ができたので、岩永はすでに温泉に行くことに頭を切り換えていた。

第五話　幻の自販機

「九郎《くろう》先輩、うどんの自動販売機を利用したことがありますか?」

岩永琴子《いわながことこ》は桜川《さくらがわ》九郎にそう訊《き》いてみた。

九郎はパソコンのキーボード上で動かしていた手を止め、奇異なことを耳にしたといった風に顔を上げる。

「うどんの自動販売機?」

「はい、ボタンを押してしばらくするとプラスティックやスチロールの器《うつわ》に入った温かいうどんが自動的に取出口に出てくるものです。めん類自動調理販売機と呼ばれたりするのですが、知りませんか?　横幅百二、三十センチ前後で、よくある飲料の自動販売機より少し大きいくらいになるでしょうか」

そう言う岩永もそんな自動販売機を利用したことはなく、実物を目にしたこともない。知識としてあるだけだ。

六月二十六日、日曜日。梅雨に入っているが空は晴れており、恋人同士がどこかに出掛ける好機なのだが、九郎は朝から大学の課題にかかり、仕上がってまだ時間があれば付き合ってやる、と部屋を訪れた岩永に迷惑そうに手を振ったものだ。

岩永は岩永で、九郎がそんなことを言いながら課題をだらだらとやって一日中終わらせずに彼女を放置するといったことをしないよう、そばにいて見張っていた。

岩永としても妖怪《ようかい》やあやかし達の知恵の神として持ち込まれている相談を片付けねばならず、九郎を遊びに誘おうと自動販売機の話を始めたわけでもない。

「うどんだけでなく、そばやラーメンも提供できる機械で、一九七〇年代に何種類も作られ、駅やドライブイン、サービスエリアといった所に置かれたそうです。二十四時間、温かいめん類を安価で食べられるとあって人気があったのだとか。その後、コンビニエンスストアといったものの広がりで必要性が薄れ、機械も製造されなくなり、目にしなくなっていったということです」

「器に入った温かいうどんを自動で出すってどんな仕組みなんだ？　ちゃんと出汁《だし》も入ってるんだろう？」

九郎は実態を説明されてもうどんの提供が販売機の中でどうやって自動化されているのかうまくイメージできないようだ。

「メーカーによって多少違いはありますが、仕組みは単純です。機械内にあらかじめ、めんと具を入れた器をいくつもセットしておくんです。ボタンが押されたらそのうちひとつが調理部分に移動し、中に熱湯を注いでめんと具を温め、その後湯切り。そこに出汁を入れて取出口へと移動させる、といった流れです。ボタンを押してから三十秒ばかりでうどんが出てくるのですから、かなり洗練されたシステムではないでしょうか」

「言うほど単純ではないだろう。めんと具を入れた器を用意してセットするまでもかなりの手間に思えるぞ」

飲料の自動販売機へ缶やペットボトルをセットするほど手軽ではないだろうし、消費期限も短くならざるを得ない。比較すれば手はかかる方だろう。

岩永は情報を整理しつつ九郎への解説を続けた。

「販売機の製造自体はとうに終わっていますが、稼働しているものはまだ全国にけっこうあります。地方の国道や県道の小規模なドライブイン、休憩所に設置され、大切に使用されているそうです。機械自体の古さから来る風情や、自動販売機から出てくるうどんやそばを食べる経験自体が貴重との声もあって、それ目当てにわざわざ車を走らせてくるファンも多くあるそうですよ」

「世の中にはいろいろな趣味の人がいるものだな。肝心の味はどうなんだ？」

九郎も興味を持ったようにはするが、パソコンでの作業に戻ってまた指を動かし始める。岩永も邪魔するつもりはない。一応、そろそろ課題が仕上がりそうなのを見計らって話を切り出してはいる。

「うどんを提供するシステムはしっかりしていますから、めんと出汁と具が良ければ味も良くなります。中に入れるものは販売機を設置する人が独自に用意するので、販売機ごとに味も具も変わるんです」

「そうか。メーカーが一律にめんや出汁を用意して、同じ自販機から同じものが出てくるというのじゃないのか」

同じメーカーの同じデザインの自販機なら、だいたい同じものが入っていると考えがちだが、現在も稼働するめん類自動調理販売器はそこに特徴がある。

「看板は同じでも中身は別物というわけです。だから案外こだわりの味も出しやすく、機械的なのに個性的になって、そこがまた魅力だともされるそうです」

自家製のめんを入れることもできれば、具も油揚げ、天ぷら、肉、かまぼこ、ご当地の名産等々、自由にできる。出汁も関西風や関東風と変化させられるし、これにもその場所ならではの食材を反映させられる。

「ただシステム上、中にセットできる器の数には限界がありますし、同時に販売できる種類も限られます。置かれる場所が減っていくのも現代では仕方ないでしょう」

設置はされていても二十四時間動かされていないものもあるというし、品切れとなっても補充まで時間がかかる場合もある。

「機械の製造も終了しているため、修理するにも部品がなく、修理不能の販売機の部品を流用して整備するなどしてもいますが、現在稼働しているものが完全に壊れれば、それまでの文化かもしれません」

試しに食べてみるなら今のうちの文化のはずだ。

「それで、そんなうどんの自動販売機がどうしたんだ？」

九郎があらためて胡散臭《うさんくさ》そうな目を岩永に向けた。恋人に対する親愛というものが感じられない。日曜日の昼間に岩永がわざわざ話題にするのだから、面倒に巻き込む気に違いない、という思考が見て取れる。この男は可愛《かわい》い恋人にそんなあからさまな猜疑《さいぎ》を表すとは、どういう神経をしているのか。

ただ、その通りではあるのだが。

「ええ、それにまつわる都市伝説が、三年ほど前からネットでぽつぽつと語られるようになっていまして」

岩永は肝心の部分へ少しずつ話をつないでいった。

「その都市伝説はこんな話です。深夜、山間部で人気《ひとけ》がなく、コンビニどころか人工的な光もろくにない国道を車で走っていると、突然、ほの明るいプレハブ小屋が先に見える。周りは真っ暗でやはり人気はない。何だろうとスピードを落とすと休憩所らしい。ちょうどいいと車を駐めて中に入るが誰もおらず、古びたテーブルと椅子《いす》が数個あって、その奥にうどんの自販機がひとつだけ置いてある。他に飲料の自販機といったものもない。うどんの自販機だけとは珍しいと思いながら、試しにコインを入れると、普通に三十秒ほどで取出口に器が出てくる」

九郎は、岩永も必然性があってうどんの自販機の話をしていると判断してか、耳を傾ける姿勢にはなった。

「器を手にするとそこには謎《なぞ》の肉が載せられた温かいうどんが入っている。具は肉だけでネギもかまぼこもない。やや味気ないなと落胆しながら食べてみると、これが驚くほどの美味。謎の肉も滋味《じみ》があり、こんなうどんは普通の店でもまず食べられないと感動する」

岩永は静かに続ける。

「これは絶対また来て食べよう、友人にも教えよう、と車に戻ってそこを離れるが、後日、同じ国道を通ってもプレハブ小屋に出くわすことはなく、たとえ昼間に通っても発見できない。その道をよく利用する人に訊いても、そんな小屋も自販機も見たことがない、その辺りに休憩所があったためしもないという。では道を間違えたのかと周辺を探しても同じ自販機は見つからない。ではいったいあのうどんの自販機はなんだったのか、載っていた肉はなんだったのか」

九郎がパソコンで何か検索する動作をする。都市伝説として本当にあるのか、岩永の話を確認しているのだろう。

「これが『幻のうどん自販機』または『幽霊うどん自販機』と呼ばれる都市伝説の大筋

で、遭遇例がいくつも語られています。またこのうどん自販機は、深夜の人気も明かりもない道路をしばらく走っていると突然現れる、といった点は共通するものの、全国の国道や県道、市道などでの遭遇例が報告されています」

岩永が言うと、九郎も肯《うなず》いた。

「ああ、確かにネットで話題になってるな。バリエーションも複数あるみたいだが」

「謎の肉が載ったうどんを食べるところまではそう変わりませんが、食べた人物がその後幸運に恵まれ、宝くじに当たる、恋愛が成就する、墜落する飛行機に乗らずに済む、といったものや、逆に、ペットが不審死する、食べた当人が死ぬ、家が地割れに呑《の》まれるといった不幸になるものがあります」

こういう不思議なものに遭遇する種類の怪異や都市伝説はよくあり、その後に幸福もしくは不幸をもたらすというのもよくある展開だ。

「その都市伝説がどうした？　そう知られた話でもなさそうだし、これくらいの作り話なら現実に影響を与えるものでもないだろう」

「ところがですね、そのうどんの自動販売機、幻でなく実在するんですよ。実際にそれでうどんを食べた人がその通りの体験をネットに書き込み、話が広まってしまって都市伝説と呼ばれているだけで」

「待て、それは伝説ではなく事実になるぞ」

九郎はまた猜疑心に満ち満ちた目を向けてきた。岩永は右手を前に出して恋人が反論を重ねそうなのを制する。

「まあ、聞いてください。実在しても別に幸も不幸ももたらさず、禍々《まがまが》しいものじゃあないのです。そういった部分は完全に尾ひれがついたもので」

岩永とても実在を知ったのは相談を受けた最近であり、またややこしいことを、と渋《しぶ》い表情になったのだ。

「もともと妖怪の化け狸《だぬき》達のうち何匹かがうどん作りに凝《こ》るようになって、仲間に食べさせていたんです。その評判が良く、ならこれは他の化け物や妖怪達にも食べてほしいと思うようになりまして。そういう時にうどんの自動販売機というものを知ったので、これは便利とプレハブ小屋もしつらえ、地域の妖怪がいつでもそこに訪れて自由に食べられるようにしたんです」

九郎はまずどこから糾弾したものか、という風にパソコンのフレームを指で数回叩《たた》き、次にため息をついて言葉を発した。

「妖怪がうどん作りを趣味にするのはいいとしよう。小豆《あずき》を洗ったり薬を作るといった伝承のものもいるし、豆腐小僧も最近は手にする豆腐を自分で作るというから。だとしてもなぜ自販機で提供するんだ。屋台でいいだろう。その方がまだ妖怪らしい。のっぺらぼうの話で知られる『むじな』も屋台だ」

『むじな』に登場するのはそばの屋台だが、九郎の主張はもっともである。岩永も相談に来た化け狸に質《ただ》したものだ。

「自販機だと、誰もが二十四時間いつでも食べられて素敵と言うんですよ。妖怪や化け物はそれぞれ活動時間が違ったりしますし、屋台だと長時間開けておくのは大変です。化け狸を苦手とする妖怪も利用しづらいでしょう。自販機なら食べる方も訪れる時間や顔を合わせるのに気を遣わなくて済みます」

「だとしても怪異が文明の利器を」

「文明開化に合わせてその種の怪異も生まれますよ。幽霊船に幽霊機関車、幽霊タクシーや怪異バス、ラジオやテレビの怪異もよくあるものでしょう。なら怪異由来の自動販売機があってもいいじゃあないですか」

とはいえその自動販売機自体が怪異になっているわけではない。化け狸達が壊れて廃棄されたうどん自販機を偶然手に入れ、妖力《ようりょく》を注ぐことによってうまく動くようにしているだけである。妖力を注入すると新品同様にきちんと動き、力が切れるとまるで動かなくなるという。

「ただうどんの自販機とプレハブ小屋はこの世とは別の空間、異界に置かれ、普通の道からそこにつながるようにしてあって、その境界をうまく越えるとやって来られる、という形になっているんです。迷い家《まよが》、隠れ里みたいなものですかね」

ある程度知られた別の怪異を持ち出したが、九郎もそれらを聞いたことがあるのか、腕を組んで考える顔になった。

「迷い家に隠れ里か。いつもの道を歩いていたはずなのに、突然見知らぬ家が現れたとか、見たことのない里に踏み入ったとかいう話だな。後日同じ道を通って再びそこを訪れようとしても、なぜか見つからないというのもその自販機と同じになるな」

うどんの自販機が突然出現する現象というよりは、それが置かれている場所に突然迷い込む現象に本質があるのだが、都市伝説ではうどんの自販機自体が不可思議なものとして語られている。

「そのため化け物でもないと境界を越えられず、人間はその自販機を利用できないんですが、まれに時と場所と波長といった条件が揃《そろ》ってしまい、人間がひょいとそこに紛《まぎ》れ込《こ》んでしまって、うどんを食べられることがあるんですよ。なので当然、また同じ道路を通っても条件が揃わなければその空間に入れず、プレハブ小屋も自販機も見つけられません。そんな人がネットに体験を書き込み、化け狸のうどん自販機が都市伝説になってしまったんです」

岩永の感触では、化け狸達はどうも人間がその自販機を利用する機会が一定数発生するよう、わざと異界に紛れ込みやすくしているのでは、という疑いもあった。

自分達が作ったうどんを、化け物だけでなく人間が食べて賞賛するのに喜びを感じている風なのだ。普段うどんを食べない化け物に味を褒められるより、うどんを食べ慣れた人間が絶賛する方が嬉《うれ》しいのはわかる。

「もちろん、ネットに書き込んでいる人が皆そんな経験をしているわけでもありません。元の体験談を見た人が面白半分で似た話を作り、大げさな内容にして拡散させている例も多くあります。そのため、自販機の置かれた異界に入れる場所はある地域に限られているんですが、遭遇例が全国で報告されているんです」

都市伝説はそうして広がる側面があるため、まるで関係のない要素が加わって真実と違うものになりもするのである。

九郎は検索結果が並んでいるであろうパソコンの画面に目を遣《や》り、しばし後に常識的な懸念を言った。

「そのうどん、人間が食べて大丈夫なのか？」

「狸が作っていますからね。保健所に検査に入られれば言い訳できません」

化け物が食べる分には大丈夫だろうが、人間が食べるとどうかまでは岩永も責任を持てない。現在のところ深刻な健康被害を訴える書き込みや、狸の毛が入っていたといった記述はインターネット上に見られないので、狸達にも配慮はあるのだろう。

「保健所も都市伝説は管轄外だろうからそこはいい」

「火は通っているので、最低限の安全性は確保されていると思いますが」

「いや、それより具として入っているという謎の肉だ。その正体はなんなんだ?」

うどんに載っている肉が謎なのが、この自販機をいっそう都市伝説らしくしている点でもある。きつねうどんや天ぷらうどんが出てくれば異質性はなく、奇談としての訴求力《そきゅうりょく》は落ちるだろう。また何の肉かわからないからこそ情報が欲しいと、食べた人間が経験を外部に語りやすくなっている。

さておき、妖怪が用意している謎の肉を人間が知らずに食べているとなれば九郎もどうでもいいと放っておけないのだろう。

「狸の作る汁物と言えば、昔話の『かちかち山』がありますね」

「それは大丈夫じゃない例だ」

あまりに大丈夫ではないので、本によってはその場面が完全に削除されていたりする。昔話から残酷な描写が削られるのは珍しくはないが、これは最たる例だ。

「冗談です。その時々に山で獲《と》れた猪《いのしし》や鹿《しか》、兎《うさぎ》の肉を使っているそうですよ。現代的に表現すればジビエ料理ですか」

「そんな洒落《しゃれ》た言葉で済ませていいのか」

「普通に食べられる肉ですし、そこを問題視する必要はありません」

日本では牛や豚の肉は食べる機会は多いが、その他の野生動物の肉となると日常で目にする機会も少ない。その中で猪や鹿の肉がうどんに載せて出されるから、謎の肉と形容されてしまうだけである。

化け狸達としても牛や豚より野生のものが手に入りやすいから使っているだけであって、人間に負けない特色や化け物が作っている気配を出そうという意図はないだろう。それでも納得いかないのか眉間《みけん》に皺《しわ》を寄せている九郎に、岩永は右手をかざした。

「問題なのはここからです」

「ああ、つまりそのうどん自販機を運用している化け狸達から相談を受けたんだな？　人間達の間でうどん自販機が思った以上に噂《うわさ》になり、それがある異界に紛れ込む人間が増えて困っているから何とかしてくれ、とかいう内容か？」

九郎は話の流れからそう察したようだが、もう少し厄介な相談だった。

「近くはあります。先々月の深夜、正確には四月二十五日の午前〇時頃、車で国道を走っていたとある男が異界に紛れ込んでしまい、その自販機があるプレハブ小屋を訪れるということがあったんです。ただその男、本間駿《ほんましゅん》という三十二歳の男性なんですが、殺人を犯した後だったもので」

九郎はしばらく頭痛でも堪《こら》えるようにしていたが、やがてなるべくなら先を聞きたくないのだけれど、といった口調で返した。

「殺人とは、いきなり現実的な話になったな」

岩永としてはずっと現実の話をしているのだが、抗議したくなるのもわからないではない。

「まあ、聞いてください。その時、自販機のそばにたまたまうどんの補充に来た化け狸がいて、驚いた本間駿から『こんな遅い時間に補充するんですか』とか『飲み物の自販機はないんですね』とか腕時計を見たりして話しかけられたそうなんです」

「よくその本間という男に狸とばれなかったな。慌てて人間に化けたのか？」

「自販機にうどんと具を入れた器をセットするために、もともと人間に化けていたんです。自販機そのものは人間用ですから、人間の姿の方が扱いやすいのは道理でしょう」

狸のままでは器も持ちにくく、扉も開けづらい。

「本間駿は殺人後とあって食欲はなく、長時間の運転を休むためにそこに寄っただけだそうですが、人間に化けていた狸から勧められたのを断れず、謎の肉が載ったうどんを食べ、車に乗って去っていきました。ただ何しろうどん自販機があるのは異界であって、入った所と同じ所へ出て行くとは限りません」

九郎はまだ話の方向性がつかめないのか、黙って聞いている。

「出る場所が極端にずれるということはないんですが、峠の登りでその自販機のある所に入ったのに、そこから離れればすぐ峠を越えた麓《ふもと》に出ていた、ということも起こるんです。つまり本来なら目的地まで二時間かかるのに、実際は一時間で着いてしまった、なんてことも起こります」

九州の道路脇《わき》で自販機を利用したのに、そこから離れたら数分で近畿《きんき》にいた、とまではならないが、場合によっては五十キロメートルくらいの距離を軽く飛ばしてしまう時があるのだ。うどん自販機がある異界に入れる地域がそれくらいの範囲に広がっているからでもある。

「ただこの自販機のある場所に人間が入れるのは、深夜で人気もなく、周りに明かりも乏《とぼ》しい道の途上ですから、距離感覚や時間感覚が狂ってもあまり気にされません」

「カーナビゲーションを使ってると気になりそうだが」

「少々ナビがおかしくなっても、目的地に無事着けば大抵は一時的な不具合だろう、となるでしょう。利用したことのない道ならなおさらですし、帰りに行き以上の時間がかかってもどこかで道を間違えたのか、夜で他に車もなかったので速度を出し過ぎたのか、といった合理的な解釈を優先してしまうものです。この都市伝説との遭遇例を見ても、時間や空間のずれについて触れたものはありません」

後であれが都市伝説のうどん自販機か、と気づいても、カーナビゲーションの異常や時間感覚の歪《ゆが》みとは関連づけられていないのである。この都市伝説が、体験者が怪異の中に入るのではなく、怪異が日常に入って来る、という解釈をされているので、空間的な異常に触れられないのだ。

「本間駿はうどん自販機のあるプレハブ小屋を離れた後、隣の県の海辺まで行ったそうです。殺人後に気持ちを落ち着けるため当てもなく車を走らせ、途中で思いついて海に向かったと警察で供述しているそうです。その殺人が偶発的なものだったため、混乱してそういう行動になったわけです。海に着いたのは本人の証言では午前一時頃。うどんの自販機の所にはさっきも言いました通り、午前〇時にはいました」

「自販機の所で時計を見たんだったな。深夜に商品の補充に来ているのに出くわせば、驚いて時間を確認するのも自然ではある」

「ええ、それが面倒を引き起こしたんですよ。本間駿が殺した人物、東岡宗一《ひがしおかそういち》の死体が発見され、死亡推定時刻が二十四日の午後九時から午後十一時と割り出されたんですが、その時刻内に本間駿が殺人現場からどれほど速く車を走らせても、本当なら隣県の海辺に午前一時にはたどり着けないんです」

幻とされるうどん自販機がある場所に紛れ込んでしまったがため、本間駿は怪異による近道を通って目的地にたどり着いてしまった。

九郎にも問題が見えてきたようだ。

「つまりその犯人は意図せずして殺人のアリバイを持ってしまったということか?」

岩永は肯きつつも、もう少しねじれた実状を話す。

「ただ本間氏は海辺に着くまでそのうどん自販機の所以外には立ち寄らず、狸が化けた人間以外とも接しておらず、携帯電話の電源も切っていました。車も街中や道路の防犯カメラ、監視カメラにほとんど映らない道を走っていたため、午前一時に海に着いていたと客観的に証明できるものはありません」

「だが午前〇時に自販機の所で狸が化けた人間と話してるんだろう。警察としては、その自販機がある場所次第では死亡推定時刻内に殺人現場を離れてそこへ午前〇時にたどり着けず、アリバイの証人がいるかもしれないと考えないか？　本間氏は警察でそれを言ったんだろう？」

自動販売機は理の違う異界にあるので場所などまるで無関係だが、警察と本間氏の視点からするとアリバイの成否がかかる大きなポイントになるだろう。

「もちろん本間氏は容疑者として事件のあった日の行動を訊かれています。警察は自販機の補充をしていた人物は本間氏の話を裏付け、アリバイを成立させかねないと重要視しました。しかしその供述と合致するプレハブ小屋のうどん自販機はどこを調べても存在せず、補充していたという人物も出てきません」

「正体は妖怪の狸だからな。警察もそう都合良く異界に入れないだろうから自販機も見つからないだろう」

「それどころかインターネット上に本間氏の供述とそっくりな『幻のうどん自販機』とい

う都市伝説まで見つかります。謎の肉まで符合しており、彼の主張はますます怪しくなります」

そっくりも何も、それそのものに遭遇しているので、怪しまれるのは気の毒でもある。

「本間氏が犯人であるのは間違いないのか？」

「はい。殺人現場となった被害者の家の居間には付喪神《つくもがみ》となった九谷焼の壺《つぼ》が飾られていまして、その証言から彼が犯人であるのは確定しています」

警察では証言を得られないが、化け物達の知恵の神である岩永は話を聞けるし、それらが人間の利害関係の外にいるため信頼がおけるのである。

九郎はそのやり方はいつものことだと特段質さず、岩永が何を問題としているかつかめないように問う。

「なら本間氏の主観としてアリバイは成立するが、まさかそれで自身が犯人でないとは思わないだろう。それこそ一時的に時計が狂っていたか、妙な抜け道を図らずも通ったのではと考える。警察の捜査で立ち寄ったはずのうどん自販機が見つからないともなれば、自分の記憶や時間感覚を疑って、おとなしく罪を認めるんじゃないか？」

「そもそも本間氏は警察に話を訊かれた時点ですぐ殺人を認めています。計画的犯行ではないので他の証拠も揃っていますし、もともと逃れようのないものでした」

被害者にも加害者にも企《たくら》みらしい企みのない、場当たり的に起こってしまった殺人事件と言っていいだろう。

「事件の経緯はこういうものです。本間氏は四月二十四日、日曜日の夕方五時過ぎに同い年である東岡宗一氏の、郊外にある一軒家の自宅へ話し合いのため訪れました。それというのも二人は共同で海外からの雑多な輸入品を販売、斡旋《あっせん》する会社を経営しているのですが、最近、東岡氏が違法な薬物の密輸を裏で手引きしているのではといった疑いを本間氏が持ちまして、調査した上で、事情の説明と今後の適切な対応を求めようとしたそうです」

九郎は目の前のノートパソコンで新たに検索する動きをした。事件については報道もされ、今でもインターネットで検索すれば関連記事が出てくる。

「東岡氏の違法行為は会社の経営にも関《かか》わります。調査では薬物による依存症で多数の被害者が出ており、中には死亡者もいるとわかっています。ただ決定的証拠はつかめず、東岡氏が誰かから脅されて密輸の片棒を担がされている可能性もあり、彼だけを告発しても肝心の黒幕に逃げられるかもしれません。だから本間氏は警察に行かず、誰とも相談せず、休みの日の夜に東岡氏の家でまずは話し合う形にしたんだそうです」

この辺りは新聞記事やテレビのニュースでも見聞きできた。

「話し合いは長時間に及び、東岡氏はなかなか密輸の件を認めず、かなり苦しいものになりました。黒幕はおらず、東岡氏の独断で行っているようだとはわかったそうですが。そしてすっかり夜になった時、東岡氏はテーブルにあった重量のあるガラス製の灰皿で本間氏の頭を後ろから撲《なぐ》ろうとしたそうです」

「密輸の件に目をつぶってくれそうもなく、このままでは警察に告発されるに違いなく、長時間追及されて我慢できず衝動的にって流れか？」

九郎が被害者の心理を簡潔にまとめた。

「ええ、手が出やすいタイプでもあったそうですよ。だから後先考えず、殺意を爆発させてしまったんでしょう」

経営者なのだから感情の抑制がもう少しできてもいいのでは、と思うが、追い詰められると正しい判断ができなかったりするのが人間である。常に冷静な方がおかしいと言う人もいるだろう。

「本間氏はとっさにかわしましたが、いきなりのことで体勢もままならず、さらに東岡氏が撲り掛かってくるのに夢中で抵抗しているうちに、こちらも手近にあった熊《くま》の置物をつかんで撲り返してしまったんです。その一撃が頭に当たって東岡氏は倒れ、動かなくなりました。本間氏には死んでいるように見え、事実東岡氏は即死しています」

殺人としてはまさに偶然で、責めるのも酷であろう。

「本間氏は呆然《ぼうぜん》とし、ともかくそこから逃げ出しました。指紋を拭《ぬぐ》ったり、自分が来た痕《こん》跡《せき》を消したりといったことにも頭が回らず、車に乗ってそこを離れ、なるべく人がいない方へと走ったということです」

逃げずとも真《ま》っ直《す》ぐ警察に向かえば悪い方に転がらなかったはずだが、初めて人を殺せばそういった計算もできず、怖くなってたまらずそこから逃げるというのもまた理解できる人間の行動だ。

「本間氏は混乱していたのもあって、何時に東岡氏を撲り殺し、その場から逃げたか把握していません。部屋に時計が置かれておらず、腕時計で時間を確認することもしていなかったので、話し合いがどれくらいの時間続いていたのかも覚えていないそうです。二時間以上はいたはずと供述しているらしいですが、正確にはわかりません。近隣の住人にも、本間氏がいつ来ていつ去ったのか、わかる人はいませんでした」

ここで正確な時間が判明していれば話はまた違っていたかもしれないが、幸か不幸か時間は曖昧《あいまい》になっている。

「翌日の昼過ぎ、前日は友人の家に泊まっていた東岡氏の奥さんが帰宅し、夫の死体を発見しました。奥さんはすぐ警察に連絡し、夫が前夜に本間氏と会って仕事の話をするから家をあけておいてくれないか、と頼まれて友達の所に行っていたと証言しました。なら疑わしいのは完全に本間氏ですし、警察はまずその身柄を押さえようと動きました」

九郎も警察の対応はもっともだろうといった風に肯く。

「その時にはすでに本間氏は落ち着きを取り戻し、隣県の海辺から会社に移動し、逮捕されても部下が仕事を回せるように準備していたそうです。警察は氏が会社にいると知ってそこに行き、事情を訊こうとしましたが、本間氏はその段階で殺人を認めています」

「殺人後、現場がそのままなら凶器となった置物には本間氏の指紋がついているし、前夜に二人が会う予定だったのは奥さんも知っている。認める他ないな」

「警察としては楽な展開と喜んだでしょう。本間氏は取り調べを受け、事件当夜の行動を問われて正直に話したんですが、それが図らずもアリバイを主張するものになっていたんです。本間氏はアリバイを主張しようとしていたわけではなく、警察もアリバイを確かめようとしていたわけでないにもかかわらず」

この辺りの事情は、警察内を出入りしていた浮遊霊からかなり聞くことができた。こういった刑事事件が絡む相談事は情報を得るのに苦労するのだが、今回は比較的まとまったものが手に入っている。

九郎が同情する表情になった。

「警察はさぞ困惑したろうな。当人は殺人を認めているのにアリバイがあるような話をする。さらに存在の確認できないうどん自販機の前で人とも話したという。なぜ今さらそんな嘘《うそ》の主張をするのか、と何度も本間氏に事情を訊きもしただろう」

岩永とすると本間駿に同情したいところだ。

「本間氏にしても、警察の対応から自分にアリバイがある風なので困惑したみたいですよ。確かに東岡氏を撲り倒していますし、謎の肉の載ったうどんを自販機で食べています。その自販機を警察は発見できず、都市伝説に同じものがあると言われ、なぜそんな作り話を持ち出すのかと訊かれても、実体験なのですから理由を答えようもないでしょう。だから殺人を犯して前後不覚になり、ひょっとしたら居眠り運転でもして夢でも見たのか、と現実を疑う方向に流れるのも仕方ありません」

気の毒ではあるが、アリバイが認められて殺人の罪から逃れるのも道理に反する。岩永としては強《し》いて本間駿の困惑を解いてやる必然性はない。

「警察も本間氏が一時的な錯乱から辻褄《つじつま》の合わない供述をしてしまった、として粛々《しゅくしゅく》と手続きを進め、取り調べも捜査も一段落しています。本間氏もそれで納得しています。被害者の密輸関係の捜査が別で行われているため、完全に終わったわけではありませんが、殺人については議論の余地はなく、裁判でもこのアリバイは持ち出されないでしょう」

弁護側《がわ》にも検察側にも有利になりそうになく、持ち出さない方が万事スムーズに済むと皆が判断するはずのことなのだ。

「なら何が問題となってるんだ?」

九郎が先を促《うなが》す。

「捜査に関わった刑事がひとり、そのアリバイに引っ掛かって個人的にまだ動いてるんですよ。県警のベテラン巡査部長なんですが、非番まで利用してけっこう動きまわっていて。自販機のある異界に入り込めそうな地域によく訪れて、犯人の車の目撃者を探したりもしています」

本間駿がどういうルートで殺人現場から隣県の海まで行ったか、不意の殺人後に混乱しつつ車を走らせたので当人の記憶に不正確な点も多いが、利用できる道は限られる。もしかすると他の場所にあるドライブインや休憩所の自販機の利用を勘違いしているかもしれず、つぶさに当たれば目撃者がいるかもしれないと考えているのだろう。

「化け狸達もうどん自販機が捜査の対象になったので、先月から稼働を自粛しているんですが、このままではいつまで経《た》っても再開できないと困っているんです」

九郎も岩永が相談を受けた時のように渋い表情になった。

「その刑事が自販機のある異界に入り込んだりしたらややこしくなりそうだな」

いっそ人間が利用できないよう、異界に入れる条件を厳しくすればいいのだが、まったく人間が入って来られなくなるのも狸達は寂《さび》しいらしい。

「刑事が怪異と割り切って見なかったことにしてくれたり、そこに入れれば移動距離が短くなることもある、と気づいてくれればいいんですが、期待できそうもなくて」

「自販機が実在するためアリバイがあると考え、一段落した事件を蒸《む》し返《かえ》して大事《おおごと》にしかねないかもしれないのか」

公権力と怪異が関わって良いことなどひとつもないし、その刑事にとっても不幸な展開にしかならないだろう。トラブルが増幅しこそすれ、収束が早まる見込みは薄い。

「そこまでいかずとも、刑事の動きから、事件と幻のうどん自販機の関係がメディアによって取り上げられたりすると、自販機がある異界へ入りやすい地域が特定されかねないんですよ。すると興味本位にその地域へ訪れて異界に入ってしまう人間が増えるおそれもあり、妖怪達が使いづらくなります。他にどんな弊害《へいがい》が出るかもわかりません」

「静かな地域が荒らされかねないし、狸達も困るな」

最近はメディアの取材が過熱しやすく、都市伝説に引かれて意識的にやって来る者も過剰になりやすい風潮だ。

「だから大事になる前に、その刑事が異界の自販機につながる地域に来ないようにしてもらえないか、という相談を狸達から受けまして。来年には他の地域の妖怪達にもうどんを提供しようと、自販機の場所を移動してつながれる地域を変える準備をしているといいます。だからそれまでの間だけでも追い払ってほしいと」

ならいっそ来年まで休業していれば、と提案したかったが、知恵の神たる岩永が怠惰で消極的な策を出していると妖怪達から敬《うやま》われなくなる。

「そこでなぜ本間駿が、都市伝説にあるうどん自販機を利用したといったアリバイを主張したか、という謎にもっともな理由を提示し、その刑事をうまく丸め込んでそこから追い払おうと思うんですが」

九郎は天井を見た。

「犯人にアリバイがあるのが問題なわけだから、変則的ながらそのアリバイ崩しをやらないといけないわけか？」

アリバイのない犯人に生じたアリバイを崩すというのはわけのわからない状況かもしれないが、間違いではない。ただし岩永にとってそこは要点ではない。

「アリバイを崩すだけなら、単にアリバイの偽装工作がされていたとすれば説明はつきます。難しくはありません」

九郎が眉《まゆ》を寄せた。もっとわけがわからないという反応だ。

「殺人を即座に認めている犯人が、アリバイを偽装しているのはおかしいだろう？」

「だから犯人ではなく、被害者がアリバイの偽装工作をしていたことにするんです」

さすがに九郎も付き合いが長いため、岩永の思考に追いつくのは速くなっている。そう示唆《しさ》しただけで論旨を読み取ってくれた。

「そうか。被害者の東岡宗一は自身の密輸に関する罪を隠すため、本間駿を殺す動機があるし、実際に殺そうとしてる。なら事件の日、東岡氏は本間氏を計画的に殺そうとしており、あらかじめ自分のアリバイを偽装する工作をしていた、とすればいいのか。本当は衝動的な犯行であったとしても」

「はい。死亡推定時刻も司法解剖による所見だけでは、午後六時から午後十一時ともう少し幅が出るんです。しかし東岡氏は二十四日午後七時半頃、有名なチェーン店のピザを宅配で注文し、午後八時過ぎに配達員から受け取っています。これはピザを手渡した配達員が証言していますし、注文の記録も残っており、東岡氏の携帯電話にもその店舗へ電話をした履歴があります」

配達されるピザのパッケージにも日時や受け付け店舗等、詳しい情報が記されたシールが貼られるのだが、今回のケースでは東岡宗一に襲われた本間駿が抵抗した際、もみ合っているうちにテーブルにあったパッケージを破損させ、その上に飲み物をこぼすなどしたため、それらの読み取りは困難になっていた。他の証拠から配達時間等は確定できたので警察では問題になっていないが、現代はあちこちに記録が残るため、アリバイの偽装も大変になる。

「これによって午後八時にはまだ東岡氏が生きているとされるので推定時刻は狭まります。また東岡氏の胃からは配達されたものと同じピザが検出され、その消化状況から、食後一時間以上は過ぎているものとされました。これでさらに推定時刻は狭まり、東岡氏は午後九時から午後十一時の間に殺されたと推測されました」

午後八時に受け取ったピザをすぐに食べたとすれば、食後一時間は午後九時になる。受け取ってすぐ食べたとは限らないが、消化速度も体調によって変わるため、午後九時以降というのは妥当な推定だろう。

「警察も殺人現場となった被害者の家の居間で、七割ほど食べられたピザを一枚発見しています。本間氏も話し合いの最中に、東岡氏が夕食代わりにピザを注文すると言って携帯電話を手に部屋を出て戻り、しばらく後にインターホンが鳴るとまた部屋を出て、ピザを手に戻ってきたと供述しています」

「夕食時ではあったろうけど、人生の危機的な話し合いをしている時に宅配ピザを注文するというのも余裕があるな」

「逆に緊迫した話し合いが途切れず続くのに耐えられなかったんじゃあないですか。本間氏も、東岡氏はピザの注文や受け取りで話し合いを中断させようとしていたのでは、と言っています。それで話の流れが変わるかもしれませんし。本間氏も時間的に空腹だったのと、間が保《も》たない時もあってそのピザをいくらか食べたそうです。ただし何時にピザが届き、口にしたかといったことは覚えておらず、部屋を出てもいません」

　本間駿が多くの場面で時間を記憶していないのを利用しない手はない。

「そこでアリバイ工作の余地が生まれます。このピザを配達した人物が東岡氏の共犯者で、実際にはピザを届けていないとすればどうでしょう。東岡氏の家でピザが食べられたのは、午後八時より前だとすれば」

「死亡時刻が推定よりずっと前にもなるのか」

午後八時に届いたピザが体内に入って一時間以上経過していると見られたから、死亡時刻は午後九時以降と推定されたのだ。それが午後八時より前に食べられていれば、推定時刻は午後九時以前へとさかのぼる。

「注文の記録が残っている店は有名なチェーン店です。同じピザを前もって、別の店舗で手に入れておくことができます。その用意済みのピザを、話し合いの途中で注文して受け取ったふりをし、本間氏に出して一緒に食べます。一方で午後七時半過ぎには本当にピザを注文して店舗に記録を残します。本間氏を殺害後は財布等の金品を抜き取り、死体を本間氏の車に乗せて家から離れた所に駐め、駐車中に強盗にでもあったように偽装して、その場を離れます」

「本間氏は東岡氏の家から去った後に殺された、という風にするわけだな」

「はい。車に折りたたみ自転車でも乗せておけば、そこから素早く離れられるでしょう。ただ死体の乗った車があまりに早く見つかると推定される死亡時刻の正確性が上がってしまうので、翌日の昼くらいまでは誰も気にしない所に駐めないといけません」

九郎は腕を組んで岩永の説明を吟味する顔をする。岩永は続けた。

「共犯者の配達員はピザを届けるふりだけし、その時注文を受けたピザは廃棄、店に戻って午後八時に東岡氏へピザを受け渡したと嘘の報告をします」

受け取る代金は前もって渡されているというのでいいだろう。

「そして東岡氏は午後八時半以降のアリバイを作ります。本間氏は届いたピザをいくらか食べるとすぐ東岡氏の家を離れてその後に強盗にあって殺された、という状況を偽装しました。死体として発見された本間氏の体内に一時間以上消化されたピザがあり、そのピザが午後八時に東岡氏の家に届けられ、それ以降に食べられたものとされれば、死亡時刻は午後九時より後と推定されます。なら午後八時半以降にアリバイが立てば、東岡氏は容疑を免《まぬが》れます」

食後経過時間だけから死亡時刻は推定されるわけではないが、その他の死体現象と大きな齟齬《そご》がなければ、推定時刻を誤って狭めさせる要素にはなりえる。

「ところが東岡氏は本間氏によって返り討ちにされてしまい、その計画の後半部分は実行できませんでした。本間氏はそんなアリバイ工作を知らず、午後八時より前にその場から逃げ出すことになります。翌日、東岡氏の死体が発見され、死亡推定時刻が出される際、皮肉にも氏の体内にあったピザが死亡時刻を本当のものより遅くしてしまいました」

「東岡氏も午後八時より前にピザを食べているからな。実際にピザを食べたのが午後七時で殺人の発生が午後八時直前とすれば推定時刻はそれより一時間ばかり後ろにずれ、本間氏はその分、遠くに移動できることになる。間違った死亡推定時刻の範囲内に現場を離れたのでは到底行けない場所にも行け、アリバイが成立したようになる、というわけか」

「はい。殺人の発生が推定より一時間以上早ければ、隣県の海辺に行けなくもありません。これでアリバイは片付きます」

一時間程度の余剰で本当に着けるかは、運転免許証を持たない岩永には実地検証できないが、机上ではどうにかなる距離ではある。

九郎が真面目《まじめ》な表情で岩永に向いた。

「だが疑問点がいくつかあるな。東岡氏がピザを注文した店で、配達を担当するのが必ず共犯者になる保証はあるか」

「その注文のあった店は配達の担当地区がある程度決まっていて、特にその時間帯は特定の人物ひとりになっていました」

これはすでに調査済みで、人手不足のせいでもあるようだ。九郎がすかさず次の指摘に移る。

「その配達員は警察に事情を訊かれた際、なぜ東岡氏の計画について話さなかった？　事件の報道を知れば東岡氏が返り討ちにされたと推測できる。計画が失敗に終わったならそれに沿った嘘をついても意味はなく、警察に隠し事をする分、危険じゃないか？」

「その配達員は東岡氏に弱味を握られ、共犯者として嘘の配達と証言をするよう求められていたならどうです？　そういう間柄なら、警察は二人が以前からの知り合いと気づくのは難しいでしょう。東岡氏は違法薬物の密輸をしていたそうですから、それに関係していたためアリバイの偽装に協力せざるを得なかったわけです。なら警察に事情を訊かれても嘘をつくしかありません。本当はピザを届けていないのにそのふりをしたと正直に話せば、なぜそんなことをと追及され、東岡氏と共犯関係で他の違法行為にも関わっていたとまで知られるおそれがあります。けっこうな罪に問われそうです」

これで配達員が話さない理由には足りるだろう。

「警察に打ち明ければ不利益を受けるだけ。殺人犯はすでに捕まっていますし、東岡氏の計画通りの嘘をついておくのが安全と判断して余計な告白はしないでしょう」

九郎は間を置かず三つ目の指摘を行う。

「ピザの配達員は共犯者として必要か？　本間氏を午後八時以前に殺害し、その後に注文したピザを午後八時、何も知らない配達員から受け取る計画でもいいんじゃないか？」

「可能ではありますが、ピザが来るまで家にいなければならなくなり、死体を運んで強盗の偽装にかかるのが遅れます。また根本的に、計画を知らない配達員が存在すると、その人物は東岡氏が本間氏によって返り討ちにされたがために、本間氏が逃げた後の殺人現場を訪れることになり、ピザを渡して代金をもらうことができません。そういう事態が起こっていないのですから、配達員は共犯者で、東岡氏の家に行ったという嘘の証言をしていないといけないんです」

「なら午後七時半頃に注文したピザが届いた時にはまだ殺人が起こっておらず、東岡氏がちゃんとピザを受け取っていれば？　受け取った直後に本間氏を殺す計画だったなら？」

「だとすると殺人現場となった家には七割ほど食べられたピザと、まったく食べられていない同種のピザが二つ存在することになります。警察の捜査でそんな余計なピザは見つかっていません」

見つかっていれば無視はされまい。そして第二のピザを、入っていたパッケージも含め、東岡宗一が本間駿を殺害する前に家から処分する意味はないだろうし、本間駿が慌てて逃げ出す時に処分していくわけもない。

九郎がややこしさにあきれたごとく口許《くちもと》に手を当てた。

「つまり現実と辻褄を合わせるには、配達員が共犯でないとまずいわけか」

「まずいんですよ。それ以前に共犯者を使うアリバイ偽装自体がまずいんですが」

共犯者に自身の殺人の証拠を握られれば、後の憂《うれ》いになりかねない。使わない方法があるならそちらを取るべきだろう。九郎も同意らしい。

「そうだな、それに警察に間柄の知られない共犯者を用意できるなら、被害者の死亡時刻を誤認させるなんて際どい計画を立てなくていい。殺人があった時、その共犯者に自分が別の場所にいたと嘘の証言をしてもらえば済むだけだ。それが通じる状況で殺人を行えばよりいっそういい」

まったくもってその通り。本間駿と二人だけで会っているのを他に知っている人間がいる時間帯に殺人を行うのに無理があるのだ。

「ただ人間、無理な計画を最善と勘違いして実行する場合もあるわけで。現実に行われなかったとは言えません」

「じゃあ捜査をしている刑事にその失敗に終わったアリバイ工作をそれとなく話して、だから犯人に妙なアリバイが生じたと納得させるわけか?」

岩永は肩をすくめて首を横に振った。

「ところがその刑事も被害者によるこのアリバイ工作の可能性には独自で気づいているんです。証拠探しも試みています。でもそんな工作はされていないので証拠が出てくるわけもありませんし、ピザの配達員も共犯者ではないので関係性も見つかりません」

この配達員はまったく無関係の人間だ。

「仮説として成り立ちはしますが、無理のある計画なので説得力も低いです。無事実行できたとしても警察に見破られるだろう工作です。そんなものを私が普通に話したところで納得するはずがありません。それに本間氏が存在しないうどん自販機を利用したと供述していている理由も腑《ふ》に落ちていないようで」

「アリバイの説明がつくだけではダメなのか?」

「本間氏の供述は最初から一貫しており、うどん自販機に関しても細部まで明確で、自販機が見つからないこと以外は矛盾がありません。なのにそこだけ夢を見ていた、混乱していた、と片付けるのに違和感があるようなんです。刑事の直感として、本間氏は真実を語っているか、そういう嘘をつくと最初から決めていた、という風に思わざるを得ないのでしょう」

九郎は顔をしかめて頭をかく。

「犯人が事件後に都市伝説に遭遇していたという供述が無意味に思えない、何らかの意図があるのではと感じるわけか」

「都市伝説といった不可思議そのものを信じていないのでしょうね」

盲信するのも危ういが、残らず排除するのも不健全だ。

不可思議なもの達の知恵の神たる岩永はそう思う。

「刑事にそんなものの存在を前提に捜査されたら世も末だよ」

九郎は話に関心を失ったようにパソコンのキーボードを叩くのを再開した。課題に戻ったらしい。

岩永はその態度に気を悪くしながらも続ける。

「それで捜査をやめさせるにもその刑事と接触しないといけないんですが、なるべく人気のない所で偶然会ったという感じにしたいですし、その刑事は車に乗ってあちこち動いているので、こちらも同じく車で移動できる方がいいんですが」

空を飛べたり人を背負って山中を走り回れる妖怪に助力を頼む方法もあるが、ここに遣転免許証を持つ恋人が力を貸すのが筋ではないか。

「その刑事は今夜、また独自に動くようなんですが、ひとつ遠出をしませんか」

以前、作った豚汁を食べたいからと誘いを断ったことがあったが、今回は朝からそんな料理をしていないし、アルバイトが入っていないのも確認済みだ。断らせるつもりはない。キーボードを叩いてはいるが、課題がほぼ終わっているのも見えている。

いつもながらこれくらい周到に話を運ばないと一緒に来てくれない恋人というのはどうなのか、と岩永も根源的な懐疑にとらわれなくもないが、背に腹は替えられない。

九郎はファイルを保存する動きをし、諦念《ていねん》を感じさせる口調で言った。

「やむをえないな。どこへ付き合えばいい？」

口調こそ素直でなかったが、岩永が拍子抜《ひょうしぬ》けするほどあっさり承諾した九郎だった。


梶木大悟《かじきだいご》は日曜の午後十一時も過ぎた真っ暗な国道を車で走っていた。無駄なことをしているかもしれないという自覚はある。現在五十五歳、県警の捜査一課で巡査部長。長いだけあって現場では信頼を受けてはいるが、階級が今より上がる見込みはなく、今回の件で何か見つけたとしても、褒められるかどうかも曖昧だ。仕事を増やすなと叱責《しっせき》されかねない。

あの事件の犯人は本間駿で間違いない。本人も任意同行される前から認めており、物証も揃っている。裁判でもくつがえりはしないだろう。

だが取り調べ当初に主張していた事件当夜の行動が、時間的な問題を抱《かか》えていた。被害者の東岡宗一を殺害後、混乱しつつも車で隣県の海辺に向かい、途中の午前〇時に休憩所に立ち寄って自動販売機のうどんを食べ、午前一時に海が見える場所に着いたというのだ。

被害者の死亡推定時刻は午後九時から午後十一時。どう車を走らせても、午後九時から四時間で隣県の海辺にたどり着くルートはなかった。ただ午前一時というのは本間駿が時計を見て確認しただけで、見間違えもありえる。本間当人もそれを認めている。

だが休憩所のうどん自販機はそれで済まない。そこで本間は販売機にうどんの補充に来ていた人物と会い、午前〇時と確認している。そこに十五分くらいいて、また海に向かったと言っている。

この補充に来ていた人物は時刻を正確に証言できる見込みがある。そして自販機が殺人現場から午前〇時に到達できない場所にあれば、本間のアリバイは成立してしまう。

ところがそのうどん自販機だけの休憩所は見つからなかった。補充に来ていた人物も見つからなかった。それどころかその自販機にそっくりな話が、インターネット上で都市伝説として語られている。その自販機は作り話なのだ。

この時点で捜査員のほとんどは、本間のアリバイに関心をなくした。事件当夜、本間は殺人を犯したのもあって錯乱していたか、どこかで無意識のうちに聞いたうどん自販機の都市伝説を居眠り運転中に夢で見て現実と混同した、といった見解に流れた。

本間自身もうどん自販機が見つからず、都市伝説に同じものがあると言われると困惑した反応をし、そんなわけが、と数日信じられない様子であったが、最終的に夢でも見ていたのかも、とそれらについて語るのをやめた。

そもそも最初から犯行を認めている本間がアリバイを争う意味がない。真犯人をかばっている線はあるが、かばうつもりならアリバイが立ちそうな供述は初めからしないだろう。少なくとも何時にどこにいたかを詳細に語る危険は冒すまい。

他に犯人になりそうな人間は確かに複数いる。東岡宗一は被害者ではあるが、その死を惜しんだり同情する声はほとんどない。行っていた密輸の実態に関してはまだ調査が続いているが、違法薬物で死者が出ているのまで確認され、取引上での恨みも見られる。

本間がやらなくてもいつかは誰かに殺されたかもしれない人物であった。少なくとも遠からず警察に捕まっていただろう。ただ本間は東岡の不正を調査したが、証拠は十分ではなく、警察に訴えても捜査はなかなか進まなかったとも思われる。本間があそこで殺したおかげで、後々出るかもしれなかった被害者の数が減ったという見方もできた。

状況からして、本間は傷害致死か過剰防衛、正当防衛まで認められるかもしれない。殺人後、逃亡せずにすぐ自首していればもっと有利であったかもしれないが、そこまで冷静な行動を求めるのもどうか、という見解もある。会社経営者と言ってもまだ三十代前半であり、殺人後に冷静であった方がかえって怪しいだろう。

このまま終わってどこも支障のない事件だ。だが梶木はどうしても引っ掛かる。刑事としての長年の勘だ。本間の奇妙な供述には裏があるのではないか。裁判になって取り返しのつかない結果をもたらすきっかけになるのでは。その感覚から、ひとりでも調べるのをやめられないでいた。

事件自体はまだ手を離れていない。今、新たに有力な手掛かりをつかめば、本部を動かせるかもしれないし、本間駿をあらためて取り調べることもできる。

梶木は現在、山の中を通る国道の途中にある休憩所に向かっていた。そこは幻でも何でもなく、この道を利用する者に昔から知られた場所だ。東岡宗一の家から隣の県の海まで向かう道の中で、唯一うどんの自動販売機が置かれている場所がそこなのだ。もしかするとそこに立ち寄ったのを本間は勘違いしたのでは、といった意見も捜査会議では出た。

しかしその休憩所はうどんの自販機一台の他に飲み物の自販機が三台置かれ、十人以上が使用できるテーブルと椅子も並べられている。古びているとはいえプレハブ小屋とは見えない建物で、本間の供述とまるで違った。うどんの自販機も天ぷらうどんを提供しているだけで、肉うどんは扱っていない。事件当夜にうどんの補充にも来ていないという。

そしてもし午前〇時に本間がここに立ち寄っていたとすれば、アリバイは成立する。現場から遠過ぎるのだ。だから勘違い説はそれ以上議論されなかった。

梶木は非番や空いた時間を利用して事件を調べ直しているが、これといった進展が見られず、今夜、何か手掛かりはないかとその休憩所まで車を走らせることにした。日曜の深夜にここに定期的にでも立ち寄る者がいれば、本間の車と遭遇しているかもしれないといった期待もあった。

すれ違う車はほとんどない。真っ暗で景色も代わり映えせず、こんな道を殺人後に走っていれば、ハンドルを握ったまま夢や幻覚を見るのだろうか。信じがたい話だ。

進行方向に休憩所の看板が見え、そこだけ人工的な光のある建物が視界に入った。梶木はそのがらんとした駐車スペースに車を入れる。十台以上の車が駐められる広さがあったが、自分の車以外は自転車ひとつ置かれていない。

梶木は車を降りた。山の木々がうっそうと周りを囲み、暗さもあいまってこの世の果てのようだ。建物の明かりもけして強いものではなく、蛍光灯の寿命が近そうだ。

長距離トラックの運転手などはこういう休憩所はトイレも設置されていて助かるのだろうが、ひとりでふらりと立ち寄る所ではないだろう。あまりに静かで人里から遠く、ここで犯罪があっても助けられる者もいまい。携帯電話の電波も不安定である。

梶木はともかく、その休憩所に入ることにした。過度の期待はしていないが、下界と隔《かく》絶《ぜつ》している場所にひとりいれば、これまでと違った発想を得られるかもしれない。

そうして横にスライドするドアを開け、休憩所内に足を踏み入れると、意外にもひとり、先客がいた。

若い娘だった。少女と呼ぶべきかもしれない。ふわりとして肩にかからないくらいの長さの、薄い色の髪をした幼《おさな》い外見の娘だった。ベレー帽をかぶり、西洋人形のような装飾とデザインを施した高価そうな衣服を身につけ、かたわらに赤色のステッキを置いて椅子に座っている。そんな娘がプラスティックの安っぽい器に入ったうどんを割《わ》り箸《ばし》で食べていた。それも恐ろしく不機嫌な、凶悪犯でもたじろぎそうな険《けわ》しい表情で。

梶木は刑事として滅多《めった》に動じないつもりであったが、そのあまりの異様さには立ち尽くしてしまった。

まずその娘の姿がこの場においておかしい。娘はどう見ても深窓の令嬢か、ショーケースの中の人形だ。日付が変わろうかという時刻、山中の古ぼけた休憩所にひとり座っているはずがないものだ。あまりにそぐわな過ぎる。

さらに休憩所の駐車スペースに梶木の車以外はなかった。徒歩で来られる立地ではない。民家も周辺数キロにあったかどうか。ならどうやって娘はここまで来たのか。

「こんな可愛らしい娘がなぜこんな所にひとりでいるのか、と今思いましたね」

娘が突然、梶木の方に不機嫌なままの目を向けて言った。

「またどうやってここまで来たか、とも思いましたね」

梶木の心を読んだように娘は重ね、さらに告げる。

「あなたは今、この娘はサトリの化け物ではないか、と思いましたね」

「それは思っていないな」

サトリの化け物とはなんだと思いながら梶木は返したが、その後で妖怪の名前だったかと気づいた。子どもの頃に聞いた覚えがあり、確か人の心を読み、相手を襲うとかいう設定だったのではないか。

そんなものが現実にいるわけがなく、娘の立場からすれば休憩所に入って来た梶木が足を止めて自分に注目しているならそんな考えをしているだろう、くらいは推測できる。そして娘にそれができるなら、外見ほど幼くはないのだろう。

「まあ、戯《たわむ》れはさておき、聞いてください」

娘は憤懣《ふんまん》やるかたないという風に語り始めた。

「今夜、恋人の運転する車で一緒にここにある自販機のうどんを食べに来たのですが、ちょうど着いた頃、恋人の携帯電話が鳴りまして」

娘は車の免許証を持つ恋人がいるくらいの年齢らしい。

「電話はアルバイト先からで、恋人でないとわからない管理のトラブルが発生したとかで、指示を求めるものでした。恋人は電話で伝えようとしたのですが、この辺りは電波状況が悪く、うまく会話が続かないので、つながりやすい所に移動しようとなりまして」

梶木にも事情がつかめてきた。

「そこで恋人は、お前はせっかくだからうどんを食べて待っていなさい、と私を置いて車に乗り、ひとりここを離れたのです」

だから駐車場に他の車がなかったのだ。

「それから二十分経ちますが帰ってきません。連絡もありません。こんな所に私ひとり放置して心配ではないというのでしょうかっ」

確かに夜中でなくとも、可愛らしいといって差し支えのない娘を放置していい場所ではない。恋人として薄情というよりは作為的に嫌がらせをしているとも取れる。

休憩所の奥へ歩き出した梶木は苦笑しつつも、娘の話を全《すべ》て真実とは捉《とら》えがたかった。

「その割には、きみはこちらを警戒しているようでもないな」

梶木はお世辞にも人相がいいとは言えず、体格にしても威圧感のある方だ。駅の待合室でも二人きりになりたい相手ではないだろう。

娘は鼻を鳴らしてうどんを割り箸で持ち上げる。

「刑事さんを警戒するほどやましい生活をしていませんので」

梶木はまた動きを止めた。

「なぜ俺を刑事と思った？」

「そういう雰囲気をされているもので。違いました？」

娘は平然と答える。梶木は迷いはしたが、ここは正直に肯定しておいた。

「違ってはいないな」

「では警戒しなくていいでしょう」

娘は小さな口でうどんをすする。箸使いは滑《なめ》らかで、座る姿勢も毅然《きぜん》とし、育ちの良さを感じさせた。ここにいるのがますます似つかわしくない。うどんの自販機には密《ひそ》かなファンが多いらしく、この娘も身形《みなり》にそぐわずそういった趣味の人間なのか。しかし恋人と来るにしてもこの深夜はどうだ。

建物の中を見回す。うどんの自販機が奥にひとつ、手前にペットボトルや缶の飲料のものが三台並べられていた。この空間をうどん自販機が一台だけと見間違うなら、よほどの乱れた心理状態だろう。

梶木はしばらくここにいるつもりであるため、うどんを食べるべくその自販機に娘の横を通って向かったが、後ろから愉快そうな声がかかった。

「うどん自販機と言えば、それがアリバイに関わるといった事件がありましたね」

反射的に振り返ってしまった。本間の事件で、うどん自販機のことは不確か過ぎてマスコミには伏せている。独自に情報を得ているメディアもあるだろうが、扱いかねるのか事件が地味なせいか、まだ表に出ているのは見ていない。

娘は割り箸を立てて梶木と目を合わせる。

「事件関係者と知り合いなんですが、犯人とされる本間という人が事件当夜、都市伝説で幻とされるうどん自販機を訪れていて、それが立証されればアリバイが成立するとかどうとか。刑事さんはいわば身内の話ですから、耳にしていませんか？」

警察関係者が知り合いに、ほぼ結論が出ているからと変わった事件があると話したのか。それとも本間駿の関係者が話したのか。そして娘が事件に関わる梶木へその話を切り出すとは、偶然だろうか。うどん自販機と刑事の取り合わせから連想してもおかしくはないが。

梶木は娘の意図を探るためにも、慎重に答えた。

「幻のうどん自販機とかいう都市伝説は知っているが、事件については知らないな。同じ所轄で起こった事件でも、まるで知らない時もあるからな」

「そんなものですか。まあ、事件としてはほぼ解決済みだそうですし、本間さんは殺人を認めていますし、警察が都市伝説の自販機を利用した、なんて話をまともに扱うわけもありません。それに妙なアリバイの主張も、大した謎ではありませんからね」

「どういうことだ？」

娘の調子があまりに軽かったため、梶木は鋭利に訊き返してしまった。こちらが悩んでいることをそう言ってのけるとは、関係者から特別な情報を得ているのか。恫喝《どうかつ》的になったかと焦ったが、娘は怯《おび》える素振りもなく割り箸の先で宙に円を描きながら言う。

「本間さんがアリバイ工作をしたのではなく、被害者が本間さんを殺そうと前もってアリバイ工作をしていたのに返り討ちにされたため、本間さんにあるはずのないアリバイができた、と考えていけば説明がつきますから。詳しくは教えてもらえませんでしたが、被害者の死亡推定時刻には幅があるそうで、共犯者がいればどうとでもなる感じでしょう」

梶木は幾分力を抜いた。

「どうだかな。そのアリバイ工作が現実的なものになるかどうか」

ピザの配達員が共犯で、食後の経過時間を誤認させるアリバイ工作を梶木も思いつきはしたが、計画として強引さが否めない。配達員を調べても被害者とのつながりは欠片《かけら》も見つからず、実行されたとは考えづらい。もし配達員が共犯者としても、もっと単純なアリバイの証人に仕立てるのが普通だろう。娘の考えは浅い。

「第一、それだと本間とかいう犯人は、本当に作り話の自販機を利用していたことにならないか？　そんなありもしない自販機をどうやって利用できる？」

アリバイとして作り話の都市伝説をわざわざ持ってきたことに何か意味があるのでは。梶木はそこに引っ掛かっているのだ。取り調べでは夢でも見ていたのだろう、で片付けられても、本間がそんなあやふやな記憶で語っていると感じられなかった。真実を話しているか、意志を持ってそれを語っているとしか取れなかったのだ。

娘はどこか憐《あわ》れむ目で梶木を見る。

「だから本間さんは利用していないのでしょう。本間さんが主張した時間や場所はほとんど嘘じゃあないですか」

娘の発言をすぐには理解しかねた。一拍置いて、娘は梶木の知りたい本質を指摘したのではないかと問い直す。

「なら、本間はなぜそんな嘘をついた？」

娘は衣の形がすっかり崩れた天ぷらを口に運び、自明の理のごとく述べる。

「だから本間さんは、被害者がアリバイ工作をしていたけれど返り討ちにあった、という状況を偽装したかったんです。そのため警察ではあるともないとも立証できない不確かなアリバイを提示しておく必要があったんですよ」


梶木は手近にあった椅子を引き寄せ、娘と距離を取って座った。この娘の正体はわからない。近づかない方がいい、という勘まで働いている。

だが、娘の言葉から耳を離せなかった。

娘は器に口をつけて傾け、出汁を一口飲んでから語り始める。

「本間さんは後ろから操られ、抵抗する弾みで相手を殺してしまった、と警察で言っているそうです。よって罪としては傷害致死か正当防衛、過剰防衛といったところになります。ただ正当防衛は全般的に認められにくく、傷害致死でも執行猶予がつくかは微妙でしょう。被害者に殺意はなく、ただ激昂《げっこう》して揉ってしまっただけかもしれませんから。しかしもし、ここに被害者があらかじめアリバイ工作をしていた、という証拠が出てくればどうでしょう?」

そんな証拠が存在しえるか。梶木が答えを探す前に娘が言う。

「例えば被害者にアリバイ工作を持ちかけられたという共犯者が裁判の時に現れ、被害者に弱味を握られてやむなく手伝った、と証言すれば? またその共犯者の弱味は自分の犯罪に関するもので、それが露見するのを恐れて警察の捜査段階では黙っていたと言えば?」

共犯者はピザの配達員だ。それが関わるアリバイ工作は何とも危うく、梶木は可能性を除外したが、その配達員が出てきて証言すれば、東岡宗一はそんな危うい工作をしていたと信じざるを得ない。犯罪者が必ず賢明な計画を立てるとは限らないのだから。

「ならその共犯者はなぜ裁判になってからわざわざ証言することにした?」

「弱味を握られたからとはいえ本間さんの殺害計画に荷担したのは事実で、その良心の呵《か》責《しゃく》に耐えかねた、というのはどうです?」

月並みであるが、理由としては足りるだろう。

そして娘は微笑《ほほえ》みを浮かべる。

「さらに自分に不利な事情を明らかにしての証言ですから、信用度も高いでしょう。被害者はアリバイ工作をし、本間さんの殺害を計画していたと認定されます。これで被害者の本間さんへの殺意が立証されるんです」

殺意。東岡宗一が本間駿を殺そうとして返り討ちにあった決定的証拠。

梶木は口に出してしまった。

「被害者の殺意が裁判で立証されれば、正当防衛が認められる見込みも高くなるかっ」

簡単な目的だった。犯人は自己の利益のために行動する。工作を行う。

「ならその共犯者は被害者の共犯ではなく、本間の共犯なのか？」

「はい。被害者の共犯に見せかけた犯人の共犯です」

梶木はうどんをすする娘に戸惑いながらも、その説明に引き寄せられた。違和感のあったものが正しく配置されるのを感じた。

「すると事件の構図がまるで変わるぞ。正当防衛を認めさせるための共犯を前もって用意していたとすれば」

「本間さんの殺人は偶発的なものではなく、計画的なものになりますね」

東岡を計画的に殺す動機が本間にはあるか。ある。

本間は東岡の密輸に関する証拠をつかめず、その不正をただちには止められなかった。

不正によって死者が出ているにもかかわらずだ。なら正義感から東岡を思い切って殺すといった選択肢も出る。その死者の中に本間の関係者がいればより強い動機にもなる。

それで本間は計画を立てて東岡を撲殺し、不正の告発を恐れた東岡に口封じで殺されようとしたのを返り討ちにしてしまった、という状況の偽装を行った。ピザの注文も東岡の携帯電話ですればいいし、東岡の胃から見つかったピザは、本間があらかじめ購入して持ち込み、食べさせればいい。

「だがそんな共犯やアリバイ工作の偽装を用意しなくとも、返り討ちにしてしまったという偽装だけで執行猶予つきの判決くらいは得られる公算は大きいんじゃないか？」

「それが一番いいですが、確実ではありません。だからアリバイ工作を証言させる共犯は一種の保険でしょう。裁判の流れ、検察側の方針で判決が重くなりそうな場合に使う切り札です。何もせずとも軽い判決が出そうなら、その共犯者は伏せたままになります」

警察に捕まらず逃れ続けるのは難しい。精神的な負担も大きいだろう。なら警察に敢《あ》えて捕まり、軽い判決でしのぐのもひとつの手段だ。執行猶予がつけば刑務所に入らずに済み、一度判決が確定すれば二度と同じ罪では裁かれない。

捕まらない方法ではなく、捕まった後の策こそ最善。それも二段構えの安全策。

「それで警察に確認が取れない、都市伝説のアリバイを主張したのか？」

「はい。下手にきちんとしたアリバイがあった場合、詳しく警察に検証されてはどんなミスや矛盾が指摘されるかしれません。偽装のアリバイ工作はかなり強引なものになるでしょうから、捜査段階で気づかれ、深く調べられるのは避けたいでしょう。できれば警察にはアリバイを問題にしてほしくないんです。しかし被害者がアリバイ工作をしていたから本間さんにアリバイが生じた、という状況に見せたいので、アリバイを主張しておかなければなりません。あらかじめ取り調べで主張しているから、それを説明する解答が提示された時、印象的で効果的になるのです」

だから警察が調べようのない、成り立つかどうかも不確かな奇妙なアリバイを主張しておくのか。そして裁判で不利な判決が出そうな時に、共犯者に証言させる。これによって奇妙なアリバイの謎が解ける。被害者の工作を知らなかったのでそんなおかしなことになってしまったのか、という納得感から、共犯者の証言を信じやすくなる。

警察は重視しないがアリバイがあるかもしれないと印象づけるもの。それが都市伝説のうどん自販機の補充員と話したというものだったのだ。無論、都市伝説との遭遇が裁判で証拠になるわけではないが、印象操作の材料としては意味を成す。そこが真実かどうかは問われない。

「そうなると本間の共犯者はどういう立場の人間だ？　被害者の共犯としての罪の上に、自分の弱味に関する犯罪の方も責められるぞ？　その弱味というのは被害者の共犯者らしく見せるための虚偽だとしてもだ」

そこが警察に嘘とばれては被害者の共犯という前提が消える。だから本当らしく装い、ちゃんと罪に問われるものでなければならないだろう。

「被害者はあちこちで恨まれていましたし、人死ににも関わっていたそうです。その関係者なら本間さんの計画に喜んで乗るんじゃないですか？　自分に代わって憎い相手を殺してくれる人の罪を軽くする役割なんですから、抵抗も少ないでしょう。問われる罪もさほど重くはならず、これも執行猶予がつくのでは？」

娘はそこもきちんと考慮していた。

良心の呵責から自発的に証言した者の罪はそうひどく裁かれないだろう。本間も殺されていないのだから、実刑を免れる計算は立つ。

東岡宗一が行ったとされるアリバイ工作が強引なものになっているのも、後々共犯者を証人として出せる形にし、罪を重くしないよう調整した結果だろう。警察の捜査段階では、アリバイ工作の共犯者として疑いにくいアリバイに関わる存在をでっち上げるには、工作自体に無理も出よう。

梶木は己の手抜かりに頭を抱えたくなった。

アリバイについて調べる際、ピザの配達員と東岡の関係は疑ったが、本間との関係はまるで気にしなかった。東岡から直接、間接に被害を受けて恨んでいる者かどうかも調べていない。そういう者が東岡の共犯になるはずはないと、外していたのだ。

また本間が殺人後、混乱して現場から逃げた、という供述も嘘になる。逃げずに自首すれば罪は軽くなるが、逆にそういった冷静な行動は一連の犯行に計画性があるのではと警察に疑われかねない。だから不意の殺人で慌てふためいた、という雰囲気を出すためすぐ自首するのではなく、現場から逃げるという一見不利そうな演出を選んだのだ。裏にある本物の計画に気づかせないため、わざと適切とされない行動を取ったことにしたのだ。

娘はうどんを出汁まですっかり平らげ、こうまとめた。

「つまりこれが奇妙なアリバイが主張された理由です」

娘のまとめに、梶木はつい呟《つぶや》きをもらしてしまった。

「何てことだ、みすみす計画殺人を見逃していたのかっ」

娘の説明は不審点をことごとくあるべき所に収めていた。早々に結論に飛びつくわけにはいかないが、ここまでわかれば捜査の道筋がはっきりする。勘を頼りに動くのとは段違いだ。こんな辺鄙《へんぴ》な所にいる場合ではない。

梶木は椅子から腰を上げかけたが、娘は止めるでもなく穏《おだ》やかに言う。

「でも証拠はありませんよ。この仮説はアリバイの不思議を説明しているだけです」

「だが妙なアリバイを他にどう説明できる?」

娘はわずかに首をかしげ、表情だけは真面目に答えた。

「そうですね、幻のうどん自販機が実在し、それがある場所は異界で、そこに入った者は百キロ近い距離を飛ばして目的地に出てしまうんです。そんな現象が起こってアリバイが生じてしまった、でもいいんじゃあないですか？」

「そんな不思議な現象があるものか」

少なくとも梶木はそんなものに出会ったことがない。

「どうでしょう。この世に不思議はあるものです」

娘はステッキを手に立ち上がると、器と割り箸を所定のコーナーに運んで処分する。歩き方は自然だが、ステッキの使い方から見るとどちらかの足に不自由がありそうだ。

そんな観察をする梶木に娘は視線を向ける。

「刑事さん、考えてみてください。私がここにいるのは不思議じゃあありませんか？」

「だから、恋人に放置されているんだろう？」

答えたものの、急に落ち着かなくなった。いったいこの娘はどういう立場の人間なのだ。梶木が捜査している事件を持ち出し、奇術師が帽子からウサギでも取り出すように有力な仮説を語ってみせた。こんな都合のいい偶然があるのか。

元をただせば、こんな小さくか弱く足が不自由そうな娘を、山の中に放置する男が現実にいるものだろうか。こんな時間帯にこんな場所に恋人を連れて来る質の悪い男が。

「今、思いましたね？　現実に、可愛い彼女をこんな所に放置していつまでも戻ってこない彼氏なんてものが存在するのか？　そんな悪質な恋人が？」

娘はまた梶木の心を読んだごとく薄く笑う。それらも推察できる内容だが、梶木が受ける気味の悪さは増した。

すると娘は忌々《いまいま》しげに続けた。

「いえ、そんな恋人が実在するんですけどね、恐ろしいことに。幽霊や化け物より現実の方がよっぽど怖いですよ、ホラーですよ」

実在するのか。ならそんな男とは別れた方がいい、と梶木は忠告しかけたが、この娘は外見と違ってよほど切れる。その上で得体の知れない雰囲気まで持っている。ひょっとしたらその男の方がこの娘につきまとわれ、別れたくて嫌がらせじみたことをしているのかもしれない。

娘はベレー帽をかぶり直し、出入り口へと歩きながら、梶木をいたわる調子で述べる。

「本間さんの事件を担当する方に私の仮説を話すのは構いませんが、被害者はいずれ誰かに殺されてもおかしくない人だったとか。犯人の罪が少々軽くなるくらいは甘受してもいいんじゃあないでしょうかね。それも正義ではありませんか？」

「正義がどうあるか、個人が勝手に決めていいものではない」

出入り口のドアの前に立った娘に、梶木は強く反論した。法によらず、個々が勝手に罪の度合を決めて殺人を犯していいわけがない。

するとその娘はその幼い顔立ちからは想像できないほど鋭利な瞳《ひとみ》を見せた。

「では個人的なこだわりで単独捜査をしているあなたは、正義を個人で決めていないとでも？　それで迷惑するものがあるかもしれないのに？」

梶木はその瞳に本能的に体を硬直させてしまったが、娘は看過《かんか》できないことを言っていた。なぜ梶木が単独捜査をしていると知っている。

娘は出入り口のドアをスライドさせ、一転して優雅に微笑む。

「不思議から目を逸《そ》らすと、何事も徒労に終わったりしますよ」

娘は一礼し、休憩所から外に出てドアを閉めた。

しばし梶木は呆然と座ったままでいたが、慌てて駆け出し、閉められたドアを破らんばかりにして外へと娘を追う。

「おい、ちょっと待て！」

休憩所のがらんとした暗い外側《そとがわ》に娘の姿はなかった。広い駐車スペースの向こうで横に伸びる道路には、車の通った気配もない。

いくら周囲に闇《やみ》が広がっていても、あのステッキをつきつつ歩く小さい娘が、視界に映らなくなるほどにここから離れる時間はなかったはずだ。車のエンジン音さえなかった。駆け足の音もなかった。そのはずだ。

梶木は総身に冷や汗を流す。

あの娘は現実にいたのか。娘が自動販売機のうどんを食べていた痕跡はある。娘はほのめかしていた。サトリの化け物。

まさかと即座に否定する。娘は存外素早く動け、道路に出るとちょうど恋人の車が戻って来たので乗車して去った、あるいは思った以上に梶木は椅子に座り込んでいて、娘を追うのが遅かった。これで不思議はない。ないはずだ。

頭を横に振る。あの娘が何だっていい。示された仮説は検証の価値があるものだ。

梶木は出てきたばかりの休憩所を振り返り、再びそこに戻るのはどうにも薄気味悪かったので、本間の捜査をさっそく開始しようと自分の車へと向かった。

仮説は有力だが、まだ周囲に話すのは危険だろう。決定的な証拠か疑惑をつかむまでは、しばらくひとりで動くつもりだった。


「九郎先輩、何とか私だけでこなしましたが、これはどういう嫌がらせですか？」

暗い国道を下る車の助手席にシートベルトをしめて座っている岩永琴子は、運転席でハンドルを握る九郎の太ももへ、先ほどから愛用のステッキの握りの部分をねじ込むようにしながら言った。機嫌を損《そこ》ねていることの意思表示でもある。

九郎は心から謝罪する表情で口を開く。

「悪かった。今回は完全に不可抗力だ」

「今回は、ということは、これまで意図的に嫌がらせをした覚えがあるんですね？」

「それはいくつもあるが」

「それもあやまれ、それもあやまれ」

岩永はステッキの先端を今度は九郎の頰《ほお》にえぐり込むように突きつける。九郎はうっとうしそうにするが、さすがに悪いと感じてはいるのだろう、されるがままになっていた。

岩永は今夜、刑事の梶木があの休憩所を訪れるという情報をあやかし達から得、九郎の運転する車で先回りして待っていた。当初の予定では、岩永と九郎が恋人同士の会話を装って本間氏の事件について語り合い、梶木の興味を引いて仮説を提示する、という筋書きだったのだ。

ところが梶木が来る前、九郎のアルバイト先から電話があった。後は岩永が梶木に話したのとほとんど同じだ。休憩所に岩永がひとり残ったのは、二人がいない間に梶木が来て万が一にでも行き違いになるのを避けるため同意の上でもあったが、九郎が戻って来るのが遅過ぎたのは事実だ。アルバイト先のトラブルがなかなか解決しなかったという。

そのため岩永は即興で梶木の注意を引き、ひとりで予定をこなしたのである。休憩所を出た直後に姿を消せたのは、念のため屋根の上に待機させておいた空を飛べる妖怪に抱えてすぐ飛んでもらったためで、これで少なからず梶木刑事にこの世には不思議があるかもしれないと感じさせられたろう。その妖怪に九郎がいる車まで運んでもらい、帰路についているわけである。

「その刑事、今後幻のうどん自販機と関わらなくなりそうか？」

九郎は自身の失態で悪影響が出ていないか気になるらしい。

岩永はひらひらと手を振ってみせた。

「すべからく事も無しですよ。私が提示した仮説では、幻のうどん自販機との遭遇は本間さんの意図的な嘘になります。つまりそれについて捜査しても何か出てくるわけがなく、関わる必要がありません。さらに今後、刑事さんはピザの配達員と本間さんの関係や、犯行現場を偽装した証拠を探すのに時間をかけることになるでしょう。うどん自販機と遭遇する地域に足を延ばしている暇はありませんよ」

「だが本間さんに計画殺人の濡《ぬ》れ衣《ぎぬ》を着せたわけだから、まずいことにならないか？」

ある意味では運悪く殺人者となった本間にあらぬ罪を着せたのだから、取り調べなどで負担をかけるかもしれない。だが岩永の仮説は最初から通らないのだ。

「仮説は完全な嘘です。どれほど捜査しても証拠どころか疑惑を強める材料さえ出てきません。その段階ではあの刑事さんも本部に情報は上げづらく、大きな捜査にも発展しないでしょう。共犯者を警戒させまいと、マスコミにも情報を流さないよう注意もします」

そうなるとマスコミは動かず、騒ぎになることもない。

「よって本間さんの状況は変わらず、裁判で重い判決が下っても逆転する証人は出てきません。そうなればあの刑事さんも仮説が間違っているとわかります」

「ならその後はどうなる？」

「どうもなりません。捜査本部もなくなっていますし、事件についてメディアも興味を失っています。事件は梶木刑事の手を完全に離れ、疑問を蒸し返す状況にはないでしょう。私が不審な消え方をしたことから、うどんの自販機を怪異と感じ、もはや追及すべきものでないと心の中に封じるんじゃあないですか」

仮に正当防衛や執行猶予つきの判決が普通に出て刑事が疑いを強めても、やはり証拠は見つからず、あきらめるしかない。

またその頃には化け狸達もうどん自販機と遭遇できる地域を変えているだろうから、いっそう安心だ。数ヵ月ばかり刑事を追い払う役割は万事果たせている。

岩永はステッキを下ろし、座席に背を深く預ける。九郎への不満はまだ山とあったが今夜の予定は終わったのだ。

「これで解決です。とんだ遠出になりましたよ。まあ、自動販売機のうどんはなかなかおいしかったですが」

「僕は食べ損ねたたな」

「日頃の行いが悪いからですよ」

そこまで言われては九郎もおとなしく受け入れかねるのか、抗議の調子で返す。

「本当に今日のは不可抗力だからな。すぐ戻って来るつもりだったんだ」

「だから日頃の行いが良ければ言い訳は必要ないんですって」

九郎に非があるのだから、反論するだけ無駄というものだ。かと言っていつまでも嫌味を並べていても車内の空気が悪くなる。

「では罰として私の好きなところを二十個挙げてください。それで手打ちにしましょう。閨房《けいぼう》での技術に関するものも含めて構いません」

これを罰にするのも癪《しゃく》に障《さわ》るが、九郎が嫌がりそうなのだからやむをえない。

しかし九郎は悩む間も取らず、ひとつ目を挙げて見せた。

「そうだな、僕にまったく好かれようとしないお前の自分を曲げない姿勢は好ましく思っているぞ」

「それは遠回しな嫌味でしょうっ」

確かに九郎好みの女子になる気はないが、そんな不可能事に挑戦するのは無駄だと判断し、九郎の方に善処を求めているだけだ。非難されるいわれはない。

九郎はため息をつき、ハンドルを回しながらこんなことを言う。

「お前は信じないかもしれないが、お前が僕を捨てることがあっても、その逆はないからな。お前は今のままでいいぞ」

「いやいや、先輩が捨てられそうな行動をしているのを問題にしませんか」

いったいいつになったらこの男は彼氏として申し分なくなってくれるのか。

ともかく残り十九個、まともなものが出るのを期待しながら岩永は車の窓外に左眼《ひだりめ》を向けるのだった。

主要参考文献

『現代民話考［9］』　松谷みよ子　ちくま文庫　二〇〇三
『日本うなぎ検定』　塚本勝巳　黒木真理　小学館　二〇一四
『新訳　ピノッキオの冒険』　カルロ・コッローディ　大岡玲訳　角川文庫　二〇〇三
『江戸時代の罪と罰』　氏家幹人　草思社　二〇一五
『招き猫百科』　荒川千尋　板東寛司　日本招猫倶楽部編　インプレス　二〇一五
『死刑執行人サンソン』　安達正勝　集英社新書　二〇〇三
『日本懐かし自販機大全』　魚谷祐介　辰巳出版　二〇一四

〈初出〉

第一話　ヌシの大蛇は聞いていた　「メフィスト」2017VOL.2
第二話　うなぎ屋の幸運日　書き下ろし
第三話　電撃のピノッキオ、あるいは星に願いを　「メフィスト」2017VOL.3
第四話　ギロチン三四郎　書き下ろし
第五話　幻の自販機　書き下ろし

＊第一話～第四話は、「少年マガジンR」で漫画連載され、講談社コミックス　月刊少年マガジン『虚構推理』七～九巻に収録されています。

けっこうすごい
ああああっ
ジャーーーッ
反応《はんのう》が見《み》ものですね
PARK
九郎《くろう》くんすごい見《み》てる！
「マガジンR」
(隔月刊。偶数月20日頃発売)
にて好評連載中！
公式HPにて〈第1話 全83P〉
無料公開中！
虚構推理 R
検索

漫画の岩永琴子も、
月刊少年マガジンコミックス
虚構推理
KYO KOU SUI RI
Invented inference
原作／城平 京
漫画／片瀬茶柴
1～11巻 絶賛発売中！

講談社
タイガ

〈著者紹介〉

城平 京（しろだいら・きょう）

第８回鮎川哲也賞最終候補作『名探偵に薔薇を』（創元推理文庫）でデビュー。漫画原作者として『スパイラル』『絶園のテンペスト』『天賀井さんは案外ふつう』を「月刊少年ガンガン」にて連載。2012年『虚構推理　鋼人七瀬』（講談社ノベルス／講談社文庫）で、第12回本格ミステリ大賞を受賞。同作は「少年マガジンR」で漫画化。ベストセラーとなる。

虚《きょ》構《こう》推《すい》理《り》短《たん》編《ぺん》集《しゅう》　岩永琴子《いわながことこ》の出現《しゅつげん》

2018年12月18日　第１刷発行　　　定価はカバーに表示してあります
2022年 2 月25日　第７刷発行

著者…………………………城平《しろだいら》 京《きょう》

発行者………………………鈴木章一
発行所………………………株式会社 講談社
〒112-8001 東京都文京区音羽2-12-21
編集03-5395-3510
販売03-5395-5817
業務03-5395-3615

KODANSHA

本文データ制作……………講談社デジタル製作
印刷…………………………豊国印刷株式会社
製本…………………………株式会社国宝社
カバー印刷…………………株式会社新藤慶昌堂
装丁フォーマット…………ムシカゴグラフィクス
本文フォーマット…………next door design

ISBN978-4-06-513928-8　N.D.C.913　314p　15cm

講談社タイガ

城平 京

雨の日も神様と相撲を

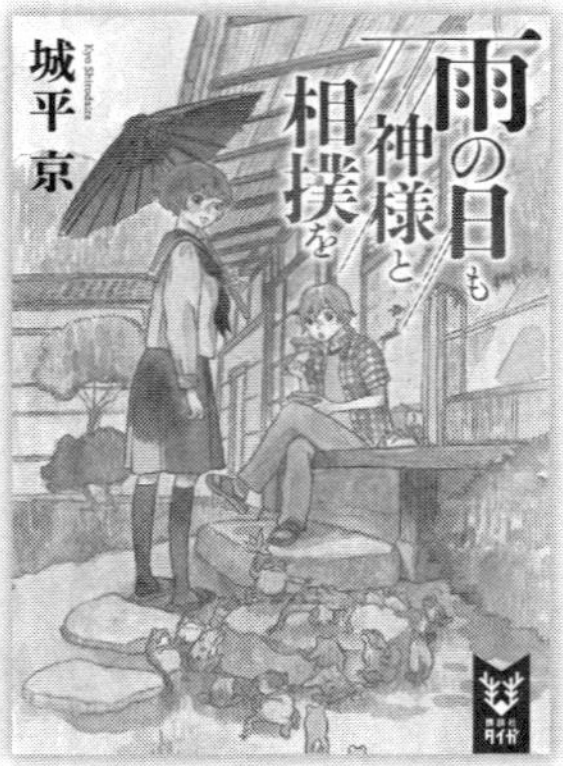

イラスト
鳥野しの

「頼みがある。相撲を教えてくれないか？」神様がそう言った。子供の頃から相撲漬けの生活を送ってきた僕が転校したド田舎。そこは何と、相撲好きのカエルの神様が崇《あが》められている村だった！村を治める一族の娘・真《ま》夏《なつ》と、喋るカエルに出会った僕は、知恵と知識を見込まれ、外来種のカエルとの相撲勝負を手助けすることに。同時に、隣村で死体が発見され、もつれ合った事件は思わぬ方向へ⁉

講談社
タイガ

アンデッドガールシリーズ

青崎有吾

アンデッドガール・マーダーファルス　1

イラスト
大暮維人

　吸血鬼に人造人間、怪盗・人狼・切り裂き魔、そして名探偵。異形が蠢《うごめ》く十九世紀末のヨーロッパで、人類親和派の吸血鬼が、銀の杭《くい》に貫かれ惨殺された……!?　解決のために呼ばれたのは、人が忌避する〝怪物事件〟専門の探偵・輪堂《りんどう》鴉夜《あや》と、奇妙な鳥籠を持つ男・真打《しんうち》津軽《つがる》。彼らは残された手がかりや怪物故《ゆえ》の特性から、推理を導き出す。謎に満ちた悪夢のような笑劇《ファルス》……ここに開幕！